磨铁经典第二辑·金色的青春

所有的失去都是应该失去，

唯有知识和希望属于青春，不应失去。

初恋

［俄］伊凡·谢尔盖耶维奇·屠格涅夫
Ivan Sergeevich Turgenev
_著

李重洋 _ 译

ПЕРВАЯ
ЛЮБОВЬ

浙江人民出版社

图书在版编目（CIP）数据

初恋 /（俄罗斯）伊凡·谢尔盖耶维奇·屠格涅夫著；李重洋译.—杭州：浙江人民出版社，2022.7

ISBN 978-7-213-10587-6

Ⅰ.①初… Ⅱ.①伊… ②李… Ⅲ.①小说集—俄罗斯—近代 Ⅳ.①I512.44

中国版本图书馆CIP数据核字（2022）第074286号

初恋

CHULIAN

[俄罗斯] 伊凡·谢尔盖耶维奇·屠格涅夫 著   李重洋 译

出版发行	浙江人民出版社（杭州市体育场路347号　邮编310006）
责任编辑	祝含瑶
责任校对	戴文英
装帧设计	艾　藤　王雪纯
电脑制版	书情文化
印　　刷	河北鹏润印刷有限公司
开　　本	889毫米×1194毫米　1/32
印　　张	12
字　　数	249千字
版　　次	2022年7月第1版
印　　次	2022年7月第1次印刷
书　　号	ISBN 978-7-213-10587-6
定　　价	45.00元

如发现印装质量问题，影响阅读，请与市场部联系调换。

质量投诉电话：010-82069336

目　录

初恋 _001

阿霞 _101

春潮 _179

初
恋

献给帕·瓦·安年科夫[1]

家，屠格涅夫的好友，著有《屠格涅夫的青年时代》等。

宾客早已散去，十二点半的钟声也已响过。房中只剩下了主人、谢尔盖·尼古拉耶维奇与弗拉基米尔·彼得罗维奇。

　　主人摇铃唤人来撤走了晚宴的残羹。

　　"那就这么定了，"主人点起一支烟，边说边往圈椅里坐了坐，"我们每个人都得讲讲自己初恋的故事。就从您开始吧，谢尔盖·尼古拉耶维奇。"

　　谢尔盖·尼古拉耶维奇身材圆润，面颊丰满，蓄着淡黄色的胡须。他先是看了主人一眼，然后抬眼望向天花板。

　　"我没有过初恋，"他终于开口说道，"我是直接从第二段恋爱开始的。"

　　"这是怎么回事？"

　　"很简单。当时我十八岁，第一次倾心于一位非常可爱的小姐。但我追求她的方式就和后来我追求其他女士一样老到，丝毫不像情窦初开的样子。说实话，我六岁时就爱上了我的保姆，那是我的初恋，也是我最后一次恋爱。但那是很久以前的事了，我已经不记得我们相恋的细节了。就算我记得，又有谁会感兴趣呢？"

"这可如何是好？"主人开始了讲述，"我的初恋也没什么可说道的。我在认识我现在的妻子安娜·伊万诺夫娜之前，从未爱上过任何人。我和妻子就是水到渠成的事，双方父母给我们做了媒，我们很快就相爱了，紧接着就结了婚。我的恋爱故事三言两语就能讲完。先生们，说实话，我之所以提关于初恋的问题，就是希望听听你们的回答。你们这几位单身汉虽不算老迈，但也不年轻了。或许您能给我们讲点儿有意思的吧，弗拉基米尔·彼得罗维奇？"

"我的初恋可以算是不同寻常了。"弗拉基米尔·彼得罗维奇讷讷地应声说道。他的年岁在四十左右，一头乌黑里已经显出了丝丝银发。

"啊！"主人和谢尔盖·尼古拉耶维奇异口同声地说道，"那就更好了……请您讲讲吧。"

"好吧……算了，我还是不讲了。我讲故事并不在行，讲出来的不是枯燥乏味的只言片语，就是繁杂冗长的夸夸其谈。若是各位容许的话，我就把我能回忆起的内容都写下来，然后再读给各位听。"

朋友们起初并不同意，但弗拉基米尔·彼得罗维奇仍然坚持己见，不为所动。两个星期之后，大家又聚在一起，弗拉基米尔·彼得罗维奇也兑现了自己的承诺。

以下就是他记事本中的内容：

一

　　那是一八三三年夏天的事，那时我十六岁。

　　我住在莫斯科父母家里。他们在卡卢加门旁的涅斯库奇内公园对面租了一栋别墅。我当时正准备考大学，但我并不怎么用功，毫不焦急。

　　没有人拘束我的自由。我想做什么就做什么，尤其是当上一任法国家庭教师离开之后，更是如此。这个法国人无论如何都无法接受，自己竟然像颗"炸弹"似的突然落入了俄罗斯，整天面色忧愁地躺在床上辗转反侧。父亲虽然待我亲切，却不怎么上心。而母亲则对我几乎不闻不问，即便她只有我这么一个孩子。因为其他需要操心的事早已让她无暇顾及。我的父亲尚且年轻，又生得非常英俊，跟母亲结婚不过是图财谋利罢了。她比他大了十岁。我的母亲生活悲惨，她总是焦虑、忌妒、愤怒，但并不会当着父亲的面显露出来。她非常畏惧他，他表现得严厉、冷漠、疏远……我从未见过比他更加从容淡定，更加自负专横的人。

　　我永远不会忘记我在别墅度过的最初几个星期。天气好极了，我们是五月九日搬到城外去的，恰逢圣尼古拉节。我经常散步，有时是在我们别墅的花园里，有时是在涅斯库奇内公园，有时在郊外。我会带上一本书，比如凯达诺夫编写的历史教科书，但我很少会翻阅。我更常做的是朗诵诗歌，也熟背了不少诗篇。血液在我的身体里翻腾，我的内心变得烦闷，这烦闷既甜蜜又滑稽。我满怀期待，却又心存羞怯。我对一切都感到惊奇，全身心地做好了准备。我天马行空般的幻想总是围绕着同样的想法飞驰，就像黎明时分的雨燕绕着钟楼盘旋。我时而会陷入沉思，感到忧愁，甚至会哭泣。然而那份青春悸动的欢乐，就如春草一般，从被如歌的诗句或美丽的暮色勾起的泪水与愁绪中，萌芽出土了。

当时我有一匹马，我会亲自给它套上马鞍，独自骑着它去远一些的地方。我纵马驰骋，把自己想象成一个比武的骑士，任疾风在我耳边畅快呼啸！又或者，我会抬头仰望苍穹，敞开心灵，去汲取明媚的阳光与蔚蓝的天色。

我记得，那时在我的脑海中，对于女人的形象和朦胧的女性之爱，尚且没有形成特定的印象。但在我的一切所想所感之中，早已蕴藏着一个懵懂羞涩的预感，我预感到了某种难以言说的新奇又甜蜜的女性事物。这个预感、这份期待渗透了我的身心，融入了我的呼吸，化在每一滴血液里，沿着我的脉络流淌……它注定很快就会变成现实。

我们的别墅是一栋木头建的贵族宅子，立着一排圆柱，还有两间低矮的厢房。左边的厢房是一间制造廉价壁纸的小工坊……我不止一次去过那里，看着十来个头发蓬乱、面黄肌瘦的男孩，穿着沾满油污的褂子，不时地跳到木头杠杆上，压下印刷机的矩形压板。通过这种方式，他们用自己瘦弱身躯的重量，在壁纸上压印出各式各样的花纹。右边的厢房一直空着，等待出租。有一天，就在五月九日过去大约三周之后，这间厢房的窗户忽然全都打开了，窗子里现出了女人的面孔——有一户人家搬进去了。我记得，那天吃午饭时，母亲问管家，我们的新邻居是什么人。当她听到扎谢金娜公爵夫人这个名号时，先是带着些许敬意地感叹了一声："啊！公爵夫人……"但紧接着又补上一句，"想必没什么钱吧。"

"他们是坐三辆出租马车来的，"管家一边恭敬地端上餐盘，一边说，"他们没有自家的马车，家具也没几样。"

"是啊，"母亲话锋一转，"不过这样也好。"

父亲冷冷地瞥了母亲一眼，于是她也不再作声了。

确实，扎谢金娜公爵夫人不可能是位阔太太，因为她租的那间厢房是那么破旧、低矮狭小，但凡手头宽裕些的人都不会愿意住在那里。但当时的我对这些事情也只是左耳进右耳出。公爵的封号对于我而言也不过如此，因为我不久前刚读过席勒的《强盗》[1]。

1　德国诗人席勒的诗剧《强盗》鞭笞了封建社会制度和封建贵族阶级的暴政。作品中的主人公卡尔不满专制，追求自由，具有启蒙主义色彩。

二

　　那时我有一个习惯，每天傍晚我都会带着猎枪在我们家花园里转悠，守候着乌鸦。我向来痛恨这种极度机警又贪婪狡猾的鸟。就在我之前提到的那一天，我照常去了花园，走遍了所有小径，却无功而返。因为那群乌鸦认出了我，隔着老远就断断续续地呱呱大叫。我无意中走近了那道隔开我家花园与右边厢房狭长后院的低矮栅栏。我正埋头走着，突然听到了一阵人声。我朝栅栏那头望过去，不禁愣住了……呈现在我眼前的是一幕怪异的场景。

　　离我几步远的地方，在草地上青翠的树莓丛中，站着一位身姿高挑的娉婷少女。她身着一袭粉色条纹衣裙，头上系着白色头巾。四个年轻小伙儿紧紧地簇拥在她身旁，她拿着一把灰色小花，轮流拍打在他们的额头上。我不知道那种花叫什么名字，但小孩子们都很熟悉：这些小花长得像小口袋似的，如果把它们拍打在什么坚硬的东西上，它们就会"啪"的一声爆开。

　　那几个年轻人甘之如饴地将额头迎上前去，我看到了少女的侧影，她的动作里有一种迷人的魅力，强势中透着温柔，嘲弄里又带有几分亲切。我又惊又喜，差点叫出声来。我觉得我愿意立刻放弃世间的一切，只为让那纤纤玉指也敲打我的额头。我的猎枪从手中滑落，掉到了草地上。我忘乎所以，目不转睛地望着那窈窕身影，看着那脖颈、美丽的双手、白头巾下微微蓬乱的淡黄秀发、半眯着的灵动眼眸，还有睫毛，以及睫毛下面娇美的脸颊……

"年轻人，哎，年轻人，"忽然我身边响起了谁的声音，"难道能这样盯着陌生的小姐吗？"

我浑身一颤，我愣住了……在栅栏那边离我不远的地方站着一个人，一头黑发剪得短短的，嘲讽似的打量着我。就在一刹那，少女朝我转过身来……我在她灵动鲜活的面容上看到了一双灰色的大眼睛，忽然，整个脸庞颤动了一下，绽开了笑容，洁白的牙齿闪闪发光，眉毛逗趣地挑了起来……我面红耳赤，从地上捡起猎枪，在一阵响亮却没有恶意的哄堂大笑中，逃回了自己的房间，扑到床上，用双手捂住了脸。我的心跳动得那么剧烈，我既羞赧又喜悦，我感受到了从未有过的悸动。

休息一阵之后，我梳好头发，洗了把脸，然后下楼去喝茶。那个年轻少女的身影从我眼前掠过，我的心不再狂跳了，却一阵阵令人愉快地发紧。

"你怎么了？"父亲突然问我，"是打着乌鸦了吗？"

我本想把一切都告诉他，但又忍住了，只是在心里默默地笑了笑。在上床睡觉的时候，我自己也不知道是为什么，我踮起一只脚，跳舞似的转了三圈，然后抹上发油，就躺下了，一整夜都睡得死沉沉的。天亮前我醒了一会儿，稍稍抬起头，满心欢喜地看了看四周，又睡着了。

三

　　"怎么才能跟他们认识呢？"这是我清早醒来后的第一个念头。我在喝早茶前去了趟花园，但并没有过于靠近那道栅栏，那里一个人也没有。喝完早茶之后，我把别墅前的街道来来回回走了几遍，隔得远远地望向窗户……我感觉似乎她的面庞就在窗帘后面，于是我惊慌地加快步子走远了。"可是我应该跟她认识一下，"我一边想，一边在涅斯库奇内公园前的一片沙地上漫无目的地走来走去，"可是该怎么做呢？这才是问题所在。"我想起了昨天相遇的种种细枝末节，不知道为什么，尤其让我记忆犹新的，是她对我嘲弄的一笑……然而，就在我紧张地费尽心思谋划的时候，命运已经眷顾了我。

　　我不在家的时候，母亲收到了新邻居送来的一封书信。信写在一张灰纸上，用褐色火漆封了口。这种火漆通常只用在邮局通知书和廉价葡萄酒的瓶塞上。这封信写得错字连篇，字迹潦草。在信中，公爵夫人请求母亲给予关照。公爵夫人写道，我的母亲与一些显赫的大人物是熟识，而她和她孩子们的命运都掌握在这些人手中，因为她正面临几桩重大的官司。"我向您至（致）信，"她写道，"以一位贵妇人的身份向另一位贵扫（妇）人求助，我很高兴能立（利）用此次机会。"在信件末尾，她请求母亲允许她登门拜访。我恰巧赶上了母亲心情不悦，因为父亲不在家，她也无从商量。对一位"贵妇人"，更何况是公爵夫人的信件不做回复是不可能的。但该如何回信呢——母亲却犯了难。她觉得用法语回信似乎不太合适，但母亲本身又不擅长俄文单词的拼写。她自己也知道这一点，并不想让自己丢了颜面。我的到来让母亲很是开心，她立刻让我去一趟公爵夫人家传个口信，告诉她说，只要力所能及，我的母亲随时愿意为公爵夫人效劳，并请她在中午十二点到下午一点之间赏脸到寒舍来。我的秘密愿望这么快就出乎意料地实现了，这着实让我又喜又惊。可是我没有显露出满心的羞窘，而是先回到自己的房间，系上了一个崭新的领结，换上常礼服。当时我在家里只穿着短外套和翻领衬衫，尽管那已经让我觉得非常麻烦了。

四

　　我走进了拥挤杂乱的厢房前厅，浑身不由自主地颤抖着。一个头发灰白的老仆人接待了我，他长着一张深古铜色的脸，一双忧郁耷拉的眼睛，额头和两鬓上布满沟壑，我一生中从未见过那么深的皱纹。他端着一盘吃剩的鲱鱼脊骨，一边用脚掩上通往另一个房间的门，一边断断续续地说：

　　"您有什么事？"

　　"扎谢金娜公爵夫人在家吗？"我问道。

　　"沃尼法季！"门后传来一个女人尖厉的声音。

　　老仆人默默地转过身去背对着我，他那件号衣磨破的后背露了出来，号衣上只剩下一颗饰有家族纹章的褪色纽扣。他将盘子放在地上，走进了房间。

　　"你去过警察局了吗？"那个女人的声音又响起了。老仆人含糊不清地说了些什么。"啊？……来人了吗？……"我又听到了她的声音，"邻居家的少爷吗？好，请他进来吧。"

　　"请您到客厅去。"老仆人再次出现在我面前，一边说着，一边拿起地上的盘子。

我整理了一下衣服，走进了"客厅"。

我不知不觉地走进了一个不大的房间，屋内不甚整洁，几件简陋的家具仿佛是匆忙间摆上的。在窗边断了一只扶手的圈椅上，坐着一位五十来岁的女人，她没有戴头巾，容貌也不漂亮，身着一条绿色的旧裙子，脖子上围着一条毛线花围巾。她不大的黑眼睛死死地盯着我。

我走到她面前，向她行了礼。

"我能和扎谢金娜公爵夫人说几句话吗？"

"我就是扎谢金娜公爵夫人。您就是彼得先生的儿子吧？"

"正是。我是受母亲之托来拜访您的。"

"请坐吧。沃尼法季！我的钥匙在哪里，你看到了吗？"

我将母亲对扎谢金娜夫人来信的答复告诉了她。她一边听我说话，一边用粗大发红的手指敲着窗框。等我说完之后，她又直勾勾地看向我。

"好极了！我一定去拜访。"她最后说道，"您真年轻！冒昧问一句，您多大了？"

"十六岁。"我答道，不由自主地顿了一下。

公爵夫人从口袋里掏出几张写满字的、沾满油渍的纸，凑到鼻尖前翻阅起来。

"多好的年纪啊！"她突然说道，在椅子上不住地转动着身体，"您别客气，我这里很随意的。"

"这也太随意了吧。"我心想，不禁心生厌恶，目光打量着她走样的身形。

就在这时，客厅的另一扇门倏地打开了，门槛上出现了我昨天在花园里见到的那个少女。她举起一只手，脸上闪过一丝讥笑。

"这是我的女儿。"公爵夫人用手肘指了指她，低声说道，"齐娜，这是我们的邻居彼得先生家的少爷。请问您大名是？"

"弗拉基米尔。"我连忙站起身，激动得结结巴巴地回答。

"那您的父称呢？"

"彼得罗维奇。"

"真巧啊！我认识一位警察局长，他也叫弗拉基米尔·彼得罗维奇。沃尼法季！你不用找钥匙了，钥匙就在我口袋里。"

这位年轻小姐仍然面带着方才的讥笑，将头稍稍歪向一侧，轻眯起眼睛，继续看着我。

"我已经见过沃尔德马尔先生（Monsieur Voldemar）[1] 了。"她开口说道，她银铃般的清脆声音仿佛一阵甜蜜的凉意拂过我的周身，"您允许我这样称呼您吗？"

"当然可以。"我嘟囔了一声。

"在哪里见过？"公爵夫人问道。

公爵小姐没有回答母亲。

"您现在有事吗？"她低声问，目不转睛地看着我。

"什么事都没有。"

"您愿意帮我绕毛线吗？请到我这里来。"

她朝我点点头，从客厅里走了出去。我也跟着她走了。在我

1　弗拉基米尔名字的法语发音。

们走进的那个房间里，家具要稍好一些，布置得颇有品位。可是当时我几乎什么都注意不到，我就像是梦游一般，全身都莫名其妙地有一种紧张的幸福感。

公爵小姐坐下了，取过一团红色的毛线，给我指了指她对面的椅子让我坐下，费力地把线团拆开，把毛线套在我手上。她一言不发地做着这一切，慢悠悠地，有些好笑。她微微张开的唇边仍然挂着那抹明媚而俏皮的笑意。她开始把毛线绕在一张折叠过的纸板上，突然她清澈的目光飞快地向我瞥了一眼，让我不由得低下了头。当她半眯着的眼睛大大地睁开的时候，她的脸完全变了样，仿佛整个面容都在焕发光彩。

"昨天您对我有什么看法，沃尔德马尔先生？"过了一会儿，她问道，"您也许腹诽我了吧？"

"我……公爵小姐……我什么想法都没有……我怎么会……"我窘迫局促地回答。

"您听我说，"她反驳我，"您还不了解我。我这个人非常古怪，我希望别人对我永远都只讲真话。我听说您才十六岁，而我二十一岁了。您看，我比您年长得多，所以您应该永远对我讲真话……还要听我的话。"她补了一句，"您看着我。您为什么不看我呢？"

我更加不好意思了，但还是抬眼看向她。她微微一笑，只不过已不是先前那种讥笑，而是另一种赞许的微笑。

"请您看着我，"她温柔地压低了嗓音，轻声说，"这并不会让我觉得不舒服……我喜欢您的脸。我有预感，我们会成为朋友的。那您喜欢我吗？"她又狡黠地补上一句。

"公爵小姐……"我正打算开口。

"首先，请您称呼我的全名齐娜伊达·亚历山德罗夫娜；其次，小孩子（她改了口）——年轻人不把自己心里的想法和感受直截了当地讲出来，这是种什么习惯呀？大人这样做倒还好。您究竟喜欢我吗？"

虽然我很高兴，她能如此坦率地和我说话，但我还是感觉有些委屈。我想向她证明，她不是在和一个小男孩打交道。于是我尽可能地摆出一副桀骜不驯而又严肃的样子，低声说：

"我当然非常喜欢您，齐娜伊达·亚历山德罗夫娜，我不想掩饰这件事。"

她缓缓地摇了摇头。

"您有家庭教师吗？"她突然问道。

"没有，我早就已经没有家庭教师了。"我撒了个谎，我的法国家庭教师离开还不到一个月。

"噢！我看出来了，您完全是个大人了。"她轻轻地敲了敲我的手指。

"请把手伸直！"她麻利地绕起了毛线球。

我趁着她埋首做事的工夫，开始细细地端详她，起初还是偷偷摸摸地，后来就越来越大胆了。我发现，她的面容比昨天还要美丽几分，她脸上的一切都那么精致，那么聪慧，那么可爱。她背对一扇挂着白色窗帘的窗户坐着，阳光透过窗帘，将柔和的光晕洒在她蓬松的金发、纯洁的纤纤玉颈、斜倚的双肩和平静的酥胸上。我看着她——她对于我而言是多么珍贵而又亲近啊！我感觉我们似乎早已相识，我感觉在遇见她之前，我一无所知，从未真正地生活过……她身着一件已经穿得有些发旧的深色长裙，系着围裙。我觉得，我渴望抚摩这件长裙和这条围裙上的每一条褶皱。她的鞋尖从裙摆里探了出来，我愿意甘之如饴地拜倒在她脚边……"我现在就坐在她的面前，"我心想，"我和她认识了……多么幸福啊，天哪！"我欣喜若狂，差点从椅子上蹦起来，但最终只是悄悄摆动了几下双腿，就像是品尝到美味的孩童一样。

我满心欢乐，如鱼得水一般，我愿意一辈子都不走出这个房间，不离开这个地方。

她的眼皮轻轻抬了起来，她明亮的双眸再度在我眼前熠熠闪烁，她又嫣然一笑。

"您怎么这样看着我呀？"她徐徐说着，伸出一根手指吓唬我。

我脸红了……"她什么都明白，她把一切都看在眼里，"这个念头在我脑中闪过，"她怎么可能不明白，怎么可能看不见这一切呢？"

隔壁房间忽然传出一阵敲击声，是马刀上的铁环在叮当作响。

"齐娜！"公爵夫人在客厅里喊了起来，"别洛夫佐罗夫给你带了只小猫来。"

"小猫！"齐娜伊达一声欢呼，立马从椅子上站了起来，把毛线团丢到我膝上，跑了出去。

我也站了起来，将缠绕着的毛线和线球放在窗台上，走进了客厅，然后困惑不解地停住了脚步。在房间的正中央，四仰八叉地躺着一只条纹小猫。齐娜伊达跪在它的面前，小心翼翼地捧起了它的小脸蛋。公爵夫人身边站着一位年轻的骠骑兵，他长着一头淡黄色的卷发，面色红润，双眼微微凸出，魁梧的身材几乎挡住了窗户之间的整面墙壁。

"真好玩儿啊！"齐娜伊达连连感叹，"它的眼睛不是灰色的，而是绿色的，耳朵也真大啊！谢谢您，维克托·叶戈雷奇！您真好！"

我认出了骠骑兵就是我前一天见到的那群年轻人中的一个。他微笑着鞠了个躬，双腿一并，碰响了靴子上的马刺，马刀的锁链也随之发出一声叮当脆响。

"您昨天说起，您想要一只大耳朵的条纹猫……您瞧，我这就给您弄来了。您的话就是圣旨。"说着他又鞠了一躬。

小猫瓮声瓮气地叫了一声，转头嗅起了地板。

"它饿了！"齐娜伊达喊了一声，"沃尼法季！索尼娅！拿点儿牛奶来！"

一个身穿黄色旧长裙、脖子上系着褪色方巾的女仆，端着一小碟牛奶走了进来，将小碟子放在小猫面前。小猫哆嗦了一下，眯起眼睛，舔起牛奶来。

"它粉红色的小舌头多可爱啊！"齐娜伊达有了新的发现。她把头几乎贴到了地板上，从侧面观察着小猫的鼻子下面。

小猫吃饱喝足了，开始哼哼起来，还装腔作势地挥舞着小爪子。齐娜伊达站起身，转身对女仆漫不经心地说：

"把它带走。"

"看在这只小猫的分儿上，请您伸出一只手。"骠骑兵说着咧嘴一笑，挺了挺他紧紧裹在新制服里的健壮身躯。

"两只手都给您吧。"齐娜伊达不以为然地说道，把双手朝他伸去。当他亲吻她的双手时，她越过他的肩头望向我。

我愣在原地一动不动，不知道该不该笑，是不是要说点什么，或者干脆就这样沉默不语。突然，我的家仆费奥多尔的身影穿过前厅敞开的大门，走进了我的视线。他对我示意。我不由自主地朝他走去。

"什么事？"我问道。

"您母亲让我来叫您回去，"他轻声说，"她很生气，因为您一直没有带回公爵夫人的答复。"

"难道我在这里已经待了很久了吗？"

"一个多小时了。"

"一个多小时了！"我不禁重复了一遍，然后回到客厅，双脚一并，行礼后就告辞了。

"您要去哪里？"公爵小姐从骠骑兵身后看了我一眼，问道。

"我得回家了。那我就这样回话吧，"我转向老夫人，补了一句，"说您会在一点多钟光临寒舍。"

"您就这么说吧，少爷。"

公爵夫人急忙拿出鼻烟盒嗅了起来，那动静之大，让我不禁打了个哆嗦。

"您就这么说吧。"她又重复了一遍，眨着泪汪汪的眼睛，呼哧呼哧地喘着气。

我又鞠了个躬，转身走出了房间，我感觉如芒在背。当年轻人知道有人在背后盯着他时，他就会有这样的感受。

"哎，沃尔德马尔先生，请常来做客。"齐娜伊达喊了一声，然后又放声大笑起来。

　　"她为什么总是在笑呢？"在费奥多尔陪同我回家的路上，我心里琢磨着。费奥多尔什么话都没对我说，只是不以为然地跟在我身后。母亲责骂了我，她有些诧异：我到底在干什么，怎么能在这位公爵夫人家待这么长时间？我什么都没有回答她，就回自己房间去了。我突然感到一阵悲伤……我努力忍着不哭出来……我忌妒那个骠骑兵。

五

　　公爵夫人如约来拜访了母亲，但母亲对她看不上眼。她们见面时我并不在场，但在饭桌上，母亲告诉父亲说，她觉得这位扎谢金娜公爵夫人是个非常庸俗的女人，惹得她厌烦，因为公爵夫人一直请求她替自己向谢尔吉公爵求情。母亲还说，公爵夫人总是官司和纠纷缠身，尽是些钱财方面的糟心事。因此，母亲料定公爵夫人是个喜欢惹是生非的讼棍。然而母亲话头一转，说她邀请了公爵夫人和她女儿明天来共进午餐（在听到"和女儿"这句话时，我埋头看向盘子），因为公爵夫人毕竟是邻居，而且也是有名有姓的人。听完这番话后，父亲对母亲说，他刚想起来这是哪位夫人。他年轻时就认识已故的扎谢金公爵，公爵教养良好，却是个胸无点墨、争强好胜之人。由于他在巴黎生活过很长时间，社交圈的人又把他叫作"巴黎人"。他曾经很富有，却把所有的财富都输光了。不知道是什么原因，大概是因为钱吧，他娶了一个小官吏的女儿。"即便如此，他也该挑个更好的，"父亲冷笑着补上一句，"结婚之后，他就去做投机倒把的事，最终落得个破产的下场。"

"她可千万别来借钱啊。"母亲说道。

"这事倒是很有可能。"父亲冷淡地说，"她会讲法语吗？"

"讲得很差。"

"嗯，反正这都无所谓。你好像和我提过，你还邀请了她的女儿。有人跟我说，她是一位非常可爱的、受过良好教育的姑娘。"

"啊！所以她并不像她母亲。"

"也不像她父亲，"父亲说，"她父亲也受过良好教育，但是很愚笨。"

母亲叹了口气，陷入了沉思。父亲也不再作声。在他们谈话这段时间，我感觉很不自在。

饭后，我去了花园，但是没有带上猎枪。我本来暗自发誓再也不会靠近"扎谢金家的花园"了，可是一股不可抗拒的力量却驱使我向那里走去，不过也没有白去。我还没来得及走近栅栏，就看到了齐娜伊达。这次只有她独自一人。她手里捧着一本书，沿着小道慢慢走着。她没有发现我。

我差点就与她擦肩而过了，但我忽然灵机一动，咳嗽了一声。

她转过身来，但没有停下脚步，一只手拨开了圆草帽上的浅蓝色宽丝带，看了看我，微微一笑，就又将眼光投向了书本。

我摘下了制服帽子，在原地稍稍迟疑了一阵，最终心情沉重地离开了。"对于她而言，我究竟算什么呢？（Que suis-je pour elle？）"我脑海里冒出了这么一句法语，天晓得是为什么。

我身后传来一阵熟悉的脚步声。我回头一看，原来是父亲正迈着轻快的步子朝我走来。

"这位就是公爵小姐吗？"他问我。

"是公爵小姐。"

"怎么，你认识她吗？"

"我今天早上在公爵夫人家见过她。"

父亲停住脚步，倏地掉转脚跟，往回走去。赶上齐娜伊达之后，他彬彬有礼地向她鞠了一躬。她也向他躬身回礼，脸上带着一丝讶异的神色，放下了书。我看到她目送父亲走远。我父亲的衣着总是非常讲究，显得别致而简约。但我觉得，他的身材从未像今天一样匀称，他灰色的毡帽戴在他稍显稀疏的卷发上，也从未像今天一样好看。

我本想走到齐娜伊达跟前去，但她压根儿没看我一眼，又捧起书走开了。

六

这天一整晚和第二天早晨，我都处于一种郁郁寡欢的麻木状态之中。我记得，我试图想要学习，读起了凯达诺夫的教科书，但这本著名教科书那稀稀拉拉的字行和书页只是白白地从我眼前闪过。我把"尤里乌斯·恺撒以骁勇善战而闻名"这句话读了不下十遍，却仍然是什么都理解不了，于是我干脆放下了书本。吃饭前，我又在头发上涂了一遍发油，然后再次穿上常礼服，系上了领结。

"这是要做什么？"母亲问道，"你还不是个大学生呢，天知道你能不能通过考试。不是早就给你做了一件短外套吗？你可别把它丢了。"

"这不是要来客人嘛！"我近乎失落地嘟囔着。

"胡说八道！这算是哪门子客人？"

我只好服从。我脱下常礼服，换成了短外套，但没有摘掉领结。公爵夫人带着女儿在午餐前半小时来了。老太太穿着我之前见过的那条绿色长裙，外面还披了一条黄色披巾，戴着一顶饰有火红色丝带的老派帽子。她当即说起了自己的期票，唉声叹气地抱怨着自己的贫穷，"苦苦哀求"，但丝毫没有不好意思。她还是大声地嗅着鼻烟盒，还是随意地在椅子上转来转去，坐相也不安分。她似乎根本没意识到自己还是位公爵夫人。然而齐娜伊达的举止一丝不苟，几乎到了傲慢的地步，俨然是一位货真价实的公爵小姐。她的脸上浮现出冰冷自持的庄重神情，我都没认出她来，没认出她的眼神和她的微笑，虽然她这番新模样在我看来也十分漂亮。她穿着一袭飘逸的浅蓝色花纹薄纱长裙，头发仿照英国的样式卷成了一绺一绺，顺着双颊垂下。这种发型倒是很适合她冷傲的神情。用餐时，我父亲坐在她身边，以他特有的周全而大方的礼数，照顾着邻座的女士。他不时地看向她，她也间或看他几眼。但令人奇怪的是，她的眼神几乎带着敌意。他们俩用法语交谈，我记得，我惊讶于齐娜伊达纯正的法语发音。公爵夫人在饭桌上仍然是毫不客气，大快朵颐，对美味的菜肴赞不绝口。母亲看起来已经被她烦透了，只是郁闷而轻蔑地敷衍着她，父亲也时不时微微蹙眉。齐娜伊达也不得母亲的欢心。

"这个姑娘可真够傲气！"次日母亲说道，"你说她有什么可骄傲的？就凭她那副轻佻的模样！"

"显然你是没见过真正轻佻的女人。"父亲对她说。

"那可真是谢天谢地了！"

"当然要谢天谢地……只是你怎么能对她们妄加评判呢？"

齐娜伊达完全没搭理我。用过午餐后，公爵夫人很快就告辞了。

"那我就指望你们帮忙了，玛丽娅·尼古拉耶夫娜和彼得·瓦西里耶维奇，"她拉长声音对母亲和父亲说，"有什么办法呢！从前是有过风光的时候，但那都已经过去了。虽说我是个公爵夫人，"她令人不悦地笑了笑，补上一句，"可如果连饭都吃不上了，爵位还算什么呢？"

父亲毕恭毕敬地向她鞠躬行礼，将她送到前厅门口。我穿着我的短外套站在那里，望着天花板，就像是被判处死刑的囚犯。齐娜伊达对我的冷漠态度让我心灰意冷。但让我大吃一惊的是，当她走过我身旁时，她眼里流露出了之前的那种柔情，急促地对我低声说：

"请您八点钟到我家来，听到了吗？一定要来……"

我只是无奈地把双手一摊，而她已经把白披巾搭在头上，走远了。

七

八点整，我穿上常礼服，将头发高高梳起，走进了公爵夫人所住的厢房的前厅。老仆人愁眉苦脸地瞅了我一眼，不情愿地从长凳上站起来。客厅里传来了一阵欢笑声。我推开门，不禁惊讶得后退了几步。公爵小姐站在房间中央的一张凳子上，将一项男士帽子拿在面前。五个男人簇拥在椅子周围，他们争先恐后地将手伸进帽子里，可她却将帽子举得更高了，用力地抖动着。看到我，她大声叫了起来：

"等一下，等一下！来了一位新客人，应该也给他一张签。"说着，她从椅子上轻盈地跳下来，拉住我的常礼服的袖口。"来吧，"她说，"您还傻站着做什么？先生们，请允许我向你们介绍，这位是沃尔德马尔先生，我们邻居家的少爷。而这几位，"她面向我，指着客人们一一向我介绍，"是马列夫斯基伯爵、卢申医生、诗人马伊达诺夫、已经退伍的尼尔马茨基上尉，还有骠骑兵别洛夫佐罗夫，您之前已经见过他了。请多多关照。"

我感觉很难为情，甚至没有向任何人行礼。我认出了卢申医生就是那位皮肤黝黑、一头黑发的先生，就是他在花园里无情地让我难堪。其他人我都不认识。

"伯爵先生！"齐娜伊达继续说道，"请给沃尔德马尔先生也写一张签。"

"这不公平，"伯爵带着轻微的波兰口音表示异议。伯爵是一位衣着考究的英俊黑发男子，长了一双多情的棕色眼睛，鼻梁窄而白皙，小嘴上留着细细修剪的小胡子。"他还没有和我们一起玩过方特游戏[1]呢。"

"不公平。"别洛夫佐罗夫和那位被称为退伍上尉的先生也出言附和。退伍上尉四十来岁，满脸麻子，头发像黑人的一样卷曲，背有点驼，罗圈腿，穿着一件没有肩章的军服，扣子也没有扣上。

"我叫您给他写一张签，"公爵小姐又重复了一遍，"哪来那么多意见啊？沃尔德马尔先生是第一次和我们一起玩，今天他不必遵守规则。别发牢骚了，快写吧，我就想这样做。"

伯爵无奈地耸了耸肩，但还是顺从地低下了头，用戴着几只宝石戒指的白皙的手拿起羽毛笔，撕下一张小纸片，在上面写起了字。

"您好歹要允许我们向沃尔德马尔先生解释一下玩法，"卢申用嘲笑的腔调开口说道，"不然他肯定会摸不着头脑。您看到了吧，年轻人，我们在玩方特游戏。公爵小姐玩输了要受罚，而

---

[1] 一种游戏，参加者进行抓阄，并按照所抽到的签，做一件事，类似于现代的"真心话大冒险"。

028

那个抽到幸运签的人，就有权利亲吻她的手。您明白我所说的了吗？"

我只抬眼看了他一下，还是如在云里雾里一般。然而公爵小姐又跃上了椅子，再次抖动起帽子。所有人都朝她探过身去，我也跟着他们照做。

"马伊达诺夫，"公爵小姐对一位脸形瘦削、眼睛小而无光、黑色长发的高个青年说，"您是一位诗人，您应当大度一些，把自己的签让给沃尔德马尔先生，这样他就能有两次机会了。"

但马伊达诺夫摇头表示拒绝，把头发都甩了起来。我也跟在所有人之后把手伸进了帽子，抽出一张纸签，打开一看……天哪！当我看到签上写着"亲吻"两个字时，我简直欣喜若狂！

"亲吻！"我不由自主地喊出了声。

"太好了！他赢了，"公爵小姐接着说道，"我真高兴！"她从椅子上走了下来，澄澈的双眸甜蜜地望向我的眼睛，我的心怦怦直跳。"那您高兴吗？"她问我。

"我吗？……"我一时话语含糊。

"把您的签卖给我吧，"别洛夫佐罗夫忽然贴在我耳边贸然说道，"我给您一百卢布。"

我愤怒地瞪了这位骠骑兵一眼，这一瞥让齐娜伊达拍手称快，卢申也喊道："好样的！"

"不过呢，"他继续说下去，"我是司仪，确保大家遵守所有规则是我的义务。沃尔德马尔先生，请单膝跪地。这是我们的规矩。"

齐娜伊达站在我面前，头微微歪向一侧，仿佛是为了更好地看清我，然后郑重地朝我伸出一只手。我眼前一阵晕眩，我本想单膝跪地，可双腿却不听使唤，一齐跪下了，我以这种极不自然的姿势，用双唇亲吻了齐娜伊达的手指，鼻尖还轻轻地蹭到了她的指甲。

"干得好！"卢申喊道，扶我站起身来。

方特游戏继续进行。齐娜伊达让我坐在她身边。她想出来的惩罚真是花样百出！比方说，有一次她被罚扮演一座"雕像"，她选择让丑陋的尼尔马茨基扮演雕像的底座，让他趴在地上，还要他把脸贴到胸前。开怀的笑声一刻都没有停过。我成长于一个规矩森严的贵族家庭，单独接受严格的教育。对于我这样一个男孩来说，这种喧闹吵嚷，这种放肆而疯狂的快乐，这种从未有过的和陌生人的交往，令我血脉偾张。我如同喝醉酒一般，陶醉其中。我哈哈大笑，高谈阔论，声音变得比其他人还要大，以至于坐在隔壁房间、正和从伊维尔门[1]请来的小官吏商量事情的老公爵夫人都走出来看我了。可我却感觉无比幸福，对于他人的嘲讽和侧目，都可以如常言所说那般"不屑一顾"。齐娜伊达仍然对我照顾有加，不让我离开她身旁。有一次受罚时，我得到机会跟她并排坐在一起，用同一条丝巾盖住我们的头，我必须告诉她"我的一个秘密"。我还记得，我们两人的头突然陷入了一片闷热的、半透明的、芬芳的昏暗中。在这片昏暗之中，她的双眼闪烁着亲切而柔和的光芒，张开的嘴唇呼出温热的气息，贝齿轻启，

———

1 伊维尔门位于莫斯科红场附近，当时这里聚居着很多替人处理诉讼官司的诉讼代理人和小官吏。

她的发梢轻拂过我的身体，让我一阵燥热。我没有吭声。她神秘而狡黠地一笑，最后对我耳语道："嗯，怎么样？"而我只是脸色绯红地笑着，别过脸，几乎要透不过气来。我们玩腻了方特游戏之后，就开始玩起了绳索游戏。我的天哪！当我愣神的时候，她猛地敲了一下我的手指，这简直让我欣喜若狂！后来我又故意装作走神的样子，她却只是跟我开玩笑，再也没有碰过我伸给她的手！

那天晚上我们还玩了好多游戏！我们弹了钢琴，唱歌跳舞，还扮演了一群游牧流浪的茨冈人。尼尔马茨基被打扮成了一头熊，还被灌了不少盐水。马列夫斯基伯爵给我们展示了各种纸牌戏法，最后他还表演了怎么打惠斯特牌[1]，将牌洗了一遍，把所有的王牌都发到了自己的牌组里，为此，卢申"荣幸地向他表示祝贺"。马伊达诺夫为我们朗诵了他的长诗《凶手》的选段，诗中所写的事发生在浪漫主义的鼎盛时期，他打算将这首长诗出版，在黑色封皮上印上血红色的书名。我们还偷走了从伊维尔门来的小官吏放在膝盖上的帽子，逼他跳哥萨克舞来赎回帽子。我们又给老沃尼法季戴上女人的包发帽，让公爵小姐戴上男士帽子……我们做的趣事真是数也数不尽。只有别洛夫佐罗夫越来越躲到角落里去了，眉头紧锁，生着闷气……有时候他双眼布满血丝，满脸通红，仿佛马上就要朝我们所有人冲过来，把我们像碎木片一样四处乱扔。可是公爵小姐时不时看看他，举起手指威吓他，他就又缩回自己的角落里去了。

1　一种扑克牌游戏，也有人认为是桥牌的一种形式，游戏氛围中充满运气、技巧和惊奇。

我们终于玩得筋疲力尽。公爵夫人虽然嘴上说并不介意我们嬉笑吵闹，但她也感到疲惫，想要休息。夜里十一点多时，晚饭被端了上来，只有一块不太新鲜的干酪和几个碎火腿馅的冷馅饼，可我却觉得这冷馅饼比任何珍馐还要美味可口。酒只有一瓶，而且看起来怪怪的：深色的阔口瓶里盛着玫瑰色的葡萄酒，不过也没人喝它。我走出厢房，疲惫、幸福得精疲力竭。告别时，齐娜伊达紧紧地握着我的手，又露出一个神秘莫测的微笑。

夜晚沉闷而潮湿的气息向我燥热的脸上袭来，眼看大雷雨就要来了。乌云逐渐聚集，在天空中飘曳，不断变幻着烟雾缥缈的轮廓。微风在黑暗的树林间不安地战栗着，雷声在遥远的天边隆隆作响，仿佛在兀自发泄着怒气。

我从屋后的台阶偷偷溜回了自己的房间。我的老仆人睡在地板上，我不得不从他身上跨过去。他醒了过来，看见了我，告诉我说母亲又生我的气了，还想再派人去唤我回来，但被父亲拦下了。我从来没有不向母亲道晚安、不请她祝福几句就躺下睡觉过，现在也没办法了！

我对老仆人说，我自己脱衣睡觉，然后吹熄了蜡烛。可是我并没有脱衣服，也没有上床睡觉。

我在一张椅子上坐下，像是着了魔一般，坐了许久。我的感受是如此新奇，如此甜蜜……我静静地坐着，四下微微观望，缓慢地呼吸着。有时候我回想起一些片段，就禁不住默默微笑；有时候一想到我坠入爱河了，想到我爱的就是她，我心里就会一阵阵发冷。黑暗中，齐娜伊达的脸在我眼前静静浮现，飘忽不定，却也挥散不去。她的双唇还是神秘地微笑着，她的双眸微微斜睨着我，那温柔的目光似在探问，又满含思绪……就跟我和她分别时一样。最后我站起来，踮着脚尖走到床边，衣服也没有脱，就那样小心翼翼地将头靠在枕头上，生怕一个剧烈的动作就会惊扰到那充满我内心的情愫……

我躺下了，却不曾合眼。不久我就留意到，一道道微弱的光线不断照射进我的房间。我稍稍坐起，望向窗户。窗框和神秘的、朦胧发白的玻璃清晰可辨。"是大雷雨啊。"我心想。那确实是一场雷雨，但是下在很远的地方，所以听不见雷声，只有一道道暗淡的、长长的闪电，像是树杈一般，在天空中不断闪过。与其说它们是在打闪，不如说是像垂死的鸟儿的翅膀一样在抽搐颤抖着。我爬起身，走到窗边，一直站到了天明……闪电一刻也没有停歇过，这就是民间所说的"雀夜"[1]。我望着那片寂静无声的沙地，望着幽暗的涅斯库奇内公园，望着远处楼宇黄色的墙面，它们仿佛也在随着每一道微弱的电光颤动着……我看着看着，无法自拔：这些无声的闪电，这些压抑的闪光，似乎在跟我内心迸发的无声而隐秘的情感相互呼应。清晨来临，映出了一团团鲜红的朝霞。太阳冉冉升起，雷电也逐渐减弱淡去，闪烁的间隔也变得越来越长，最终消失在新的一天唤醒世间的明朗日光中了。

我心中的闪电也消失了。我感到非常疲惫，内心却十分平静……可是齐娜伊达的情影还继续在我心上耀武扬威地荡漾着。不过这个情影本身显得很宁静，就像一只从泥沼草丛中飞出的天

1　雷雨交加的夏夜，伴有不断的电闪和雷鸣。

鹅，从环绕着它的众多丑陋身影中脱颖而出。在即将进入梦乡之际，我怀着满心的信赖与崇拜，最后一次拜倒在它面前，跟它道别……

啊，那温柔的感情，那柔美的声音，一颗悸动之心的善良与平静，初恋那令人陶醉的欢乐——你们在哪里，你们在哪里？

八

第二天早晨，当我下楼去喝茶时，母亲将我责骂了一顿，不过倒没有我预想的那么厉害。母亲逼问我，让我讲出昨夜的经过。我三言两语应付了她，略去了很多细节，尽量把一切都描述成清白无辜的样子。

"说到底，他们都是些没有规矩的人。"母亲说，"你不要去他们那里闲逛，你该好好用功，准备考试了。"

因为我知道母亲对于我的学业的关心，也就仅限于这几句话而已，所以我觉得也没必要跟她多费口舌。但喝完茶后，父亲却挽起了我的手，和我一起去了花园里，非要我给他讲讲我在扎谢金公爵家所见到的一切。

父亲对我有一种奇怪的影响，我们之间的关系也有些怪异。他几乎从不插手我的教育，却也从未让我受过委屈。他尊重我的自由，他对我甚至可以说是很客气……只不过他从来不让我亲近他。我爱他，我欣赏他，我觉得他就是男人的典范。天哪！要不是我总感到他的双手在推拒着我，那我该是多么热烈地爱他啊！

可是只要他愿意，他只需要用一句话、一个动作，就能瞬间激起我内心对他的无比信任。我敞开心扉，跟他交谈，把他当作一个睿智的友人、一位宽容的导师……之后他又会突然疏远我，他的手再次将我推开，虽然动作亲切温柔，却还是将我推开了。

他喜欢各种剧烈的体力活动，有时当他心情愉悦，他就会像个小孩子一样，跟我一起嬉戏玩闹。有一次——也只有那么一次！他那么温柔地爱抚了我一阵，我差点哭了出来……但他的快乐和温情转瞬即逝，我们之前所发生的事，也没能让我对未来抱有任何期望，这一切仿佛只是我做的一场梦。有时候，我只要一打量他聪慧俊朗的脸庞……我的心就会开始颤抖，我整个人都会对他心驰神往……他仿佛能察觉我内心的想法，他会随手轻轻拍拍我的脸颊，然后或是走开，或是做些别的事情，或是整个人突然冷淡下来，变回那种他所独有的冰冷姿态，而我会顿时心里一紧，也冷了下来。即使他难得地对我表示亲昵，也从不是因为我不言而喻的苦苦哀求，他的亲昵总是来得出乎意料。后来当我思索父亲的性格时，我得出了一个结论：父亲并不在意我，也不在意家庭生活，他爱的是别的东西，并且完全乐在其中。他曾经对我说过："你要自己去争取你力所能及的东西，不要被他人捏在手心里；你应当属于你自己——人生的全部真谛就在于此。"还有一次，我作为一名年轻的民主主义者，当着他的面高谈阔论起自由来。那天他可以说是很"和善"了，所以任何话题都可以跟他谈论。

"自由，"他重复道，"那你知道什么能给人自由吗？"

"是什么呢？"

"意志，自身的意志，它能够赋予你比自由更好的权力。如果你有意志，那么你就能得到自由，你就能指挥别人。"

我的父亲首先最想要的就是生活，他也不枉此生……也许他早有预感，他不会长久地享受人生的"真谛"——他只活到四十二岁就去世了。

我详细地把我拜访扎谢金家的经过告诉了父亲。他坐在长凳上，用手杖的末端在沙地上划拉着，像是聚精会神，又像是漫不经心地听着我的讲述。他间或一笑，抬起明亮逗趣的眼睛看看我，提出一些简短的问题或是异议，来鼓励我继续说下去。我起初不敢说出齐娜伊达的名字，但还是没有忍住，开始极力赞扬她。父亲一直在微笑，接着他陷入了沉思，伸展一下身子，站了起来。

我想起来，临出门的时候，他吩咐仆人给他备了马。他是一位出色的骑手，他早就能够驯服最野的马，甚至比莱里先生更早掌握这项本领。

"我能跟你一起去骑马吗，爸爸？"我问他。

"不行。"他答道，他的脸又变回了平常那种冷淡而温和的神情，"你要是想骑马，就自己去吧。告诉马夫，我不去了。"

他转身背对着我，快步走远了。我目送着他，直到他的身影消失在大门后面。我能看见他的帽子沿着栅栏移动，原来他是去扎谢金家了。

他在扎谢金家待了不到一个小时，就立刻动身进城去了，直到傍晚才回家。

午饭之后，我自己也去了扎谢金家。客厅里只有老公爵夫人独自一人。她看到我，用一根织针挠了挠包发帽下的头皮，突然问我能不能帮她誊写一份呈文。

"乐意效劳。"我回答道，在椅子边上坐了下来。

"不过请您把字写大一点。"公爵夫人低声说着，递给我一张脏兮兮的纸，"能不能今天就抄呢，少爷？"

"行，我今天就抄好。"

隔壁房间的门微微打开了，门缝里露出了齐娜伊达的脸庞，她面色苍白，似是思绪重重，头发随意地梳在脑后。她用大眼睛冷淡地瞄了我一眼，就轻轻地关上了门。

"齐娜，齐娜！"老夫人喊道。

齐娜伊达没有应声。我将老夫人的呈文带回家，誊抄了整整一晚。

九

　　我的"激情"从那一天就开始了。我记得，当时我有一种初次赴任就职的人必然会经历的感受。我已经不再是年幼的男孩了，我恋爱了。我说过，我的激情从那一天就开始了。我还可以加上一句，我的痛苦也正是从那一天开始的。只要齐娜伊达不在，我就会闷闷不乐，茶饭不思，什么事都做不成，只是整天一门心思地想着她……我感到苦闷积郁……但即使她在身边，我也从未觉得轻松一些。我妒忌，我意识到了我的微不足道，我傻傻地生气，傻傻地卑躬屈膝。有一股无法抑制的力量牵引着我向她而去，每一次当我迈进她的房门时，我都会不禁幸福得浑身颤抖。齐娜伊达立刻就猜到我爱上她了，而我也没有想要隐瞒。她玩弄着我的情意，戏弄我，宠溺我，折磨我。成为另一个人最大的快乐和最深的痛苦的唯一源泉以及绝对顺从的因由，这是一件令人感到甜蜜的事。而我就像是齐娜伊达手中的一块软蜡，任她拿捏。不过爱上她的并不止我一个人，所有往来于她家的男人都为她神魂颠倒，她也把他们所有人都拴在自己脚边。她时而唤起他们的希望，时而又让他们忧虑重重，随心所欲地摆布他们，并以此作为消遣。她管这叫作"让人与人碰撞"。可他们从未想过要反抗，反而心甘情愿地臣服于她。在她充满活力而美丽的身上，狡黠与单纯，矫情与率真，文静与活泼，迷人地融为一体。她所做的每一件事，所说的每一句话，她的每一个动作，都具有一种微妙而轻柔的美，处处都流露出她独特而鲜活的力量。她的脸不断地变化着，神色生动：它几乎同时表达了嘲笑、沉思和热情。复杂多样的情感，就像是晴天里随风飘动的云影，间或从她的眉眼和双唇间轻快地拂过。

她对每一位追求者都来者不拒。她有时会把别洛夫佐罗夫叫作"我的野兽"，有时候干脆叫作"我的"，为了她，别洛夫佐罗夫甘愿为她上刀山下火海。虽然别洛夫佐罗夫对自己的聪明才智和其他长处缺乏信心，但他还是不断地向齐娜伊达求婚，还向她暗示其他人说的都是空话。马伊达诺夫能与她充满诗意的心弦产生共鸣，他和几乎所有的作家一样，是个相当冷淡的人，他极力向她证明，可能也是想让自己确信，他深爱着她。他还创作了无数的诗歌来歌颂她，并且带着某种既做作又真诚的喜悦之情，朗诵给她听。她同情他，但又稍稍有些嘲讽他。她并不太信任他，在听厌了他慷慨激昂的朗诵之后，就让他朗诵普希金的诗歌，她说这是为了净化空气。爱嘲讽人、言语粗俗的卢申医生比任何人都了解她，也比任何人都爱她，虽然他经常当面和在背后说她坏话。她尊敬他，但并不纵容他，有时会带着一种特别的幸灾乐祸的满足感，让他感觉到他也在她的掌控之中。"我就喜欢卖弄风情，我没有真心，我天生就会逢场作戏。"有一次她当着我的面这样对他讲，"啊，好吧！请您给我您的一只手，我要用大头针扎它一下，您会在这位年轻人面前感到羞愧，您会痛，不过先生您毕竟是个实诚人，还请您笑着接受吧。"卢申脸红了，转过头去，抿紧了嘴唇，但最终还是伸出了手。她刺了他一下，接着他果然笑了起来……她也笑了，一面把大头针扎得更深，一面盯着他的眼睛，而他的眼神在徒劳地四下闪躲着……

最让我费解的是齐娜伊达和马列夫斯基伯爵之间的关系。他相貌英俊，又机敏聪慧，可是他身上有一些可疑和虚假的东西，就连我这个十六岁的孩子都能感觉到。所以我非常惊讶，齐娜伊达居然没有发现这一点。也有可能，她察觉到了这种虚伪，只是并不感到厌恶而已。错误的教育，奇怪的交往圈子和习惯，母亲的时刻看管，家境的贫穷与杂乱，所有这一切，包括这位少女享有的自由本身，以及她对于周围人的优越感，让她养成了一种略带轻蔑又不甚讲究的随意态度。不管发生什么事，无论是沃尼法季来报告说没有糖了，还是外面传出了什么流言蜚语，或是客人们吵起来了，她都只是甩甩头发，说："没什么大不了！"她还嫌事不够大呢。

然而有时候，马列夫斯基会走到她面前，像狐狸一样狡猾地微微晃动着身子，优雅地靠在她的椅背上，带着扬扬自得而又谄媚的微笑，开始对她耳语。而她则会将双手交叉环抱在胸前，全神贯注地看着他，面带笑意，时而微微摇头。每当这时，我就会感到浑身的血液都燃烧起来了。

"您为什么愿意接待马列夫斯基先生呢？"有一次我问她。

"他的小胡子非常漂亮，"她回答说，"这方面您应该不太懂。"

"您是不是以为我爱他？"另一次她对我说，"不是的，我不会爱上让我看不起的人。我需要的是一个能令我折服的人……千万别让我遇上这样的人，上天保佑！我不要被任何人攥在掌心，绝对不要！"

"那您永远都不会爱上别人吗？"

"那您呢？难道我不爱您吗？"她说着，用手套的指尖点了点我的鼻子。

是的，齐娜伊达经常拿我取乐。三个星期以来，我每天都见到她，她什么花招没对我要过！她很少来我们家，可这并不让我觉得遗憾，因为一到我们家，她就会摇身变成一位贵族千金，一位公爵小姐，我在她面前也会感到拘束。我生怕在母亲面前露出破绽，她很不喜欢齐娜伊达，总是心怀敌意地观察着我们的一举一动。我倒不那么害怕父亲，他仿佛当我不存在，也很少和她说话，不过他们谈话的方式却相当高明，而且意味深长。我不再学习、读书，我甚至不再到附近去散步骑马了。我就像一只被缚住了脚的甲虫，总是围着那间我最爱的厢房徘徊打转。我感觉我想要永远待在那里……但那是不可能的，母亲时常向我发牢骚，有时齐娜伊达本人也会对我下逐客令。那时我就会把自己锁在屋里闭门不出，或者走到花园尽头，爬到已经废弃的高高的石砌温室上去，将双腿从临街的墙上垂下，一坐就是几个小时，我一直看啊看，却什么也没看见。一群白蝴蝶在我身旁布满尘土的荨麻丛中慵懒地飞来飞去，一只灵巧的麻雀落在不远处一块破损的红砖上，生气似的叽喳叫唤，不停地扭动着身子，展开了尾巴；那些仍然心存疑虑的乌鸦高高地栖息在光秃的白桦树梢上，偶尔叫上几声；阳光静谧地从白桦树稀疏的枝杈间透过，风也轻轻拂过树梢；耳边不时传来顿河修道院的钟声，听起来平静而又凄凉——而我坐着，看着，听着，内心充斥着一种难以言喻的感受，这种感受包含了一切：有悲伤，有欢乐，有对未来的预感，有愿望，有对生活的忧惧。可当时的我对此却一无所解，对于我内心的所有悸动也说不出个所以然来，或者我也可以用一个名字——齐娜伊达的名字——来称呼这一切。

但齐娜伊达还是一直玩弄我，就像猫捉弄老鼠一样。她有时跟我打情骂俏，让我魂牵梦萦；有时她又突然把我推开，让我不敢亲近她，不敢看她一眼。

我记得，她曾一连几天都对我十分冷淡，我害怕得不得了，我怯怯地朝他们家的厢房跑去，尽量待在老公爵夫人身边，也不管当时她是在骂人或是高声叫嚷：她的期票官司进展得很不顺利，她已经跟警察分局长解释过两次了。

有一次，当我经过花园里那道熟悉的栅栏时，我看到了齐娜伊达。她双手撑在身侧，坐在草地上，一动不动。我本想悄悄地走开，但她突然抬起了头，向我做了个命令的手势。我当场愣住了，我一下子没懂她的意思。她又重复了一次手势。我当即跃过栅栏，欢快地向她跑去，但她用眼神制止了我，示意我停在离她两步开外的小路上。我羞赧至极，不知怎么办才好，竟在小路边缘跪下了。她的脸色是那么苍白，五官的每一处都流露出极度的痛苦和悲伤，以及深深的疲惫，让我一阵揪心，我不由自主地喃喃道：

"您怎么了？"

齐娜伊达伸出一只手，摘下了一根小草，放在口中咬了一下，然后又远远地丢开。

"您非常爱我吗？"她终于问道，"是吧？"

我什么都没有回答，而且我又何必回答呢？

"是吧，"她又重复了一遍，眼睛仍然看着我，"就是这样。一样的眼睛，"她添上一句，陷入了沉思，双手掩住面庞，"这一切都让我厌烦，"她低声说，"我真想跑到世界尽头去，我受不了了，我应付不来……以后等着我的是什么呢？……唉，我感觉太沉重了……天哪，太沉重了！"

"为什么呢？"我怯怯地问道。

齐娜伊达没有回答我，只是耸了耸肩。我还是跪在那里，满怀惆怅地望着她。她说的每句话都深深地刻进了我的心里。在这一刻，我觉得，只要能消解她的悲伤，即使让我献出生命，我也心甘情愿。我看着她，虽然还是不明白她如此消沉的缘由，但我却能生动地想象到：她忽然感受到了一阵不能自已的悲伤，走到了花园里，就像被镰刀割断的草茎一样，伏倒在地上。四周明亮，翠色欲滴；风拂动树叶沙沙作响，偶尔也摇动着齐娜伊达头上那条长长的树莓枝。不知从什么地方传来了鸽子的咕咕声，蜜蜂嗡嗡叫着，低低地在稀疏的草丛间飞舞。蔚蓝的天空是那么温柔，而我却是那么忧伤……

"请给我读首诗吧，"齐娜伊达用一只手肘撑着身子，低声说道，"我喜欢听您读诗。您读起诗来就像唱歌一样，但没关系，年轻人就是这样。请给我读《在格鲁吉亚山冈上》[1]吧。不过，您

---

1 普希金于1829年写作的诗歌，全名为《夜幕笼罩着格鲁吉亚山冈》。

还是先坐下吧。"

我坐下来，朗诵了《在格鲁吉亚山冈上》。

"它无法不爱，"齐娜伊达跟着念了一遍这句诗，"这就是诗歌的妙处：它能够向我们讲述并不存在的事物，那事物不仅比现实更加美好，甚至也更接近于真实……它无法不爱——它想不爱，却无法不爱！"她又沉默了，突然全身一震，站了起来，"我们走吧。马伊达诺夫在我母亲那里，他给我带来了他写的诗，可我却把他晾在那儿了。他现在也很伤心……有什么办法呢！您以后就懂了……请千万不要生我的气！"

齐娜伊达匆匆握了握我的手，就向前跑去了。我们回到了厢房。马伊达诺夫给我朗诵起他刚刚付梓的《凶手》，但我却听不进去。他拖长声调，高声朗诵着他那首四音部抑扬格的诗歌，诗句的韵脚就好似一个个小铃铛，交错着发出一阵阵嘈杂而无意义的脆响。而我一直看着齐娜伊达，试图理解她之前说的最后几句话的深意。

> 莫非有一个秘密的情敌
> 已出乎意料地征服了你？

马伊达诺夫突然用鼻音大声朗诵起来，我的眼神和齐娜伊达的眼神交会在一起。她垂下眼睑，脸上微微泛起红晕。我看到她脸红了，这让我惊惧得背后一凉。我早就为她而妒火中烧了，但直到这一瞬间，"她爱上了一个人"的想法才在我脑中闪过："天哪！她爱上了一个人！"

十

我真正的苦恼就从那一刻开始了。我绞尽脑汁，思来想去，并且坚持不懈地观察着齐娜伊达，但尽可能不被她察觉。她变了——这是显而易见的。她常常独自一人去散步，而且散步很久。有时她会对客人避而不见，一连数个小时待在自己房中。以前她从没有这样过。我突然变得敏锐起来，也或许是我自以为我变得敏锐了。"会不会是他？或者是他吗？"我经常问自己，紧张不安地将她的追求者在脑子里一一筛过。我私下觉得，马列夫斯基伯爵要比其他人更加危险，虽然因为齐娜伊达的缘故，我羞于承认这一点。

我的观察力还是太差，甚至看不到自己眼前以外的事物。我的故作镇定大概也瞒不过任何人，至少卢申医生很快就看穿了我。不过，他最近也变了：他消瘦了，他还是和从前一样经常笑，但不知为何，笑声变得更沉闷、更短促，其中的恶意也更甚了。他曾经随意的嘲讽和做作的粗鄙消失了，反而常常像个神经质一般，不由自主地发脾气。

"您为什么总是到这里来呢，年轻人？"有一次当扎谢金家的客厅里只有我和他两人时，他对我说。当时公爵小姐去散步还没回来，而顶楼传来了公爵夫人的叫喊声，她正在叱骂她的女仆："趁您还年轻，您应该学习、用功，可是您在做什么呢？"

"您又不知道我在家里有没有用功？"我有些傲慢地反驳他，言语间却也有几分心虚。

"这用的是哪门子功啊？您想的可不是那回事。好吧，我不跟您争论了……在您这个年纪，这也是情理之中的事。只不过您的选择是大错特错了。难道您看不出来，这是什么样的一家人吗？"

"我不明白您的意思。"我说道。

"您不明白吗？那您就更糟糕了。我认为，我有责任要提醒您。我们这些老光棍可以来这里，因为这对我们能有什么影响呢？我们都是饱经世事的人了，什么都吓不到我们。可您还是细皮嫩肉，就连这里的空气对您都是有害的。请相信我，您会被传染的。"

"怎么会这样呢？"

"就是这样的。难道您现在是健康的吗？难道您的状态是正常的吗？难道您现在感觉到的东西是对您有益、有好处的吗？"

"我感觉到什么了？"我说道，但我心里意识到，他说的是对的。

"哎呀，年轻人啊，年轻人，"卢申医生继续说，他神情微妙，仿佛这两句话里蕴含了对我的极大侮辱，"您还耍什么心眼啊？谢天谢地，您心里的想法可都明摆着写在脸上了。不过，我说这些都是废话！假如（医生咬紧了牙关）……假如我不是这样一个怪人的话，我自己也不会到这里来了。只是我很纳闷，您这么聪明，怎么会看不明白您身边发生的事呢？"

"那究竟发生了什么事呢？"我顺着他的话问道，整个人变得戒备起来。

医生带着一种嘲笑般的同情瞥了我一眼。

"毕竟我也是个好人，"他低声说着，仿佛是在自言自语，"我很有必要把这件事告诉他。总而言之，"他提高了嗓门，接着说道，"我再跟您说一次，这里的气氛不适合您。您在这里感觉是很愉快，但这根本不算什么！温室花房里也是芳香馥郁，可是里面并不能住人。喂！请您听我的话，还是回去读凯达诺夫编写的历史教科书吧！"

公爵夫人走了进来，开始向医生抱怨起牙痛。然后齐娜伊达也回来了。

"您瞧，"公爵夫人说，"医生先生，您可得说说她。她本来胸肺就不大好，还整天喝冰水，这对她的身体能有好处吗？"

"您为什么要这样做？"卢申问道。

"这样做会有什么后果呢？"

"什么后果？您可能会感冒，甚至死掉。"

"是这样吗？真的吗？那又如何，就是自作自受呗。"

"可不是嘛！"医生埋怨了一句。

公爵夫人出去了。

"可不是嘛，"齐娜伊达重复了他的话，"难道活着就这么快乐吗？您看看周围……怎么样？很好吗？还是说您以为，我连这一点都不明白，都没有感觉到吗？喝冰水能给我带来快乐。您可以郑重其事地劝我说，冒着生命的风险去贪图一时之欢是不值得的，但我早就不在意幸福了。"

"是啊，"卢申说，"任性无常和自以为是……这两个词就把您说透彻了，您的性格完全包含在这两个词当中。"

齐娜伊达神经质般地笑了起来。

"您的思想过时了，亲爱的医生先生。您的观察力太差了，您落伍了。请戴上眼镜吧。我现在可顾不上任性了。戏弄你们，戏弄我自己……别提有多快乐了！至于说到自以为是……沃尔德马尔先生，"齐娜伊达忽然跺了一下脚，对我说，"请您不要一副愁眉苦脸的样子。我受不了别人同情我。"她飞快地走开了。

"这里的气氛是对您有害的，有害，年轻人。"卢申又对我说了一遍。

十一

就在那天晚上，常来的客人们又聚在了扎谢金家，我也位列其中。

大家聊起了马伊达诺夫的诗，齐娜伊达衷心地赞美了它。

"不过您知道吗？"她对马伊达诺夫说，"假如我是诗人的话，我就会选择一些别的题材。也许，这听起来像是信口胡诌，但有时候我脑海里会浮现出一些奇怪的想法，尤其是临近清晨，天空开始逐渐泛出粉红色和灰色，而我又睡不着的时候。我想，比如说……你们不会笑话我吧？"

"不会！不会！"我们所有人异口同声地喊道。

"我想这样写，"她继续说下去，双手交叉环抱在胸前，眼睛望向一边，"一群妙龄少女在夜里乘着一艘大船，航行在静谧的河流上。月光皎洁，她们全都身着一袭白衣，头戴白色花环，吟唱着类似于赞美歌的歌曲。"

"我明白，我明白，您继续讲。"马伊达诺夫意味深长而又心驰神往地低声说道。

"忽然，岸上响起了喧闹声，传来阵阵笑声和鼓声，还有燃烧的火炬……一群酒神的女祭司[1]奔跑着，唱着歌，叫喊着。这里的情景就交给您来描绘了，诗人先生……只是我希望火炬是红色的，而且浓烟滚滚，我还希望女祭司们的眼睛在花环的映衬下顾盼生辉，而花环应该是深色的。请不要忘记描写虎皮毯和酒杯，还有黄金，许多许多的黄金。"

"黄金应该放在哪里呢？"马伊达诺夫问道，往后甩了甩他平直的头发，鼻孔微微张大。

"放在哪里？放在她们肩上、手上、腿上，所有地方。据说，古代的女人还会在脚踝上戴黄金脚环呢。女祭司们招引着船上的少女们。少女们不再唱自己的赞美歌，她们唱不下去了，但她们也一动不动，任河水将她们推向岸边。就在这时，她们之中的一个少女忽然站了起来……这一幕得好好描写一番：她在倾泻的月光中静静起身，她的女伴们吓坏了……她跨过了船舷，女祭司们将她围住，飞快地将她拖进了茫茫夜色，拉入了黑暗之中……请您在这里描写缭绕的烟雾和一派混乱的情景。只能听见她们的尖叫声，少女的花环还留在岸边。"

齐娜伊达不作声了。（"噢！她爱上了一个人！"我又心想道。）

"就这么点儿吗？"马伊达诺夫问道。

"就这么点儿。"她回答说。

1　希腊神话中酒神巴克科斯的女祭司。

"这没办法作为一整首长诗的题材，"他煞有介事地说，"不过我能借鉴您的构思，来写一首抒情诗。"

"是浪漫主义的诗吗？"马列夫斯基问道。

"当然是浪漫主义的诗，用拜伦的诗体写。"

"可我觉得，雨果比拜伦好，"年轻的伯爵随口说道，"雨果写得更有意思。"

"雨果是一流的作家，"马伊达诺夫表示异议，"我的朋友东科舍耶夫在他的西班牙语长篇小说《吟游诗人》里写道……"

"啊，就是那本把问号上下颠倒着写的书吗？"

"是的。那是西班牙人的书写习惯。我想说的是，东科舍耶夫……"

"嘿，你们又开始争论古典主义和浪漫主义了，"齐娜伊达再次打断了他，"我们还是来玩……"

"玩方特游戏吗？"卢申接过话头说。

"不，方特游戏太无聊了。我们来玩'打比喻'吧。"这个游戏是齐娜伊达自己想出来的：一个人说出一样东西，其他人就要找另一样东西来和它做比，谁的比喻最恰当，谁就能得到奖励。

她走到窗边，夕阳刚刚西下，天空中还高挂着长长的红霞。

"这些云彩像什么？"齐娜伊达问道，还没等我们回答，她又说，"我觉得它们像是埃及艳后克列奥帕特拉去迎接安东尼时，所乘坐的金船上的紫色桅帆。马伊达诺夫，您记得吗，您不久前才给我讲过这个故事？"

我们所有人都像《哈姆雷特》里的波洛涅斯[1]一样，认定这些云彩就和紫色桅帆一模一样，我们谁也找不到更加恰当的比喻了。

"当时安东尼多大年纪？"齐娜伊达问。

"应该还很年轻吧。"马列夫斯基说道。

"是的，很年轻。"马伊达诺夫笃定地说道。

"不好意思，"卢申喊道，"他当时已经四十多岁了。"

"四十多岁啊。"齐娜伊达重复了一遍，飞快地瞅了他一眼。

稍后我就回家了。"她爱上了一个人，"我不由得默念道，"可究竟是谁呢？"

1　莎士比亚的悲剧《哈姆雷特》第三幕第二场中有一段哈姆雷特与波洛涅斯的对话，哈姆雷特将云比作骆驼、鼬鼠、鲸鱼，波洛涅斯则认为他的比喻很恰当。

十二

日子一天天过去。齐娜伊达变得越来越古怪，越来越不可理喻了。有一次我走进她的房间，看到她坐在一张藤椅上，将头抵在桌子的尖角上。她挺直身子……她的脸上挂满了泪珠。

"啊！是您啊！"她说道，露出一个冷酷的笑容，"请到这里来。"

我走到她身边，她将一只手放在我的头上，忽然一把揪住我的头发，拧了起来。

"疼……"我终于出声了。

"啊！疼！难道我不疼吗？不疼吗？"她重复道。

"哎呀！"她突然叫了一声，看到我的一小撮头发已经被她揪掉了，"我这是做什么呀？可怜的沃尔德马尔先生！"

她小心翼翼地把揪下来的头发理顺，把它们缠在指尖，绕成了一个小环。

"我会把您的头发放进项链的坠子里，戴在身上，"她说道，眼里仍泛着泪光，"也许这样能带给您些许安慰……不过我现在要先失陪了。"

我一回到家，就碰见了一件不愉快的事。母亲在跟父亲说理：她正在因为什么事情责备他，而他还是跟平时一样，冷淡而礼貌地不置可否，很快就离开了。我听不见母亲说了些什么，也顾不上听。我只记得，当她说完之后，命人叫我到她的房间去，非常不满地说起了我经常去公爵夫人家这件事。按她的话说，公爵夫人就是"一个什么事都做得出来的女人"。我走上前亲吻了母亲的手（每当我想结束谈话时，我总是这样做），然后就回自己房间去了。齐娜伊达的眼泪让我一头雾水。我根本不知如何是好，我自己都想哭一场了。虽然我已经十六岁了，但我毕竟还是个孩子。我已经顾不上再去想马列夫斯基的事了，即使别洛夫佐罗夫正日渐变得暴躁吓人，他看向狡黠的伯爵的眼神，就像是恶狼盯着绵羊一样。我也没有心思去顾及任何人和事。纷乱的思绪使我感到迷惘，我只想找个僻静的地方。我尤其喜欢那间废弃的温室花房。我时常爬到花房的高墙上坐下，感觉自己是一个如此不幸的、孤单的、悲伤的少年，就连我都开始可怜我自己了。可是这种伤感又使我那么愉快，令我万分陶醉！……

有一天，我正坐在墙沿上，望着远处，听着钟声……忽然有什么东西拂过了我的周身——不像是微风，也不是战栗，而仿佛是一阵气息，仿佛是有人贴近的感觉……我低头向下看去。齐娜伊达身穿一件轻盈的浅灰色裙子，肩上撑着一把粉红色的小伞，正顺着下面的小路匆匆走来。她看到了我，停下脚步，撩起了草帽的帽檐，抬起天鹅绒般温柔的眼睛看向我。

"您在那么高的地方做什么呀？"她问我，脸上带着一种怪异的笑容，"您瞧，"她继续说道，"您总是说您爱我，如果您真的爱我，那就请您跳到我身边的小路上来。"

齐娜伊达话音未落，我就已经纵身跃下，就像是有人在背后猛推了我一把。这堵墙大约有两俄丈[1]高。我双脚着地，但冲击如此之大，我连站都站不住，我摔倒了，一时失去了意识。当我清醒过来时，还没等我睁开眼，就感觉到齐娜伊达在我身旁。

"我亲爱的男孩，"她说着，朝我俯下身子，她的话音里流露出一种惴惴不安的温柔，"你怎么能这样做，你怎么能听我的话呢……要知道我爱你啊……起来吧。"

她的胸脯在我身边随着呼吸起伏，她的双手轻抚着我的头，突然——她对我做了什么呀！她柔软红润的嘴唇亲吻遍了我的脸……她的双唇贴在了我的唇上……虽然我还是紧闭双眼，但这时齐娜伊达也许已经从我脸上的表情猜到我恢复了知觉。她很快抬起身子，低声说：

"请起来吧，调皮鬼，傻孩子！您怎么还躺在尘土里呢？"

我站了起来。

"请把我的伞递给我，"齐娜伊达说，"您瞧瞧，我把它丢到哪里去了？您别这样看着我……您犯什么傻呀？您没伤着吧？看来您是被荨麻刺到了吧？都跟您说了别看我……可他什么都不懂，也不回答，"她又喃喃自语般说道，"回家去吧，沃尔德马尔先生，把身上弄干净。别再跟着我了，否则我会生气的，再也不会……"

———

1 旧俄时期的计量单位，1俄丈约合2.134米。

她话还没说完，就急急忙忙走了。我在路边坐了下来……我的腿站不起来了。荨麻刺痛了我的手，腰酸背痛，头也直发晕。但我当时体会到的那种至高无上的幸福感，在我的生命中再也没有出现过。它化身为甜蜜的痛楚，遍布在我身体的每一处，最后又变成了欣喜若狂的雀跃和喊叫，宣泄而出。的确，我还是个孩子。

十三

　　那一整天我都是那么高兴，那么骄傲，齐娜伊达亲吻的触感还那么真切地留存在我脸上。回想起她说的每句话，都会让我欢喜得浑身颤抖。我万分珍惜这意料之外的幸福，我甚至开始感到害怕，甚至不愿见到她——这一切新奇感受的始作俑者。我觉得，我已经无法向命运索求更多了，我现在应该做的就是"接受一切，好好地呼吸最后一口气，然后死去"。然而第二天当我去到厢房时，我却感觉非常局促不安，我努力摆出一副镇定自若的正派模样，想要表现得像一个能够守口如瓶的人，从而掩饰内心的窘迫，但这一切都只是徒劳。齐娜伊达很随意地接待了我，没有任何情绪的波动，只是伸出一根手指吓唬我，问我身上有没有瘀青。我的从容自如和故作神秘登时土崩瓦解，随着它们一起消失的还有我的窘态。当然，我本来就没有特别的期待，但齐娜伊达的淡然就像给我泼了一盆凉水。我明白了，在她的眼里，我只是个孩子。我感到万分心痛！齐娜伊达在房间里来来回回地走动，每次只要一看向我，她就会短促地微微一笑。可是她的思绪早已飘远，我清楚地看出了这一点……"该不该提昨天的事呢，"我心想，"要不要问问她那么着急是要去哪里？要不要问个清楚……"但我只是摆了摆手，在角落里坐了下来。

别洛夫佐罗夫走了进来，我很高兴见到他。

"我没能找到一匹驯顺的马给您骑，"他严肃地说道，"弗莱伊塔格[1]保证会给我找一匹，但我不太确定，我有些担心。"

"请问，您在担心什么？"齐娜伊达问道。

"担心什么？要知道您并不会骑马。天知道会出什么事！您怎么会突发奇想要去骑马呢？"

"嗯，这是我的事，我的野兽先生。这样的话，那我就去麻烦彼得·瓦西里耶维奇吧……"彼得·瓦西里耶维奇是我父亲的名字。我很惊诧，她竟然如此轻描淡写地提起了他的名字，仿佛她笃定他愿意为她效劳似的。

"原来如此，"别洛夫佐罗夫呛声道，"原来您是想跟他一起去骑马呀？"

"不管是跟他去，还是跟其他人去，都与您无关。反正不是跟您去。"

"不跟我去，"别洛夫佐罗夫重复道，"随便您吧。好吧，我会给您弄匹马来。"

"您可千万别给我找头母牛来。我先跟您说清楚，我想去骑马。"

"您要骑马也可以……您要跟谁去骑马？难道是跟马列夫斯

---

1 弗莱伊塔格是 19 世纪 30 年代莫斯科著名的驯马师。

基一起去吗？"

"就算是跟他一起去又有何不可呢，武士先生？好了，您就安心吧，"她接着说道，"别可怜兮兮地看着我了。我把您也带上。您知道的，现在对于我而言，马列夫斯基就是——呸！"她摇了摇头。

"您说这些话只是为了安慰我。"别洛夫佐罗夫埋怨道。

齐娜伊达眯起了眼睛。

"这些话能安慰您吗？……噢……噢……噢……武士啊！"最后她蹦出了这么一句，仿佛是找不到别的话可说了，"那您呢，沃尔德马尔先生，您想和我们一起去吗？"

"我不喜欢……跟很多人一起……"我小声嘟哝着，不敢抬眼。

"您更喜欢面对面独处，是吗？……好吧，那就随各自的心意吧。"她叹了口气，低声说，"去吧，别洛夫佐罗夫，请您安排一下，我明天就需要一匹马。"

"是，可是钱从哪里来呢？"公爵夫人打断道。

齐娜伊达皱了皱眉头。

"我不会找您要钱的，别洛夫佐罗夫信得过我。"

"信得过，信得过……"公爵夫人唠叨着，忽然扯开嗓门大喊，"杜尼娅！"

"妈妈，我不是送了您一个召唤仆人的摇铃吗？"齐娜伊达提醒道。

"杜尼娅！"老妇人又喊了一声。

别洛夫佐罗夫告辞了，我也和他一起离开了。齐娜伊达并没有挽留我。

十四

    翌日清晨，我早早地起了床，给自己削了一根手杖，然后动身去了郊外。天色正好，日光晴朗，却又不会太热。习习凉风拂过大地，恰到好处地喧闹嬉戏着，万物都随风摇曳，却又没有受到一丝惊扰。我在山上和林间徘徊了许久，我并不觉得自己很幸福，我出门就是为了让自己沉湎于愁闷之中。可是青春、美好的天气、清新的空气、快步畅游的欢乐，以及独自躺在茂密草地上的惬意，让我思绪翻涌：我记起了那些难忘的话语，想起了那些亲吻，种种回忆纷纷涌上心头。一想到齐娜伊达绝不可能对我的决心和勇气无动于衷，我就会感到一阵欣喜……"就算对她来说，其他人都比我好，"我心想，"那又如何！其他人只会空口白话，而我已经付诸了行动！更何况我还能为她做任何事！……"我的想象变得活跃。我开始想入非非，幻想着我如何从敌人手中救下她，如何浑身血污地将她从暗牢中救出，又如何在她脚边死去。我想起了挂在我家客厅中的一幅画，画上是马列克·阿迪尔救走玛蒂尔达的情节[1]。就在这时,一只大花斑啄木鸟吸引了我的注意力,它顺着细细的白桦树干匆匆地往上爬,不时警觉不安地从树干后面探出头来张望,左瞧瞧,右看看,就像音乐家从大提琴琴颈后伸头张望一样。

之后我唱起了《雪未白》[2],还唱了一首当时很有名的浪漫曲:"当微风拂起的时候,我会等待着你。"接着我开始大声朗诵霍米亚科夫的悲剧中叶尔马克面对星星的一段呼吁[3]。我本来试图写一首感伤的诗歌,我甚至想好了作为全诗结尾的最后一行诗:"噢,齐娜伊达!齐娜伊达!"可什么都没写出来。转眼到了午饭时间。我下到了山谷中,一条狭窄的沙土小路顺着山谷蜿蜒着通向城里。我沿着这条小路走着……我身后响起了一阵低沉的马蹄声。我回头望去,不由自主地停下了脚步,摘下帽子:我看见了我的父亲和齐娜伊达。他们并排骑在马上。父亲正在对她说着什么,他面带微笑,一只手撑在马脖子上,整个人都向她倾了过去。齐娜伊达默默地听他讲着,严肃地垂着眼眸,抿紧了嘴唇。我起先只看到了他们俩,就在片刻之后,一身骠骑兵制服、套着短披肩的别洛夫佐罗夫,骑着一匹汗涔涔的黑马,出现在山谷的拐角处。那匹骏马摇头晃脑,鼻孔呼哧呼哧地喷着粗气,跳跃着。骑马的人急忙勒住它,用马刺踢它。我躲闪到一旁。父亲勒紧了缰绳,离开齐娜伊达身边,她缓缓抬起双眼望向他,然后两

---

1 马列克·阿迪尔是法国女作家玛丽·科顿(1770—1807)的小说《玛蒂尔达或十字军远征》的主人公。

2 著名的俄罗斯民歌。

3 叶尔马克是俄国浪漫主义作家霍米亚科夫(1804—1860)的悲剧《叶尔马克》中的主人公。叶尔马克是一位梦想家,在剧中有一段向星星呼吁的独白,颇为感伤。

人都纵马疾驰起来……别洛夫佐罗夫也跟在他们身后飞奔而去，身上佩带的军刀叮当作响。"他脸红了，像煮熟的虾子一样，"我心想，"可是她……她的面色为什么如此苍白？她骑了一早上的马，竟然还会脸色苍白？"

我加快脚步，正好在午餐前赶回了家。父亲已经换好衣服，梳洗完毕，容光焕发地坐在母亲的圈椅旁边，用他平稳而洪亮的声音，给她读着《评论报》（*Journal des Débats*）[1]上的一篇小品文。母亲漫不经心地听着，看到我来了，她便问我一整天跑到哪里去了，还说她不喜欢我总是到莫名其妙的地方去，跟一群不知根底的人厮混。"我是一个人散的步。"我本想这样回答，但我瞄了父亲一眼，不知道为什么，把话咽回去了。

1　1789 年在巴黎创刊的法文报纸，当时有很多俄国贵族阅读。

十五

接下来的五六天，我几乎没怎么见过齐娜伊达。虽然她称病抱恙，但这也并不妨碍那些常客到她家中造访，用他们的话说，这是"例行公事"。只有马伊达诺夫一人除外，他这个人一旦没有纵情欢乐的机会，就会立刻变得意志消沉，百无聊赖。别洛夫佐罗夫阴郁地坐在角落里，把衣服的纽扣全都扣得紧紧的，脸涨得通红。马列夫斯基伯爵俊秀的脸上总是现出一丝不怀好意的微笑，他确实失了齐娜伊达的芳心，所以特别殷勤地巴结着老公爵夫人，还陪她搭驿站的马车去拜见了总督大人。可是，这趟出行并不顺利，马列夫斯基甚至还遇上了一件糟心事：有人提起了他和几个工兵队军官之间的什么纠葛，他不得不为自己辩解说，当时是少不更事。卢申每天来两次，但都不会待很久。自从我们上一次谈话之后，我就有些害怕他，但同时又感觉发自内心地喜欢他。有一次我和他一起去涅斯库奇内公园散步，他非常和善亲切，告诉我各种花草的名字和特性，忽然他猛地一拍脑门，无缘无故地说道："我真是个傻瓜！我还以为她是卖弄风情的女人呢！看来对于有些人而言，牺牲自己也是一件快乐的事。"

"您这话是什么意思？"我问道。

"我什么都不想对您讲。"卢申断断续续地说。

齐娜伊达一直躲避着我。我不可能没注意到，我的出现会令她感到不悦。她一见到我，就会不由自主地背过脸去……不由自主，这是多么痛苦，这让我多么难过！但我什么也做不了，我尽量不进入她的视线，只是从远处偷偷望着她，就连这一点我也并不总是能做到。她身上仍在发生着令人不解的变化，她像是换了一副面孔，她完全变成了另一个人。在一个温暖静谧的傍晚，她的变化让我尤为惊讶。我坐在一丛茂盛的接骨木树枝下的一张低矮的长椅上。我很喜欢这个地方，因为从这里可以望见齐娜伊达房间的窗户。我坐着，在我的头上，一只小鸟在昏暗的树叶间忙碌地四下翻飞。一只灰猫伸了伸身子，悄悄地溜进了花园里，刚刚出现的甲虫在已经不明亮，却还算澄澈的天空中嗡嗡地低飞着。我坐在那里望着窗户，等待着，看窗户会不会打开。窗户果然打开了，齐娜伊达出现在窗口。她穿着一件洁白的衣裙，她本人，她的脸、肩膀和双手也像她的衣服一样惨白。她一动不动地在那里站了很久，眉头紧锁，目不转睛地凝望着。我从没见过她露出这样的目光。然后她攥紧了双手，十分用力，将它们举到唇边，又举到额前。忽然，她伸出手指，将秀发撩到耳后，甩了甩发丝，然后又神色坚决地点了点头，"啪"的一声关上了窗户。

三天后，她在花园里遇见了我。我想要闪到一边，可她却叫住了我。

"请把手给我，"她对我说，还像从前一样温柔，"我们很久没有聊天了。"

我看了她一眼，她的眼眸静静地闪烁着光芒，脸上带着微笑，仿佛是隔着一层朦胧的烟雾透出来似的。

"您的身体还没好吗？"我问她。

"不是的，现在都好了。"她一边回答，一边摘下一朵小小的红玫瑰，"我有点累了，但这也会好的。"

"那您又会变得和以前一样了吗？"我问道。

齐娜伊达将玫瑰举到面前，我依稀看到，那些鲜艳花瓣的反光仿佛是落在了她的面颊上。

"难道我变了吗？"她反问我。

"是的，您变了。"我弱声答道。

"我知道我对您有些冷淡，"齐娜伊达说起来，"但您不必在意这件事……我别无他法……唉，这有什么好说的！"

"您不希望我爱您，就是这么回事！"我不禁激动起来，悲伤地喊道。

"不，请您爱我吧，只是不要像以前那样了。"

"那我该怎么爱您呢？"

"我们当朋友吧，就这样！"齐娜伊达让我闻一闻玫瑰花，"您听我说，我的年纪比您大得多，我都可以当您的阿姨了，真的。呃，就算不是阿姨，也能当您的姐姐了。可是您……"

"我在您心目中只是个孩子。"我打断了她。

"是的，是孩子，不过是一个我非常喜爱的可爱聪明的好孩子。您知道吗？从今天起，我赐封您为我的小侍从。请您不要忘了，侍从是不能离开自己的女主人的。这就是您的新头衔的标志，"她补上一句，将玫瑰插进我外套的纽扣孔里，"这也是我对您的宠爱的标志。"

"我以前还从您那里得到过另一种的宠爱。"我喃喃道。

"啊！"齐娜伊达低声说，侧身看了看我，"您的记性可真好！好吧，我现在也可以……"

说着，她向我俯下身来，在我的额头印下纯洁而平静的一吻。

我只是看了看她，可她却转过身去，说："跟我来，我的小侍从。"然后她就朝厢房走去了。我迈步跟着她，始终感到莫名其妙。"难道，"我心想，"这个善解人意的温柔姑娘真是我认识的那个齐娜伊达吗？"我觉得她的脚步变得更稳重了，她的身姿也显得更加端庄窈窕了……

我的天哪！爱情又带着多么强大的新的力量，在我的内心燃烧起来了！

十六

　　午饭后，客人们又聚在厢房里，公爵小姐走出来接待他们。所有的熟面孔都来了，一个不少，就像那个令我无法忘怀的初见的傍晚：就连尼尔马茨基也来了；马伊达诺夫这次来得比所有人都早，他带来了新的诗歌。大家又玩起了方特游戏，但不再有从前那些荒诞越矩的举动了，也不再胡闹和喧嚷，那种茨冈人的热闹氛围消失了。齐娜伊达给我们的聚会增添了一种新的情调。我以小侍从的身份坐在她身旁。玩着玩着，她提议让被抽到名签的人讲一个自己的梦，可惜事与愿违。这些梦不是索然无味（别洛夫佐罗夫梦见用鲫鱼喂自己的马，那匹马长着一个木头脑袋），就是刻意编造的胡言乱语……马伊达诺夫仿佛是给我们讲了一整部小说：他的梦里既有墓穴，又有弹七弦琴的天使，有会说话的花儿，还有从远处飘来的声音。齐娜伊达没有让他说完。

　　"如果大家编造故事的话，"她说，"那干脆就每个人讲一件虚构的事吧。"

又轮到别洛夫佐罗夫第一个讲。年轻的骠骑兵面露难色。

"我什么都想不出来！"他喊道。

"这有什么难的！"齐娜伊达应声说，"嗯，您就想象一下，比如说，您结婚了，您就给我们讲讲，您会怎么和您的妻子一起过日子。您会把她关在家里吗？"

"我会把她关在家里。"

"那您自己会陪着她吗？"

"我自己一定会陪着她。"

"很好。呃，那如果她厌烦了这样，如果她背叛您呢？"

"我会杀掉她。"

"那如果她逃跑呢？"

"我会追上她，还是会杀掉她。"

"这样啊。那假设我是您的妻子，那么您会怎么做呢？"

别洛夫佐罗夫沉默了一下。

"那我会自杀……"

齐娜伊达笑了起来。

"我看出来了，您的故事讲不长的。"

第二个被抽到的是齐娜伊达。她抬眼望向天花板，陷入沉思。

"那么请听听吧，"她终于开始说道，"这是我想出来的故事……请你们想象一座宏伟的宫殿，在一个夏夜里，进行着一场奇妙的舞会。舞会是一位年轻的女王举办的。到处都是金子、大理石、水晶、丝绸、灯火、钻石、鲜花、熏香，极尽奢华。"

"您喜欢奢华吗？"卢申打断了她。

"奢华是美丽的，"她不以为然地说，"我喜欢一切美的东西。"

"跟美的东西相比，您更喜欢奢华吗？"他问道。

"您问得好，但我不懂。您别打岔。总之，舞会非常盛大。宾客众多，他们全都年轻、俊美、勇敢，所有人都神魂颠倒地爱上了女王。"

"宾客中没有女士吗？"马列夫斯基问道。

"没有，或者等等……有。"

"女宾们都不漂亮吗？"

"她们也很美丽。只是男人们都爱上了女王。她纤姿高挑，乌黑的发丝间戴了一顶小金皇冠。"

我瞅了齐娜伊达一眼，在这一瞬间，我觉得她比我们众人高贵多了。在她洁白的额头和沉静的眉眼间，流露出了豁朗的智慧和毋庸置疑的权威，我不由得心中暗自想："你自己就是那位女王。"

"所有人都簇拥在她身旁，"齐娜伊达继续说，"所有人都在她面前阿谀奉承，说着最为谄媚的话。"

"那她喜欢阿谀奉承吗？"卢申问道。

"真是烦人！一直插嘴……谁不喜欢阿谀奉承呢？"

"还有最后一个问题，"马列夫斯基说，"女王有丈夫吗？"

"这我倒还没想过。不是，为什么要有丈夫呢？"

"可不是嘛，"马列夫斯基应和道，"为什么要有丈夫呢？"

"安静！"马伊达诺夫喊了一声，他的法语讲得并不好。

"谢谢。"齐娜伊达用法语回道，"总之，女王听着这些奉承话，听着音乐，但对这些宾客连看都不看一眼。六扇窗户从上到下大大地敞开着，从屋顶一直连到地板。窗外是一片黑暗的天空，几颗硕大的星星在空中闪烁，昏暗的花园里长着几株大树。女王望向花园。就在那里，在大树旁边，有一处喷泉。喷泉长长的水柱在夜色中泛着白光，就像幽灵一样。在交杂的话语声和音乐声中，女王听见了水花轻溅的声音。她一边望去，一边想：你们诸位先生都很高贵、聪明、富有，你们簇拥着我，你们将我说的每句话都奉为圭臬，你们都愿意在我脚边死去，你们都在我掌控之中。可是在那边，在喷泉旁边，在飞溅的水花旁边，有一个我爱的、能掌控我的人正站在那里等我。他既没有穿着华贵的衣衫，也没有佩戴珍贵的宝石，没有人认识他，可是他在等待着我，坚信我一定会去的。只要我想去到他身边，跟他待在一起，伴着树叶婆娑和喷泉飞溅的声音，和他一起消失在花园的一片幽暗之中，那么我就会去的，任何力量都阻止不了我……"

齐娜伊达默不作声了。

"这是编造的故事吗？"马列夫斯基狡猾地问道。

齐娜伊达连看都没看他一眼。

"各位先生，"卢申突然出声说道，"假如我们也身处那些宾客之中，认识那个站在喷泉旁的幸运儿，那我们会怎么做呢？"

"等等，等等，"齐娜伊达打断道，"让我来告诉你们，你们每一个人会怎么做。您，别洛夫佐罗夫，会向他提出决斗；您，马伊达诺夫，会写一首讽刺诗来讥讽他……不对，您不会写讽刺诗，您会针对他写一首巴尔比耶[1]体的长诗，并发表在《电讯》[2]杂志上。您，尼尔马茨基，您会向他借……不，您会借给他高利贷；您，医生……"她停了下来，"我不知道您会怎么做。"

"我会以御医的身份，"卢申回答说，"向女王谏言，如果她无心招待宾客，就不要举办舞会……"

"也许您是对的。至于您，伯爵……"

"我吗？"马列夫斯基坏笑着重复了一遍。

"您会给他端上有毒的糖果。"

马列夫斯基的脸微微抽动了一下，接着瞬间换上了一副犹太人似的神情，但立刻又哈哈大笑起来。

"至于您，沃尔德马尔……"齐娜伊达继续说道，"算了，够了，我们来玩别的游戏吧。"

"沃尔德马尔先生，您作为女王的小侍从，当女王跑去花园的时候，您应当帮她提着裙摆。"马列夫斯基恶毒地讥讽道。

我怒火中烧，但齐娜伊达赶忙用一只手按住我的肩膀，挺起身子，声音微颤着说：

"伯爵大人，我不允许您这样无礼放肆，所以请您离开吧。"她指着门对他说。

"请饶恕我吧，公爵小姐。"马列夫斯基喃喃地说道，脸色一片苍白。

"公爵小姐说得对。"别洛夫佐罗夫喊道，也站了起来。

----

1 巴尔比耶（1805—1882），法国革命诗人，其诗作抨击了资产阶级。
2 指《莫斯科电讯》，1825年到1834年间在莫斯科出版的自由主义派文艺杂志。

"我发誓，我根本没有想到，"马列夫斯基接着说，"我说的话完全没有那个意思……我压根儿没有想要冒犯您……请原谅我。"

齐娜伊达冷冷地瞥了他一眼，冷笑一声。

"那您就待着吧，"齐娜伊达随意地摆了摆手，低声说，"我和沃尔德马尔先生没必要生气。要是您觉得惹怒我们很好玩……那就请便吧。"

"请原谅我。"马列夫斯基又说了一次。而我回想着齐娜伊达的动作，心里又一次想到，即便是真正的女王，也不会比齐娜伊达更加威严地指着门，喝退失礼的臣子。

在这段小插曲发生之后，大家又继续玩了一会儿方特游戏。所有人都觉得有些尴尬，与其说是因为这段小插曲，不如说是因为另一种说不清道不明的沉重心情。谁都没有说起这种感受，但每个人都意识到，自己和身边的人都有这种感觉。马伊达诺夫给我们朗诵了他的诗，马列夫斯基也过度热情地夸赞着这首诗。"他现在是有多想扮好人啊。"卢申低声对我说。我们不久就散去了。齐娜伊达忽然陷入了沉思；公爵夫人派人带了话来，说她头疼；尼尔马茨基也开始抱怨起他的风湿病……

我久久无法入睡，我被齐娜伊达的故事震惊了。

"难道这个故事里有什么暗示吗？"我问自己，"她暗示的是什么人和什么事呢？如果真的有暗示的话……那可怎么办呢？不，不，不可能。"我低声说，辗转反侧，脸颊烧得滚烫……但是我想起了齐娜伊达在讲故事时的表情……我想起了卢申在涅斯库奇内公园里突如其来的感慨，想起了齐娜伊达对我的态度的忽然改变——我真是猜不透。"那个人是谁呢？"这句话从黑暗中清晰地浮现在我眼前，就像一片不祥的云朵低沉地压在我的头顶，我感受到了它的压迫，眼见着就要雷雨大作了。最近一段时间，我已经习惯了很多事情，在扎谢金家看到了许多事情：他们家的杂乱无序、油蜡烛头、断了的刀叉、面色阴沉的沃尼法季、衣衫破烂的女仆、公爵夫人本人的行为举止——这种怪异的生活已经不会再让我感到惊讶……可是对于现在我从齐娜伊达身上隐约感觉到的那种东西，我还是无法习惯……一次，当我母亲谈到她的时候，说她是个"冒险家"。我的偶像，我的女神，她是个冒险家！这个称呼令我难过，我将头埋进枕头，想要摆脱它，我满心愤慨……但同时我又会设想，假如我是那个喷泉旁边的幸运儿，那我什么都会答应，什么都愿意付出！……

我体内的血液沸腾起来，在周身流淌。"花园……喷泉……"我心想，"我要去花园。"我连忙穿上衣服，溜出了家门。夜很黑，树木发出窸窣细响，一股冷气静谧地从天空降下，菜园里散发着茴香的气味。我走遍了所有的小径，我轻轻的脚步声既让我感到惊慌，又令我兴奋。我不时停下脚步，等待着，听着自己的心跳——它的跳动是那么有力而又急促。终于，我走到了栅栏边，倚在一根细木条上。忽然间——或者是我看错了？——就在离我几步远的地方，一个女人的身影一闪而过……我屏住呼吸，竭力往黑暗中望去。这是什么？我听到的是脚步声吗？或者又是我的心跳声吗？"谁在那里？"我轻声问道，声音几乎低不可闻。这又是什么？是憋住的笑声吗？……或者是树叶的沙沙声……还是有人贴在我耳边叹息呢？我感到恐惧……"谁在那里？"我又问了一次，声音更小了。

转瞬间，一阵风刮了起来，天空中划过一道火光，一颗星陨落了。"是齐娜伊达吗？"我想问，却开不了口。忽然四下变得万籁俱静，就像夜半时分经常出现的情景那样……就连树丛里的蝈蝈都不再叫唤，只在某个地方响起了窗户关上的声音。我站了一会儿，又站了一会儿，然后回到了自己的房间，躺在已经变冷的床上。我感到一阵莫名的焦躁：仿佛我本来是去约会，却被爽了约，还得一路看着其他人的幸福恩爱。

十七

第二天，我只匆匆见到了齐娜伊达一面：她和公爵夫人乘着出租马车到什么地方去了。不过我见到了卢申，他敷衍地跟我打了个招呼。我还见到了马列夫斯基，这位年轻的伯爵咧嘴笑着，友好地跟我交谈起来。在厢房的所有客人中，只有他一个人能够走进我家，并博得我母亲的好感。父亲瞧不上他，用一种近乎侮辱的礼貌对待他。

"啊，侍从先生！"马列夫斯基用法语开口说道，"很高兴见到您。您美丽的女王在做什么呢？"

他神采飞扬的俊秀脸庞此时令我感到无比厌恶，他还用鄙夷、戏谑的眼神看着我，所以我压根儿不搭理他。

"您还在生气吗？"他继续说，"您大可不必生气。要知道，又不是我把您叫作'侍从'的，需要侍从的主要是女王。但是请允许我向您提一句，您并没有做到恪尽职守。"

"此话怎讲？"

"侍从应当寸步不离地跟在自己的女王身边；侍从应当对女

王所做的事无所不知，他们应该守着女王，"他压低了声音，补充道，"不分昼夜。"

"您究竟想说什么？"

"我想说什么？我觉得我已经表达得很清楚了，应该不分昼夜地守着女王。白天还好，天色还亮，人也多，可夜里就难保会出什么事情。我建议您夜里不要睡觉，而是要尽全力，看护好女王。您记得吧，夜里，在花园里，喷泉旁边……那都是要好好看守的地方。您会感谢我的。"

马列夫斯基笑了起来，转过身去背对着我。也许，他对我说这番话，并没有特别的用意。他是臭名昭著的大骗子，大家都知道，他擅长在化装舞会上戏弄别人。他浑身上下显露出的那种近乎下意识的虚伪，更是让他捉弄起人来得心应手……他只不过是想戏弄我，但他说的每句话都像毒药一样，渗入了我的每一根血管。我感到热血直冲脑门。"啊！原来如此！"我对自己说，"好啊！原来我昨天的预感是有道理的！原来我不是无缘无故被引到花园里去的！决不能让这种事发生！"我大声喊道，攥拳捶了一下胸口，虽然我自己也不明白，这究竟是怎么一回事。"会不会是马列夫斯基自己要到花园里去呢？"我心想（也许是他说漏了嘴，毕竟他那么厚颜无耻，干得出来这种事），"或者会不会是别的人（我们花园的栅栏很矮，不费吹灰之力就能爬过去），无论是谁，只要落到我手里，就没好果子吃！谁都别被我逮到！我要向全世界和她这个负心人（我居然把她称为负心人）证明，我可是有仇必报的！"

我回到了自己房间，从写字台抽屉里拿出了一把刚买的英国产小刀，摸了摸锋利的刀刃，然后皱紧眉头，下定了决心，冷酷而坚决地把它装进了口袋里，仿佛已经不是第一次做这种事了，对我而言早已不足为奇。我的心里充满了怨怼，变得像石头一样坚硬。一直到夜里，我都没有舒展过眉头，紧紧地抿着嘴唇，不时地来回走动，把手伸进口袋里，握住那把被捂热的刀，谋划着干一件可怕的事情。这种从未有过的全新感受霸占了我的身心，甚至让我感到高兴，让我连齐娜伊达都不怎么想到了。我一直想象着阿列科和那个年轻的茨冈人[1]。"你去哪里，英俊的年轻人？躺下吧……"接着又说，"你浑身沾满了鲜血！……噢，你干了什么？……""没什么！"我带着极度残忍的微笑，又重复了一遍，"没什么！"

父亲不在家，而母亲近来总是在生闷气，她注意到了我那副听天由命的样子，在吃晚饭时对我说："你为什么气鼓鼓地噘着嘴？"我只是轻慢地回了她一声冷笑，心想："要是他们知道的话！"十一点的钟声响过了，我回到了自己屋里，但我没有脱下衣服，我等着午夜的到来。午夜的钟声终于敲响了。"是时候了！"我咬牙切齿地挤出一句，我把上衣纽扣一直扣到领口，还把袖子挽了起来，朝花园里走去了。

我早已预先选好了守候的地点。就在花园尽头，在那道把我们家和扎谢金家分开的栅栏和两家的公墙相接的地方，那里长着一棵孤零零的枞树。我站在枞树低垂的茂密树枝下面，能够在夜

---

1 普希金的长诗《茨冈人》中的人物。阿列科是诗中女主人公的丈夫，出于忌妒，他杀死了她的情人，也就是文中所提及的茨冈年轻人。

色笼罩中尽可能清楚地看见周围发生的事。这里有一条弯弯曲曲的小路，我总是觉得这条路很神秘。它像一条蛇一样在栅栏脚下蜿蜒着，这段栅栏上还有人攀爬时留下的脚印。小路通向了一座由洋槐枝条密密地编成的圆形小亭子。我终于到了枞树跟前，靠在它的树干上，蹲守起来。

这一夜还是跟前一晚一样安静，但天空中的乌云更少了，灌木的轮廓和长在高处的花朵都更加清晰可见。刚刚开始等待的时候，我感觉很难受，甚至是害怕。我完全豁出去了！我只是在思考：我该怎么做？我要不要大吼一声："你去哪里？站住！老实交代！否则就是死路一条！"或者干脆一刀捅过去……每一个声音，每一声窸窸窣窣的响动，都让我觉得意有所指、不同寻常……我准备着……我把身体向前倾……但是半个小时过去了，一个小时过去了，我的一腔热血变得平静，冷了下来。我开始意识到，我所做的这一切都是白费功夫，我甚至觉得自己有些可笑，马列夫斯基不过是跟我开个玩笑罢了。我离开了埋伏的地方，绕着整个花园走了一圈。四周哪怕一丝最细微的声音都听不见，仿佛是故意跟我作对似的。万籁俱静，就连我家的狗都蜷成一团，窝在便门边睡着了。我爬上了温室花房的断壁残垣，眼前是远处的一片田野，我想起了跟齐娜伊达的那次见面，陷入了沉思……

我打了个激灵……我好像听到了开门的吱呀声，接着又听到了树枝折断发出的清脆声响。我两步从废墟上跳下来，愣在原地。花园里传来一阵急促轻快而又小心谨慎的脚步声。脚步声离我越来越近。"他来了……他终于来了！"这个念头在我脑中飞快地闪过。我颤抖着从口袋里掏出刀，哆哆嗦嗦地扳开了刀片。红色的火星在我的眼前迸溅旋转，我又怕又怒，连头发都竖了起来……脚步声直直地冲我而来，我弓下身，朝着脚步声挺身迎去……一个人出现了……天哪！是我的父亲！

虽然他整个人裹在一件黑色斗篷里，用帽子遮住了脸，但我还是立刻就认出了他。他没有发现我，虽然我没有任何掩身之物。可我还是浑身发抖，紧紧缩成一团，几乎都要贴到地面了。那个忌妒得想要杀人的奥赛罗登时又变回了一个中学生……父亲的意外出现让我大吃一惊，甚至一开始都没有发觉，他是从哪里来的，又到哪里去。直到周围的一切又恢复宁静，我才挺直身子，心里想着："父亲怎么会三更半夜地在花园里走动呢？"我害怕得将刀落在了草地上，但我感到羞愧难当，甚至都没有去寻找它。我猛地一下醒过神来。然而在回家的路上，我还是走到了接骨木树丛下的那张长椅前，望向齐娜伊达卧室的窗户。窗户上不大的、微微凸起的玻璃在夜空投下的微光中泛出暗淡的幽蓝色。忽然，玻璃的颜色开始变化……我清清楚楚地看到，玻璃后面白色的窗帘被小心地轻轻放下，一直降到了窗台，就这样垂在那里一动不动了。

"这究竟是怎么回事？"当我又不知不觉回到自己房间时，我不由自主地大声说道，"是梦，是巧合，还是……"我的脑海里一时揣测纷纭，这些推测是那么新奇古怪，我都不敢再继续想下去了。

十八

我清早醒来，感到一阵头痛。昨天的激动已经消失了，取而代之的是痛苦的困惑和一种从未有过的悲伤，仿佛我内心有什么东西正在死去一样。

"您怎么看起来像一只被砍了半个脑袋的兔子似的？"卢申见到我时对我说。

吃早饭时，我偷偷地瞄了父亲和母亲几眼，父亲还是和平时一样镇静，母亲也和平时一样暗暗生着闷气。我等待着，看父亲会不会亲密地跟我说说话，就像他偶尔会做的那样……可他甚至没有像平时那样冷淡地爱抚我一下。"要不要把一切都告诉齐娜伊达呢？……"我心想，"无所谓了，我们之前的一切已经结束了。"我去找了她，但是什么都没告诉她，我甚至没能跟她说上话，虽然我非常想跟她聊聊。公爵夫人的儿子从彼得堡来度假了，他十二岁左右，是一名武备中学[1]的学生。齐娜伊达立刻就

---

1 旧俄时期的中等军官学校，主要培养贵族家庭的子弟。

把她弟弟托付给我照顾了。

"是这样，"她说，"我亲爱的瓦洛佳（这是她第一次这样叫我的小名），我给您介绍一个朋友。他的名字也叫瓦洛佳。请您多关照他，他还有些怕生，但是心地很善良。您带他去涅斯库奇内公园逛逛吧，跟他散散步，好好照顾他。您肯定会这样做的吧？您也很善良！"

她温柔地将双手搭在我的肩上，让我意乱神迷。这个男孩的到来让我自己也变回了一个孩子。我沉默不语地看着这个武备中学的学生，他也一言不发地盯着我。齐娜伊达哈哈大笑起来，把我们俩推到一起。

"拥抱一下吧，孩子们！"

我们拥抱了一下。

"要不，我带您到花园去吧？"我问这个武备中学学生。

"那就有劳了。"他用沙哑的声音回答道，军校生的派头十足。

齐娜伊达又大笑起来……我这才发现，她脸上还从未有过如此美丽的红晕。我和武备中学学生一起出了门。我们的花园里有一架老旧的秋千。我让他坐在窄窄的木板上，推着他荡起了秋千。他穿了一套新的饰有金色绦带的厚呢子制服，一动不动地坐着，紧紧地抓住秋千的绳子。

"您把领子解开吧。"我对他说。

"没关系，我们习惯了。"他说着，轻轻咳了两声。

他长得很像他姐姐，那双眼睛尤其像她。我很高兴为他效劳，但与此同时，那种刻骨的悲伤还在悄悄地噬咬着我的心。

"现在我真的是一个孩子了,"我想着,"可昨天……"我想起来前一天小刀掉在哪里了,并找到了它。武备中学的学生向我借走了小刀,他摘下一根独活草的粗壮草茎,把它削成了一只哨子,吹了起来。奥赛罗也吹起了哨子。

然而傍晚,当齐娜伊达在花园的角落里找到他,问他为何如此伤心时,这位奥赛罗在齐娜伊达怀中痛哭起来。我的泪水也喷涌而出,把她吓了一跳。

"您怎么了?您怎么了,瓦洛佳?"她连声问道,她看我没有回应她,也没有止住哭泣,就想要来亲吻我泪湿的脸颊。

我却别过头去,抽泣着轻声说:

"我全都知道,您究竟为什么要戏弄我?……您要我的爱做什么呢?"

"是我对不起您,瓦洛佳……"齐娜伊达低声说,"唉,我很对不起您……"她又补上一句,攥紧了双手,"我身上有很多糟糕的、黑暗的、罪恶的东西……但我现在并没有戏弄您,我爱您——您也不要再去猜想,这是为什么,怎么回事……话说回来,您知道什么呢?"

我能跟她说什么呢?她站在我面前,看着我。她只用看着我,我整个人从头到脚就都属于她了……一刻钟之后,我跟军校生,还有齐娜伊达,已经在相互追着跑了。我不再哭泣,我笑着,虽然从哭肿的眼里又笑出了泪水。我把齐娜伊达的丝带当作领结系在脖子上。当我追上她,揽住她的腰时,我高兴得大叫起来。她想和我做什么,就做什么。

十九

　　如果有人非要我详细描述我在那次失败的"深夜出征"之后一周内的心路历程，那么我会感觉很为难。那是一段奇怪的狂躁时期，我心里一片混乱，充斥着各种极端矛盾的情感、想法、疑虑、希望、欢乐和痛苦，它们像旋风一样搅动着。就算一个十六岁的孩子能够洞察自己的内心，我也不敢去窥探自己的心思，我不敢去思索任何事情。我只想赶快熬过白天，到了夜里我就睡觉……无忧无虑的孩童天性解救了我。我不想知道别人爱不爱我，我避着父亲，可我却躲不开齐娜伊达……在她面前，我就像被烈火焚身一般……既然我在燃烧和融化中感受到了幸福，又何必要知道，这把将我燃烧和融化的熊熊烈火究竟是什么。我沉迷于自己的种种幻象之中，欺骗着自我，我逃避着回忆，对预感到将要发生的事情也视而不见……这种苦恼大概不会持续很久吧……一声惊雷骤然结束了这一切，也把我丢到了一条新的轨道上。

　　有一次，当我散步很长时间之后，回家吃午饭时，我惊讶地得知，只有我一个人吃午饭，父亲出门了，母亲身体欠安，不想吃饭，把自己关在卧室里。我从仆人们的神色猜到了，看来是发生了什么不寻常的事……我没敢细问他们，但服侍我用餐的年轻仆人菲利普是我的朋友，他非常热爱诗歌，吉他也弹得很好，我就去向他打听。我从他的话里得知，父亲和母亲大吵了一架（在女仆房间里每个字都能听得一清二楚，他们很多话是用法语说的，不过女仆玛莎在一个从巴黎来的女裁缝那里待了五年，她全都能听懂）。我的母亲责备父亲不忠，说他跟邻居家的小姐交往甚密。父亲起初还辩解几句，后来也发火了，说了些"大概是关于他们的年龄"的狠话，把母亲给说哭了。母亲还提到了期票的事，期票好像是给了老公爵夫人。她还说了些关于公爵夫人和公爵小姐的很不好的话，父亲立刻就威吓了她。

"这整件糟心事，"菲利普继续说，"都是由一封匿名信引起的，但没有人知道这封信是谁写的。否则这些事怎么会被抖搂出来，没有任何理由啊。"

"难道真的确有其事吗？"我费力挤出这句话，我的手脚变得冰凉，内心深处一阵战栗。

菲利普意味深长地眨了眨眼睛。

"确有其事。这种事是藏不住的。虽然这一次您父亲做得非常小心，但他总得雇马车之类的……这都离不了仆人啊。"

我打发走了菲利普，倒在床上。我没有失声痛哭，也没有感到绝望。我没有去琢磨，这一切是什么时候如何发生的。我也不觉得讶异，为什么我以前那么长时间都没猜到。我甚至不怨恨父亲……我所得知的这一切是我无力承受的，这件事的突然曝光让我崩溃了……一切都完了。我心中怒放的花朵一下子全被摘了下来，散落在我周围，任人践踏。

二十

　　第二天母亲就宣布说她要搬回城里去。早上父亲走进她的卧室，跟她单独在一起待了很长时间。谁都没听到他对她说了什么，不过母亲不再哭了。她平静了下来，让人给她准备餐食，但是她并未现身，也没有改变自己的决定。我记得，这一整天我都在四处踱步，可我并没有去花园，也没有看过那间厢房一眼。傍晚时分，我见证了一件怪事：父亲拽着马列夫斯基伯爵的胳膊，穿过大厅，走进了前厅。父亲当着一个仆人的面，口气冰冷地对马列夫斯基说："几天前，阁下被某户人家下了逐客令，现在我也不打算跟您分辨个中究竟。但是我告诉您，如果您再来找我的话，我就把您从窗户扔出去。我不喜欢您的笔迹。"伯爵埋下头，咬紧牙关，缩起身子，溜走了。

　　我们开始收拾行李，准备搬回城里的阿尔巴特大街，我们在那里有一处房子。父亲自己似乎也不想再住在郊区别墅了。可是看得出来，他已经劝说好母亲不要再去声张这些事了。一切都在有条不紊地悄悄进行着，母亲甚至还派人去问候公爵夫人，并且向她致歉，说自己因为身体欠佳，所以无法亲自向她辞行。我昏头昏脑地徘徊着，我只盼望着这一切能尽快结束。我的脑海里始终有一个念头：她一个年轻姑娘，更何况还是一位公爵小姐，明知道我父亲是有妇之夫，而且她也可以嫁人，比如说，嫁给别洛夫佐罗夫，她怎么还能做出这样的事？她到底在期望什么？她就不怕自毁前程吗？是啊，我心想，这就是爱情，这就是激情，这就是忠贞不渝……我想起了卢申的话：对于有些人而言，牺牲自己也是一件快乐的事。我恰巧在厢房的一扇窗户中看到了一个白色的身影……"那该不会是齐娜伊达的脸吧？"我心想……那确实是她的脸。我忍不住了，我不能连一声道别都不讲就跟她分开。我找了个方便的时机，去了厢房。

在客厅里，公爵夫人还是和平素一样，随便地跟我打了声招呼。

"这是怎么回事，少爷，你们怎么这么早就急着搬回去？"她一边说着，一边把鼻烟塞到鼻孔里嗅着。

我看了看她，心里变得轻松了。菲利普说的"期票"这个词，让我难受了很久。她倒也没有起什么疑心……至少我当时是这么觉得的。齐娜伊达从旁边的房间走了出来，穿着一条黑裙子，脸色苍白，披散着头发。她默默地拉起我的手，领着我走了出去。

"我听到了您的声音，"她开口说道，"就立刻出来了。您就这么轻易地抛下我们了吗，狠心的孩子？"

"我是来跟您道别的，公爵小姐，"我说，"也许是永别了。您也许听说了，我们要离开了。"

齐娜伊达目不转睛地看了看我。

"是的，我听说了。谢谢您来辞别。我还以为，我再也见不到您了。请您不要记恨我。虽然有时候我会令您难过，但我绝不是您所想象的那样。"

她转过身去，倚在窗框上。

"真的，我不是那样的。我知道，您对我有些不好的看法。"

"我吗？"

"是的，您……就是您。"

"我吗？"我伤心地重复着她的话。在她令人无法抗拒、难以言喻的魅力的影响下，我的心又像从前那样战栗起来了。"我吗？请相信我，齐娜伊达·亚历山德罗夫娜，无论您做过什么，无论您如何令我难过，我都会爱您，崇拜您，直到我生命的最后时刻。"

她很快朝我转过身来，大大地张开了双手，抱着我的头，热烈地深深地亲吻着我。天知道，这个漫长的告别之吻究竟是给谁的，但我却贪婪地品尝着它的甜蜜。我知道，这样的亲吻以后再也不会有。

"再见了，再见了。"我反复说着……

她挣脱开身子就走了。我也离开了。我无法描述我离开时的感受。我不希望将来再次经历这样的心情，可是假如我从未体会过这样的心情，那我才会觉得自己是个不幸的人。

我们搬回了城里。我并没有很快就忘记之前的经历，也没有很快就着手学习功课。我的创伤在慢慢愈合。但是我对于父亲并没有任何负面的想法，恰恰相反，他在我的眼中仿佛显得愈加高大了……这种矛盾的心理还是让心理学家用他们的专业知识来解释吧。有一次，我正走在林荫路上，结果遇见了卢申，我当时的喜悦之情难以言表。我喜欢他直率坦诚的脾性，而且他还勾起了我内心的回忆，这让我对他倍感亲近。我快步朝他跑过去。

"哎呀！"他皱了皱眉，低声说，"是您啊，年轻人！让我看看您。您的面色还是有些蜡黄，可是眼神里已经没有从前那些乱七八糟的东西了。您看起来有大人的样子了，不再像条宠物狗似的了。这很好。您怎么样啊？在用功念书吗？"

我叹了口气。我不想说谎，可我又不好意思说出实情。

"嘿，没事，"卢申继续说道，"您别害怕。重要的是好好生活，不要沉溺于迷恋之中。否则能有什么好处呢？假如随波逐流，那么不管到何处，都是一样糟糕。人就算是站在磐石上，也得靠自己的双脚才能站得稳。我有点咳嗽……至于别洛夫佐罗夫，您听到过他的消息吗？"

"他怎么了？我没听说过。"

"他失踪了，音讯全无。听说，他去高加索了。这对您来说就是前车之鉴，年轻人。这一切都是因为有的人不会及时抽身，冲破情网。倒是您，似乎是顺利脱身了。您要当心，可别再陷进去了。再见。"

"我不会陷进去的……"我心想，"我不会再见到她了。"可是我命中注定还会跟齐娜伊达再次相见。

二十一

　　我父亲每天都会骑马出门。他有一匹棕红色杂毛的英国良种马，这匹马的脖子又细又长，腿也很长，精力充沛，而且生性悍烈。它的名字叫作"电光"。除了父亲，谁都无法驾驭它。有一次，父亲带着许久不曾有过的好兴致，走到我跟前，他正打算出去骑马，已经把马刺都戴好了。我央求他带我一起去。

　　"我们还是玩跳背游戏吧，"父亲回答我说，"你骑你那匹德国矮种马，是跟不上我的。"

　　"我跟得上，我也戴上马刺。"

　　"嗯，那随便你吧。"

　　我们出发了。我骑着一匹黑色长毛小马，马儿的四肢强健有力，跑得很快。确实，当"电光"全速飞奔的时候，它不得不甩开蹄子拼命追赶，但我毕竟没有被落下。我没有见过像父亲那样的骑手，他骑在马背上的姿态是那么潇洒，那么敏捷，似乎就连他身下的马儿也对此有所感觉，还以他为荣。我们纵马跑过了所有的林荫道，去了郊外的处女地，还跳过了几道栅栏（起初我不敢跳，但父亲瞧不起胆小的人，于是我就不再害怕了），两次穿过了莫斯科河。我已经以为我们要回家了，更何况父亲也说我的马累了，然而就在这时，他突然掉转方向，离开了我身边，沿着河岸往克里米亚浅滩那边奔去。我也动身追了上去。他跑到一堆高高的旧木料跟前，然后从"电光"身上一跃而下。他让我也下了马，还把自己的马的缰绳交给我，让我就在木料堆旁边等他，而他自己却拐进了一条小巷，不见人影了。我牵着两匹马，一边沿着河岸走来走去，一边还骂着"电光"，因为它走路时动不动就摇头晃脑，抖动身子，还会用鼻子喷粗气，大声嘶叫。每当我停下来时，它就会轮流用蹄子刨土，还会尖声嘶叫着去咬我的德国马的脖子。总之，它的表现活脱脱就是一匹被宠坏的纯种马。父亲一直没回来。河面吹来一阵令人不适的潮气，天空中悄悄地飘起了细雨，雨点淋在笨重的灰色木料上，湿成了一个个小黑点。我在那堆木料旁徘徊多时了，早已心生厌烦。我感到焦躁不安，但父亲还是没出现。一个芬兰族的巡警，整个人也是灰沉沉的，头上戴着一顶罐子形状的旧军帽，手里握着一支长柄戟（我心想，为什么莫斯科河岸上会有巡警？），向我走了过来，用他那张老太婆似的、长满皱纹的脸对着我说：

"少爷，您牵着马在这里做什么？让我来帮您牵着吧。"

我没有回答他的话。他又向我讨烟抽。为了摆脱他，再加上我也等得不耐烦了，我朝父亲离开的方向走了几步。然后我走到了巷子尽头，在转角处拐了个弯，停了下来。在街上距离我大约四十步远的地方，我的父亲背朝着我，站在一座小木屋敞开的窗户跟前。他的胸膛靠在窗台上，而小屋里坐着一个女人，她身着黑色衣裙，被窗帘遮住了半个身子，正在跟父亲交谈。这个女人就是齐娜伊达。

我愣住了。说实话，我无论如何也没有料想到这一幕。我的第一反应就是逃跑。"如果父亲回头看，"我心想，"那我就惨了……"可是一种怪异的感觉，一种比好奇、忌妒、恐惧都要强烈的感觉，阻止了我。我开始观望，我千方百计地探听着。父亲好像在坚持什么主张，但是齐娜伊达不同意。我现在仍能想起她当时的脸庞，那是一张悲伤、严肃而又美丽的脸，流露出无法言喻的忠贞、忧伤、爱意和几分绝望——我想不出别的字眼了。她说的都是一个一个的单字，眼睛都没有抬起来，只是顺从却又倔强地微笑着。单凭这一个微笑，我就认出了我从前的那个齐娜伊达。父亲耸了耸肩，正了正头上的帽子，这是他不耐烦时的一贯表现……然后我听到了这么一句话："您必须离开这个……"齐娜伊达挺直了身子，伸出一只手……忽然，我眼前发生了令人难以置信的一幕：父亲本来正在用马鞭拍掉自己常礼服下摆上的灰尘，他突然扬起了那条马鞭，紧接着我听到了鞭子猛地抽打在裸露的小臂上的刺耳声音。我差点没忍住要叫出声来，可齐娜伊达浑身一颤，默默地看着我父亲，慢慢地将自己的手臂举到唇边，亲吻着手臂上鲜红的鞭痕。父亲把马鞭扔到一边，匆匆跑上了门廊的台阶，冲进了屋子里……齐娜伊达转过身来，伸直双臂，扬起头，也从窗户边走开了……

我吓坏了，心里充满了恐惧和困惑。我飞快地往回跑去，穿过巷子，跑回了河边，差点还放跑了"电光"。我脑子里是一片乱麻。我知道，我那冷淡内敛的父亲有时也会大发雷霆，可我无论如何还是无法理解我所见到的那幕情形……但就在这时，我感觉到，不管我活多久，我都不可能忘记齐娜伊达的那个动作、眼神和笑容。她的形象，她在我面前忽然呈现出的这个全新的形象，已经永远地印刻在我的记忆中了。我茫然地望着河面，不知不觉间已是泪流满面。"她被打了，"我心想，"被打了……被打了……"

"喂，你干什么呢？把马给我！"我身后响起了父亲的声音。

我机械地把缰绳递给他。他纵身骑上"电光"……这匹受了冻的马抬起前蹄，往前跳出了一俄丈半远……但父亲很快就制伏了它，他用马刺踢了一下它的腹部，又一拳打在它的脖子上……

"哎呀，马鞭没了。"他低声嘟哝道。

我想起了刚才这条马鞭尖锐刺耳的抽打声，不禁打了个寒战。

"那你把马鞭放在哪里了？"我顿了顿，问父亲。

父亲没有回答我，策马往前跑去。我跟着赶上他。我一定要看看他的脸色。

"我不在，你觉得无聊了吗？"他从牙缝里挤出了这么一句话。

"有一点儿吧。你究竟把马鞭掉在哪里了？"我又问他。

父亲飞快地扫了我一眼。

"我没有弄丢它，"他低声说，"我把它扔了。"

他陷入了沉思，埋下头……这是我第一次，几乎也是最后一次看到，他那严峻的五官竟能显露出那般的温柔与惋惜。

他又纵马飞奔起来，而我已经追不上他了。我比他晚了一刻钟到家。

"这就是爱情，"夜里我坐在已经开始摆上书本的写字台前，又自言自语道，"这就是激情啊！……按理说，不管被任何人拿鞭子抽打，即便是被最亲爱的人打，怎么可能不生气呢！但如果是因为爱情的话，那么看来是有可能的……可我呢……我还想象着……"

最近这一个月让我变得老练了许多。我有一种说不清道不明的感觉，就像一张隐匿在朦胧中的、美丽却威怒的陌生面孔，即使竭力想要看清，也只是徒劳。这种感觉令我感到恐惧，跟它相比，我的爱情和其中所有的悸动与痛苦，在我自己看来，都显得那么渺小、幼稚，那么微不足道！

就在那天夜里，我做了一个可怕的怪梦。我梦到我走进了一间低矮黑暗的房间……父亲手中拿着马鞭站在那里，还跺着脚。齐娜伊达缩在角落里，一条红痕挂在她的额头上，而不是在手臂上……浑身鲜血的别洛夫佐罗夫在他们两人身后站了起来，张开惨白的嘴唇，愤怒地恫吓着父亲。

两个月之后，我考上了大学。又过了半年，我的父亲因为中风在彼得堡去世了，他跟母亲和我刚搬到那里不久。在他去世前几天，他收到了一封从莫斯科寄来的信，这封信让他激动万分……他去求了母亲什么事情，听说，他——我的父亲——甚至还哭了！就在他中风的那天早晨，他本打算提笔用法语给我写一封信："我的孩子，"他给我写道，"你要小心女人的爱情，小心这种幸福，小心这种毒药……"他过世以后，母亲往莫斯科寄了一笔数目相当大的钱。

二十二

　　四年过去了。我刚毕业离开大学，还不太清楚，自己应该如何立足，要从事什么职业，因此暂时还闲着，无事可做。一天傍晚，我在剧院里遇见了马伊达诺夫。他已经结了婚，有了公职，可我没看出他有什么变化。他还是像从前一样，一会儿莫名其妙地兴高采烈，一会儿又突然沮丧起来。

　　"您知道吗？"他对我说，"多利斯基太太也在这里。"

　　"哪个多利斯基太太？"

　　"难道您忘了吗？就是从前的扎谢金娜公爵小姐，我们都爱过她，您也一样。您还记得涅斯库奇内公园旁边的那栋别墅吗？"

　　"她嫁给多利斯基了？"

　　"是啊。"

　　"她也在这里？在剧院里吗？"

　　"没有，她在彼得堡，前几天刚来的，打算要到国外去。"

　　"她丈夫是个什么样的人？"我问道。

"是个出色的年轻人，很有钱，是我在莫斯科时的同事。您明白吗？自从那件事之后……您应该很清楚来龙去脉……"马伊达诺夫意味深长地笑了笑，"她好不容易才找了个丈夫。那件事多少还是有些影响的……但凭她的聪慧，任何事都可能做到。您去看看她吧，她会很高兴见到您的。她比以前更漂亮了。"

马伊达诺夫把齐娜伊达的地址给了我。她住在德穆特旅馆。往日的回忆涌上了我的心头……我决定第二天就去拜访这位我从前的"恋人"。可是碰巧遇上了一些事情，拖延了一周，又一周。当我终于来到德穆特旅馆，问起多利斯基太太的时候，我才知道，她在四天前突然难产而死。

我的心里仿佛被什么东西猛撞了一下。我本可以见到她，却没有去见，以后也永远见不到她了，一想到这里，这个痛苦的念头就深深地剜着我的心，让我陷入无可辩驳的自责当中。"她死了！"我愣愣地看着门童，重复着这句话，静静地走到大街上，自己也不知道要去哪里。过往的一切，一下子全涌现在我的眼前。那个年轻、热烈、灿烂的生命就这样结束了吗？这就是她所追求的吗？我这样想着，在脑海里想象着，那亲爱的面容、那双明眸、那头卷发，如今都装在一具狭小的棺木里，埋葬在黑暗潮湿的地底下——就在这里，在离还活着的我不远的地方。也许，离我的父亲也仅有几步之遥……我思考着这一切，我聚精会神地想象着，与此同时，我的灵魂深处响起了这样的诗句：

我从漠不关心的口中听闻了死讯，

我也漠不关心地听着这噩耗……[1]

噢，青春啊！青春啊！你什么都不在乎，仿佛你坐拥世间所有的宝藏，就连忧愁都会使你感到慰藉，就连悲伤都会映衬你的脸庞，你自负又率性，你说："你们看啊，只有我在真正地活着！"可是你的时日也在飞逝，那些难以计数的日子消失得无影无踪。而你身上的一切就像被烈日炙晒的蜡和雪一样，逐渐消融……也许你的魅力的全部奥秘，并不在于你真的无所不能，而在于你认为你无所不能，就在于你挥霍着没有别处可使的力量，在于我们每个人都当真以为自己是个败家子，当真以为自己有权利说："啊，假如我没有白白浪费时间的话，那我能做多少事啊！"

我也一样……当我用一声叹息和忧郁的心境，好不容易送走我那昙花一现的初恋的幻影时，我期望过什么？我期待过什么？我预见过怎样丰富多彩的未来？

然而在我所有的期望中，又有多少实现了呢？现在，当黄昏的阴影已经开始逐渐笼罩我的生命时，还有什么比那春日清晨里转瞬即逝的雷雨的回忆更新鲜、更可贵的呢？

可就算我诋毁自己，也无济于事。当时，在那个年少无知的时代，对于那呼唤着我的悲伤的声音，对于那从坟墓里传来的庄严的声响，我并没有置若罔闻。我记得，在我得知齐娜伊达死讯的几天之后，我在一种不可抗拒的冲动的驱使下，去吊唁了一位

1　引自普希金的诗歌《在自己祖国的蓝天下》（1826年）。

贫苦的老妇人。她曾经和我们住在同一座房子里。她身上盖着一块破布，躺在坚硬的木板上，头下枕着一个袋子，她死得很艰难，非常痛苦。她一辈子都在为了每日的生计而苦苦挣扎。她没有经历过欢乐，也没有尝过幸福的甜蜜滋味。所以她应该会高兴地迎接死亡，得到解脱和安息吧？可是当她衰老的身体还在强撑的时候，她还是把一只冰凉的手搭在胸口上，胸膛仍在痛苦地起伏。直到耗尽最后一丝力气之前，老妇人一直在画着十字，不断地轻声说着："上帝啊，请宽恕我的罪过……"随着最后几朵意识的火花熄灭，她眼中对死亡的恐惧神情也消失了。我记得就在这里，在这位可怜老妇人的床前，我开始替齐娜伊达感到恐惧，我想要为她，为父亲，也为自己祈祷。

阿霞

一

那时候我大约二十五岁，——N. N. 先生开始说，——你们看，那是很久之前的事情了。我刚刚挣脱束缚，去了国外，但并不是像当时人们常说的那样，去"完成我的学业"，我只是想出去见见世面。我健康、年轻、欢乐，不缺钱花，也没什么操心的事——我过得无忧无虑，想做什么就做什么，一句话，我像花朵一样盛放着。那时的我连想都没有想过，人不是植物，不可能岁岁荣茂。年轻人吃着金灿灿的蜜糖饼，以为这就是必不可少的口粮，殊不知，终有一日也会为了一小片面包而伸手乞怜。这话就没必要细讲了。

我漫无目的地游历着，也没有什么打算，我在我喜欢的地方四处停留，一旦感觉想要见到新的面孔——正是面孔，我就会立刻动身出发。我感兴趣的只有人，我讨厌那些新奇的古迹和精美的收藏，光是向导的模样，就会勾起我的厌烦和愤恨，我在德累斯顿的"绿色拱廊"[1]里差点没疯掉。大自然对我有极大的影响，——

1　德国德累斯顿著名的博物馆，馆内收藏着许多十六、十七世纪的艺术珍品。

但是我并不喜欢它那些所谓的美景，不喜欢那些奇峻的大山、悬崖和瀑布。我不喜欢它凌驾于我之上，不喜欢被它搅扰。然而面孔，鲜活的人的面孔——人的话语，他们的动作、笑声——对于我来说，这才是不可或缺的。在人群之中，我总是感觉格外地轻松愉快。我总是高兴地随着其他人去他们要去的地方，当其他人喊叫的时候，我也愉快地喊叫，与此同时，我还非常喜欢观察那些人是怎么叫喊的。我觉得观察他人很有意思……我甚至不是在观察他们，而是带着一种快乐而不知足的好奇心在研究他们。我这又扯远了。

话说回来，大约二十年以前，我住在德国的Z城，这座小城就位于莱茵河的左畔。我当时正想独自静静，因为我刚被一位在温泉边结识的年轻寡妇伤透了心。她非常美丽聪明，对所有人都卖弄风情，也包括我这个罪人。她起初甚至还鼓励我，可后来又残忍地伤害了我，为了一个面庞红润的巴伐利亚中尉，把我抛弃了。坦白说，我内心所受的创伤并不是很深，我只是需要在哀愁和孤独中消沉一段时间，毕竟少年不知愁滋味嘛！于是我就在Z城住了下来。

我之所以喜欢这座小城，是因为它坐落于两座高高的山冈脚下，有古旧的城墙和塔楼，有久经岁月的椴树，还有架在汇入莱茵河的清澈小河上的一座陡桥。最重要的是，这里有上好的葡萄酒。六月间夕阳西下的傍晚时分，那些美丽的金发德国少女就会在城中狭窄的街道上散步，见到外国人时，她们就会用悦耳的声音说："晚上好！"其中的一些少女，甚至当月亮从古老房屋的尖顶后升起，街道上的小石子都在宁静月光中清晰可见的时候，仍然不愿离去。我喜欢这个时间在城里游荡，仿佛月亮正从澄净的天空中凝视着这座小城，小城也感受到了这束目光，敏感而又平静地伫立着，全身都浸淫在月光之中。那月光安然宁静，同时又轻轻撩动着心灵。高耸的哥特式钟塔上的雄鸡风向标闪烁着点点金光，同样的金光也在黑亮的河面上随波荡漾。细细的蜡烛（德国人很节俭！）在石屋檐下的窄窗里透出朦胧的微光。葡萄藤神秘地从石头围墙后伸展出蜿蜒的藤蔓，有什么东西从三角广场上古井旁边的阴影里跑过，突然传来一声巡夜人无精打采的吹哨声，一条温顺的狗低声吠着，空气轻柔地拂面而来，椴树的香气是如此甜蜜，让胸腔不由自主地越来越深地呼吸，"格雷琴"[1] 这个名字脱口而出，也不知是感叹，还是疑问。

　　Z 城距离莱茵河大约两俄里[2]。我经常去看那条雄壮的河流，在一棵孤零零的大白蜡树下的石凳上一坐就是几个小时，想着那个无情的寡妇，心中仍是有些不平。一尊小小的圣母塑像，有着近乎孩童般的面容，胸口的红心被利剑刺穿，从枝叶间悲伤地向外张望着。河对岸是 L 城，比我所住的小城要稍大一些。一天傍晚，我坐在我最爱的那条长凳上，一会儿望向河流，一会儿望向天空，一会儿又望向葡萄园。在我面前有一条被拖上岸的船，船身倒扣着，船底涂上了柏油，几个金发男孩正从船的两侧往上爬。几只小船松弛地挂着风帆，从河面上平静驶过，船畔泛起了绿色的波浪，水花微微荡漾，轻轻作响。忽然，我听到了一阵音

1　德国诗人歌德的诗剧《浮士德》中的女主人公。
2　俄里，俄制长度单位，1 俄里等于 1.0688 千米。

乐声，我倾听着。L 城里正演奏着华尔兹舞曲，低音提琴断断续续地发出低沉的声音，小提琴隐约地悠扬作响，长笛吹得非常欢快。

"这是在干什么？"我向一位朝我走来的老人问道。他穿着一件绒毛背心、蓝色长袜和一双带环扣的鞋子。

"这个呀，"他将烟斗从一边嘴角塞到另一边嘴角，回答我说，"这是从 B 地来的大学生们在办酒宴呢。"

"我一定要去见识见识这场大学生的酒宴，"我心想，"而且我还没去过 L 城呢。"于是我找到一个摆渡的船夫，渡河去了对岸。

二

也许，并不是所有人都知道，"大学生的酒宴"是什么。这是一种特别的盛宴，席间来自同一个地方或者同乡会的大学生们就会聚在一起。几乎所有参加酒宴的人都会穿着从前传下来的德国大学生制服：骠骑兵短上衣、长筒靴，以及带有特定颜色帽圈的制帽。学生们通常在午餐前聚集起来，在会长的主持下，通宵欢宴，直到清晨。他们举杯畅饮，高唱《君主颂》（*Landesvater*）、《让我们欢乐吧》（*Gaudeamus*）[1]之类的歌曲，抽烟，咒骂那些庸俗之辈，有时还会请乐团来助兴。

L城举办的正是这样一场酒宴。酒宴举办的地点在一家挂着"太阳"招牌的小旅馆门前临街的花园里。旅馆的屋顶和花园上空飘扬着旗帜，在精心修剪过的椴树下，大学生们围坐在桌旁，其中一张桌子下面趴着一只大斗牛犬。在旁边一个爬满常春藤的凉亭里，乐手们兴致高昂地演奏着音乐，时不时地灌一口啤酒来

——

1 著名的拉丁语歌曲，也称为《国际学生歌》。

提神。在花园矮墙外的街道上聚起了很大一群人：L城友善的居民们可不愿意错过观看外地来客的机会。我也混入了围观的人群。我很高兴看到这些大学生的面孔，看着他们拥抱欢呼，年轻人天真的打闹，热切的眼神，听着他们没来由的笑声——那是世界上最动听的笑声——这一切欢乐都是年轻鲜活的生命在沸腾。这股不问去路、只管向前的冲劲，这种逍遥自在感动了我，令我激动。"要不要加入他们呢？"我问自己……

"阿霞，你看够了吧？"突然我身后有一个男人用俄语说。

"再等一下。"另一个女声也用俄语回答道。

我飞快转过身去……我的目光落在一个不算英俊的年轻人身上，他头戴一顶制帽，身穿一件宽松的短外套。他挽着一位姑娘的手臂，她个子不高，戴着草帽，帽檐完全遮住了她的上半张脸。

"你们是俄罗斯人吗？"我脱口而出地问道。

年轻人微微一笑，说：

"是的，是俄罗斯人。"

"我完全没有想到，在这么偏远的地方……"我正要打开话题。

"我们也没有想到，"他打断了我，"那又有什么关系呢？这就更好了。请允许我自我介绍一下：我姓加金，这位是我的……"他迟疑了一下，"我的妹妹。请问您尊姓大名？"

我说了自己的姓名，然后我们交谈起来。我得知，加金也像我一样，正在四处游历消遣，一周之前才来到L城，在这里落了脚。说实话，我不乐意在国外结交俄罗斯人。我隔着老远就能够认出他们，只需要看他们走路的步伐，衣服的样式，重点是脸上的表情。那种扬扬自得、瞧不起人、常常显得颐指气使的神态，转瞬间又会变成一副谨慎胆怯的表情……他们会突然整个人变得警惕起来，眼睛不安地瞟来瞟去……这种飘忽不定的眼神仿佛在说："天哪！我是不是说了什么傻话？他们是不是在笑话我啊？"转眼之间，他们又恢复了先前庄严的面目，偶尔露出一丝呆滞的疑惑神情。没错，我一直躲避着俄罗斯人，但我立刻就对加金产生了好感。世上有一些幸福的面孔，所有人都喜欢看到它们，仿佛它们会给人带来温暖和抚慰。加金恰恰就长了一张这样的脸，亲切，讨人喜欢，他长着一双温柔的大眼睛，还有一头柔软的鬈发。他说话的时候，即使看不到他的脸，光听他的声音，都能感觉到他在微笑。

那个被他称作是自己妹妹的少女，从第一眼起，我就觉得她非常可爱。她长着一张肤色稍深的圆圆的脸庞，纤细的鼻梁，孩童般的脸颊，还有一双明亮的黑眼睛，她的五官蕴含着一种独属于她的特别的气质。她身姿优美，但仿佛尚未完全发育。她长得跟她哥哥一点也不像。

"您要到我们家去做客吗？"加金对我说，"感觉我们已经看腻这些德国人了。真的，换作是我们俄罗斯人，早就尽兴得把玻璃杯都砸碎，把椅子都摔坏了，可这些人真是拘束得很。你有什么想法，阿霞，我们回家吗？"

少女肯定地点了点头。

"我们住在城外，"加金继续说，"住在葡萄园高地上的一处独栋小宅子里。我们那里美极了，您去看看吧。房东太太说要给我们做酸牛奶。现在天就快要黑了，您最好趁着月光渡过莱茵河。"

我们出发了。我们穿过低矮的城门（城的四周围着用圆石砌成的古老城墙，城墙上的炮眼还没有完全坍塌），来到了一片田野，又顺着石头围墙走了大约一百步，在一扇窄小的便门前停了下来。加金推开了门，带领我们沿着一条陡峭的小路往山上走去。小路两旁的阶地上种着葡萄，太阳刚刚落下，一束鲜红的光线照在绿色的藤蔓和高处的花蕊上，照在铺满大小石板的干燥土地上，也照在一栋小屋白色的墙壁上。这栋小屋就位于我们刚刚爬上的这座山的山顶，有弯曲的黑色横梁，还有四扇明亮的小窗。

"这就是我们的住处！"当我们走近小屋的时候，加金大声说道，"看，房东太太拿牛奶来了。晚上好，太太！……我们现在就开饭吧。不过在这之前，"他接着说，"请您四处看看……景色怎么样？"

风景确实十分优美。莱茵河泛着银白色的波光，从我们面前流过，河的两岸郁郁葱葱，有一处的河水在夕阳的映照下正闪耀着红色的金光。依傍在岸边的小城展示着它所有的房屋和街道，广阔的山丘和田野在远处绵延。下面的景色很美，但上面的景致更胜一筹，尤其使我感到震撼的是明净高远的天空，以及澄澈透明的空气。清新而轻盈的空气静静地飘荡，像波浪一样浮动着，仿佛它也觉得在高处更加自由自在。

"你们的住处挑得非常好。"我说道。

"这个地方是阿霞找到的。"加金回答说，"哎，阿霞，"他继续说道，"你去安排一下。叫人把东西都拿到这里来。我们要露天晚餐。在这里，音乐能听得更清楚。您发现了吗？"他对着我说，"有的华尔兹舞曲根本不能凑近了听，那样听起来就是些低俗粗鄙的声音。可一旦隔远了听，就美妙至极！它能够拨动你每一根浪漫的心弦。"

阿霞（她的名字其实是安娜，但是加金叫她阿霞，那么请允许我也这样叫她）朝屋子里走去，很快和房东太太一起回来了。她们俩端着一个大托盘，上面摆着一罐牛奶、餐碟、勺子、糖、浆果和面包。我们坐下来，用起了晚餐。阿霞摘下了帽子，她的一头黑发剪得短短的，梳得跟男孩子的发型一样，浓密的鬈发披在颈间和耳旁。起初她在我面前还有些怕生，但加金对她说：

"阿霞，别那么腼腆！他又不会咬人。"

她微微一笑，过了一会儿，她就主动跟我说起话来。我没有见过比她更好动的人。她一刻也坐不住，不时站起来，跑到屋里去，然后又跑回来，低声唱着歌，经常笑，而且笑得很奇怪，似乎让她发笑的并不是她听到的话，而是她脑袋里的各种奇思妙想。她明亮的大眼睛勇敢地直视着，但有时她会微微垂下眼睑，这时她的目光就会忽然变得深邃而温柔。

我们聊了差不多两个小时。日光早已暗淡，黄昏时分的天空中起初布满了赤霞，接着又变成了明亮的鲜红色，然后又变得苍白而朦胧，静静融入了夜色之中。可我们的交谈仍在继续，就像围绕着我们的空气一样，平静而又温和。加金吩咐人取来了一瓶莱茵葡萄酒，我们悠闲地把它喝完了。音乐依然不断飘到我们耳边，乐声听起来更加柔和悦耳了，城里的灯火闪烁，倒映在河面上。阿霞忽然垂下了头，发丝遮住了她的眼睛，她沉默不语，叹了一口气，然后对我们说她想睡觉了，接着就回了房里。可是我看见，她没有点亮蜡烛，而是在虚掩的窗户前站了许久。月亮终于升起，在莱茵河洒满了粼粼波光。一切景象时明时暗，不断变幻着，就连我们的雕花玻璃杯中的葡萄酒都在散发着神秘的光芒。风停了，犹如鸟儿收起了翅膀，悄无声息。从大地上吹来了夜晚温暖馥郁的气息。

"该走了！"我大声说道，"不然可能找不到摆渡的船夫了。"

"是该走了。"加金又重复了一遍。

我们顺着小道朝山下走去。忽然几颗小石子从我们身后纷纷滚落，原来是阿霞赶过来了。

"你难道没睡觉吗？"她哥哥问道，但她一句话也没有回答，从我们身边跑了过去。

小旅馆花园里，大学生们点燃的最后几盏灯也将要熄灭了，灯从下面照亮了树叶，给叶子增添了一种节日的奇妙景象。我们在河岸边找到了阿霞，她正在跟摆渡的船夫交谈。我跳上了小船，和我的新朋友们道了别。加金答应第二天来拜访我，我和他握了握手，然后朝阿霞也伸出手去。但她只是看了我一眼，摇了摇头。小船离开岸边，向湍急的河水中驶去。船夫是一个精神矍铄的老头，他用力地把船桨插入黑暗的河水中。

"您驶进了一道月光的柱子里，您把它打碎了。"阿霞朝我喊着。

我低头看去，小船的四周翻卷着深黑的波浪。

"再见了！"身后又传来了她的声音。

"明天见。"加金也跟着她说道。

小船靠了岸。我下了船，回头望去。河对岸已经见不到人影了。一柱月光拉得长长的，又像是在河面上架起了一座金色的桥。一阵兰纳[1]的古老华尔兹乐曲声传来，仿佛是在告别。加金是对的：我感觉到，我所有的心弦都被撩动起来，应和着那婉转悠扬的旋律。我往家里走去，穿过了黑暗的田野，慢慢地呼吸着芬芳的空气。我回到了自己的房间，那没有对象、无穷无尽的种种期待，带来了一种甜蜜的忧愁，让我整个人沉浸其中。我感觉自己很幸福……可是我为什么幸福？我没有任何期盼，我什么都没有想……我很幸福。

满心欢喜愉悦的感受让我差点笑出声来，我钻进被窝，正要闭上眼睛。这时，我突然想到，整个晚上我一次都没有想起过我那位无情的美人……"这意味着什么呢？"我问自己，"难道我不爱她了吗？"可是在我向自己提出这个问题之后，我好像立刻就睡着了，就像摇篮里的婴儿一样。

1　兰纳（1801—1843），奥地利作曲家、指挥家，创作了为数众多的圆舞曲。

三

第二天清晨，我早已醒来，却还没有起床。我听到窗户下面传来了手杖敲击的声音，还有一个人在唱歌，我立刻就认出来了，那是加金的声音：

> 你还在沉睡吗？
> 我要用吉他把你唤醒……[1]

我赶紧去给他开了门。

"您好，"加金走进门，说道，"一大早我就来打扰您了，但是您看，这清晨多么美好啊！清新，露水，百灵鸟在歌唱……"

他一头柔亮的鬈发，敞露着脖颈，脸颊粉红，他自己就像清晨一样清新。

我穿好衣服，我们走到了花园里，坐在长椅上，吩咐人端来

---

1 摘自普希金的诗歌《我在这里，伊涅齐丽娅》。

了咖啡，然后聊起天来。加金跟我讲了他对未来的计划：他拥有相当可观的财产，不依靠任何人，他想要投身于绘画，只是无奈醒悟得太晚，白白浪费了许多时间。我也提到了自己的一些打算，还顺便向他透露了我那不幸的爱情的秘密。他善解人意地听着我的讲述，但是我能够感觉出来，我的激情并没有怎么勾起他的恻隐之心。他只是出于礼貌，跟着我叹了两口气。加金向我提议去他家看看他的画稿，我立刻就同意了。

我们没有碰到阿霞，听房东太太说，她去"废墟"了。那是一处封建领主城堡的遗迹，距离 L 城大约两俄里。加金把他所有的草图都展开给我看。他的画稿中充满了生命力和真实感，有一种自由奔放的感觉，但没有一幅画是画完了的。在我看来，这些画有些随意，不够准确。我坦率地向他说出了自己的意见。

"是的，是的，"他叹了口气，接着说，"您说得对。这些画非常糟糕，不成熟，这有什么办法呀！我没有好好学过，而且我作为斯拉夫人的懒散天性也在作祟。每当你想干正事的时候，你就会像雄鹰一样翱翔，似乎连大地都能撼动。可是真做起事来，又立刻偃旗息鼓了。"

我本想鼓励他，可他却摆了摆手，捧起画稿，把它们扔到了沙发上。

"如果我有足够的耐心，我也能有所作为，"他咬着牙低声说，"如果没有足够的耐心，那就只能一直当一个纨绔的贵族少爷。我们还是去找阿霞吧。"

我们就走了。

四

通往废墟的道路顺着狭窄的、树木葱郁的山谷斜坡蜿蜒而上。谷底有一条小溪喧闹地从石缝间流过，仿佛是急着要汇入那条在陡峭山脊的阴影后静静闪光的大河似的。加金让我注意几处幸运地被照亮的地方。听着他说话，他即使不是个画家，也至少是个艺术家。我们很快就看到了废墟。光秃秃的山崖顶上矗立着一座四角方塔，整座塔都是黑色的，仍然很坚固，但一条纵生的裂纹仿佛将它从中间劈开了一样。塔身连接着长满青苔的围墙，有的地方已经爬上了常春藤，弯曲的小树从灰白的炮眼和坍塌的拱顶上垂了下来。一条石头铺成的小路通向了依旧完好的大门。我们朝大门走去，忽然我们面前闪过了一个女人的身影，她飞快地跑过一堆碎石，坐在城墙的外沿上，刚好就在悬崖上方。

"这不是阿霞吗！"加金叫了一声，"真是个疯丫头！"

我们走进大门，来到了一个小院子，半个院子里都长出了野苹果树和荨麻。在墙沿上坐着的确实是阿霞。她朝我们转过脸，笑了起来，但还是坐在原地。加金竖起一根手指恐吓她，我则大声地责怪她不够当心。

"算了,"加金低声对我说,"别惹她了,您不了解她,她说不定还会爬到塔上去呢!您还不如感叹住在这里的人机灵伶俐呢。"

我环顾四周。在木头搭的小摊位里,一个老妇人正坐在角落里一边织袜子,一边从眼镜后面瞟着我们。她向游客们售卖啤酒、蜜糖饼和矿泉水。我们在长椅上坐下,就着笨重的锡杯喝起了冰凉的啤酒。阿霞还是一动不动地坐着,将双腿盘在身下,头上围着一条薄纱巾。她纤美的身姿在明朗天空的映衬下,是那么清晰而美丽,但我却没有好感地看了她一眼。昨天晚上我就发现了,她身上有一种做作的、不是很自然的东西……"她想让我们惊讶,"我心想,"可这是为什么呢?这是什么幼稚的恶作剧吗?"她像是猜到了我的心思,忽然向我投来锐利的一瞥,又笑起来,两步从墙上跳了下来,走到老妇人身边,向她要了一杯水。

"你以为是我想喝水吗?"她对着哥哥说,"才不是呢。这里的墙上有一些花必须得浇浇水了。"

加金没有搭理她。她手里端着杯子,又爬上了废墟。她不时停下来,俯下身子,摆出一副一本正经得有些好笑的样子,洒下几滴水,水珠在阳光下反射着耀眼的光芒。她的动作很可爱,尽管我情不自禁地欣赏着她的轻盈和灵活,但她仍然令我感到气恼。在一个危险的地方,她故意尖叫了一声,然后又哈哈大笑起来……我更加气恼了。

"她就像只山羊一样,窜来窜去的。"老妇人将目光从手中的袜子上移开，看了片刻，低声嘟囔道。

终于阿霞把整杯水都倒光了，调皮地大摇大摆地回到了我们身边。她的眉毛、鼻孔和嘴唇扯出了一个奇怪的讪笑，一双黑眼睛半似放肆、半似欢乐地眯缝着。

"您认为我的行为不体面，"她的表情似乎在说，"无所谓，我知道您欣赏我。"

"真厉害，阿霞，真厉害。"加金低声说。

她忽然像是害羞起来，垂下了长长的睫毛，羞怯地坐在我们身边，仿佛做错了事一样。直到这时，我才第一次仔细端详了她的脸。这是一张我见过的最富于变化的脸。片刻之后，这张脸已经完全变得苍白，露出一副近乎忧伤的专注神情。她的面容在我眼里显得更加成熟，更加严肃，也更加单纯了。她整个人安静了下来。我们绕着废墟走了一圈，欣赏着景致，阿霞就跟在我们身后。走着走着，午饭的时间也快到了。加金在跟老妇人结账的时候，又要了一杯啤酒，转身朝我做了一个狡黠的鬼脸：

"祝您的心上人身体健康！"

"难道他……难道您有心上人了吗？"阿霞忽然问道。

"谁又没有心上人呢？"加金反问道。

阿霞沉思了片刻，她的脸又变了，又浮现出一个近乎放肆挑衅的笑容。

在回家的路上，她比之前笑得更厉害，更淘气了。她折下一根长长的树枝，把它搭在肩上，就像扛着一杆枪一样，她用纱巾把头包了起来。我记得，我们遇到了一大家子淡黄色头发的古板英国人，他们像是听到了命令一样，睁着无神的双眼，冷漠而惊讶地目送着阿霞。而她，仿佛是故意要气他们似的，大声地唱起歌来。回到家，她立刻就进了自己的房间，直到午餐前才露面。她穿上了自己最好的一条裙子，头发梳得一丝不苟，腰带束得紧紧的，还戴上了手套。在餐桌上，她表现得很有礼貌，甚至有些拘谨，只吃了一点东西，喝着高脚杯里的水。她显然是想在我面前扮演一个新的角色——一个体面而有教养的千金小姐的角色。加金没有拆穿她，看得出来，他已经习惯对她百般纵容了。他只是时不时温和地看向我，微微耸肩，仿佛想说："她还是个孩子，请您多包容。"午餐一结束，阿霞就起身向我们行了个屈膝礼，然后就戴上帽子，问加金，她能不能到路易斯太太那里去。

"你从什么时候开始要问我的意见啦？"他带着他一贯的微笑回答道，但这次的微笑却有几分尴尬，"难道你觉得跟我们在一起无聊吗？"

"不是的，只是我昨天就答应路易斯太太要到她家去了，而且我觉得，你们俩待在一起会更好，N 先生（她指指我）还有事要跟你说呢。"

她离开了。

"路易斯太太，"加金竭力躲闪着我的目光，开口说道，"是这里前任市长的遗孀，是个善良却没什么眼界的老太太。她非常喜欢阿霞。阿霞热衷于结识社会底层的人。我发现了，她这样做的原因始终是出于骄傲。正如您所见，她已经被我给惯坏了，"他稍做停顿，接着说道，"这叫我怎么办呢？我对任何人都不会苛求，对她就更不用说了。我必须包容她。"

我没有作声。加金换了个话题。我对他了解得越多，我就感觉跟他越亲近。我很快就理解了他。这就是俄罗斯人的性格，耿直、诚实、淳朴，但又遗憾地有些萎靡不振，缺乏坚忍的精神和内在的激情。青春并没有在他体内像泉水一样喷涌，而是散发着宁静的光芒。他非常亲切聪敏，但是我无法想象，随着年岁渐长，他会变成一个什么样的人？"当一个画家……没有长期的苦功是成不了画家的。可说到下功夫……"我看着他柔和的五官，听着他不疾不徐的话语，心想，"不！你可不会下功夫，你连精力都集中不了。"但是我又不可能不爱他，我的心总是向着他。我们两人在一起待了大概四个小时，一会儿在沙发上坐坐，一会儿在屋前慢慢地散步。在这四个小时里，我们终于成为挚友。

夕阳落山了，我也该回家了。阿霞还是没有回来。

"她可真淘气！"加金说，"您想让我送送您吗？我们可以顺路去路易斯太太家一趟。我去问问她在不在那里，也不用绕很远的路。"

我们下山来到城里，拐进了一条狭窄弯曲的巷子，在一栋房子前停了下来。这栋房子只有两扇窗子那么宽，总共有四层。二楼比一楼更加向街道凸出，而三楼、四楼又比二楼还要凸出。房子上有古旧的雕花，下面还有两根粗大的立柱，尖尖的瓦屋顶和阁楼上鸟嘴形状的突出部分，让整座房子看起来就像一只弓着身子的大鸟。

"阿霞！"加金喊了一声，"你在这儿吗？"

三楼亮着灯光的窗户轻响一声，打开了，我们看到了阿霞小脑袋的影子。她身后探出一张德国老妇人的脸，老妇人的牙齿都掉光了，眼神也大不好使了。

"我在这儿呢，"阿霞风情万种地将手肘撑在窗台上，说道，"我在这里很开心。给你，接着，"她说着，扔给加金一枝天竺花，"你就把我想象成你的心上人吧。"

路易斯太太笑了起来。

"N要走了，"加金说，"他想跟你道别。"

"真的吗？"阿霞说，"这样的话，就把我的花给他吧，我马上就回去。"

她"砰"的一声关上窗户，好像还亲吻了一下路易斯太太。加金默默地将那枝花递给了我。我也默默把它装进口袋里，走到渡口，渡河到了对岸。

我记得，在回家路上，我什么都没有想，可是内心感到一种异样的沉重。忽然我惊奇地闻到了一股浓烈的、熟悉的、在德国却很少见的气味。我停下脚步，看见路旁有一小片大麻。它的草原气息一瞬间就让我想起了故乡，唤起了我内心浓浓的乡愁。我想要呼吸俄罗斯的空气，我想要漫步在俄罗斯的大地上。"我在这里做什么，我为什么要在异乡漂泊，跻身于一群陌生人之中？"我喊出声来，原本压在我心头的那股死气沉沉的重负，突然间又化作了一种痛苦难忍的激动。当我回到家的时候，我的心境已经跟前一天完全不同了。我感到愤愤不平，久久都不能平静，心中充斥着一种连我自己也无法理解的烦恼。最后，我坐下来，回忆起我那位无情的寡妇（每一天结束的时候，我都会例行公事般地回忆这位女士），拿出了一封她的信。可我甚至还没打开它，我的思绪就立刻飘到别的地方去了。我开始想……想阿霞。我意识到，加金在谈话时曾经向我暗示过，他要回俄罗斯还有一些阻碍……"算了，她真的是他妹妹吗？"我大声说道。

我脱下衣服，躺在床上，竭力想要入睡。可是一个小时过去了，我又在床上坐了起来，一只手肘撑在枕头上，又想起了这位"笑得不自然的任性少女……""她就像法尔内塞宫[1]里拉斐尔[2]画作中的小伽拉忒亚[3]，"我低声喃喃道，"对，她不是他的妹妹……"

寡妇的那封信静静地躺在地上，在月光中泛着白色。

1　位于意大利罗马，拉斐尔的画作《伽拉忒亚的胜利》就收藏于此处。
2　拉斐尔（1483—1520），意大利画家，文艺复兴三杰之一。
3　希腊神话中的海中女神。

五

第二天早晨，我又到 L 城去了。我告诉自己，我是去见加金的，可是我忍不住暗中查看阿霞在做什么，她是否还会像昨天一样"古怪"。我见到他们俩都在客厅里，这可真是怪事！是不是我昨天夜里和今天早晨都在思念俄罗斯的缘故？我觉得阿霞就是一个彻头彻尾的俄罗斯少女，是的，就是一个普通的姑娘，甚至像是女仆。她穿着一件很旧的小裙子，把头发梳到了耳后，一动不动地坐在窗边绣着花，她的神态端庄而恬静，仿佛她一辈子都没有做过别的事情。她几乎没说什么话，只是静静地看着自己的绣活儿，她的脸上露出一种稀松平常的表情，让我不禁想起了我们家乡那些名叫卡佳和玛莎的寻常少女。似乎是为了要印证这种相似，她低声唱起了《亲爱的妈妈》[1]这首歌。我看了看她蜡黄憔悴的脸庞，回忆着昨天的种种思绪，我心里感到几分怜惜。天气好极了。加金告诉我们说，他今天要去写生。我问他能不能让

1　创作于 19 世纪上半叶的俄罗斯民歌，由古里廖夫作曲，莫克林斯基作词。

我陪他去，我会不会打搅他？

"恰恰相反，"他说道，"您可以给我提出很好的建议。"

他戴上一顶凡·戴克[1]画中式样的礼帽，穿上短上衣，将画板夹在腋下就出门了。我慢慢地跟在他身后走着。阿霞留在了家里。出门的时候，加金让她留心一下，别把汤熬得太稀了，阿霞答应去厨房关照着。加金来到了那个我已经熟悉的山谷，坐在一块石头上，开始画一棵枝杈四散、有窟窿的老橡树。我躺在草地上，拿出一本书来。可是我连两页书都没读完，他也只是在纸上胡乱涂抹了几笔，我们聊得越来越起劲，可以说，我们聊得精辟入微。我们讨论了应该如何工作，应当避免什么，应该坚持什么，画家在我们这个时代有什么意义。最后，加金说他"今天没有兴致"，在我身边躺了下来，这时我们两个年轻人才自由地打开了话匣子。我们的谈话时而热烈，时而发人深省，时而兴高采烈，但说的都是俄罗斯人喜欢说的一些模棱两可的话。一番畅谈之后，我们心里充满一种满足感，仿佛我们做了什么事、有了什么成就似的，然后我们就回家了。我看到阿霞还是我出门时的那个样子，不管我怎么努力地观察她，我在她身上都没有发现一丝卖弄风情的影子，没有看到一点故作姿态的迹象。这一次没办法责备她不自然了。

"噢！"加金说，"原来她是在斋戒和忏悔呀。"

傍晚时，她毫不遮掩地打了几个哈欠，早早地就回自己房里了。很快，我也和加金道了别，回到家，什么都没有想。这一天

———

1 安东尼·凡·戴克（1599—1641），比利时弗拉芒族画家，巴洛克风格艺术家。

都是在清醒的感觉中度过的。但是我记得，当我躺下睡觉的时候，我不由得大声说：

"这个姑娘真是像变色龙一样变幻莫测啊！"接着我又低声自语道，"反正她不会是他的妹妹。"

而寡妇的那封信静静地躺在地板上，反射着白色的月光。

六

整整两个星期过去了。我每天都会去拜访加金兄妹。阿霞像是在躲着我，但那些在我们相识的最初两天里让我吃惊的事情，她却一件也没有再做过。她隐隐有些伤心或者窘迫，她也不常笑了。我好奇地观察着她。

她的法语和德语讲得相当好，但从各种细节都能看出来，她从小就没有得到过女性的关爱，她接受的是一种奇怪的、不同寻常的教育，和加金本人所受的教育没有任何共通之处。虽然他戴着凡·戴克式礼帽，穿着短上衣，但他身上仍然散发着一种温和文雅的俄罗斯贵族气息。可她却不像一位贵族小姐，她的一举一动都有一种不安分的感觉，就像一棵刚被嫁接不久的野生小树，就像还在发酵的葡萄酒。她天生害羞胆怯，她为自己的羞怯而苦恼，因为这种苦恼，她逼着自己努力变得勇敢洒脱，但她并不总是能做到。有几次我和她聊起过她在俄罗斯的生活，聊起了她的过去，她不情愿地回答了我的询问。不过，我还是知道了，在出国之前，她在乡村生活过很长时间。有一次我碰到她正在独自看书。她用双手支着脑袋，将手指深深地插入发丝间，如饥似渴地阅读着一行行文字。

"很好！"我说着走到了她身边，"您真用功！"

她微微抬起头来，郑重而严厉地看了看我。

"您以为我只会笑吗？"她说完就想起身离开……

我瞄了一眼书名，那是一本法国小说。

"不过，对于您挑选的书，我可夸不出口。"我说道。

"那该读什么呢！"她高声喊起来，一把将书扔在桌上，接着说，"我还不如去胡闹呢。"说着就朝花园跑去了。

就在那天晚上，我给加金朗读了《赫尔曼和多罗泰》[1]。阿霞刚开始只是在我们身边走来走去，然后突然停住了脚步，侧耳倾听，静静地在我身旁坐下，一直听到了结尾。第二天，我又认不出她了，我没想到她会突然冒出这样一个念头，想要当一个像多罗泰一样稳重端庄、善于持家的人。总之，她是个让我琢磨不透的人。她自负到了极点，就连她惹我生气的时候，我也被她吸引着。只是我越来越笃定一件事：她绝不是加金的妹妹。他对待她的态度并不像一个哥哥，过于温柔，过于娇宠，同时又带着些勉强。

一件古怪的事恰恰证实了我的猜疑。

一天晚上，我走到加金兄妹居住的葡萄园时，我发现小门锁着。我也没有多想，就走到了之前发现的围墙上一处坍塌的地

1　《赫尔曼和多罗泰》是德国诗人歌德的叙事长诗。作品中的女主人公多罗泰是一位朴实勤劳的姑娘，男主人公赫尔曼对其一见钟情，两人最终有情人终成眷属。

方，跳了过去。离这个地方不远，在小路旁有一座用金合欢编成的小凉亭。当我走到小凉亭旁边，正打算继续往前走时……我忽然惊讶地听到了阿霞的声音，她含着泪水，激动地说出了下面这番话：

"不，除了你，我谁都不想爱。不，不，我只想爱你一个人，直到永远。"

"好了，阿霞，你冷静一下，"加金说，"你知道的，我相信你。"

他们的声音是从凉亭里传来的。我能透过稀疏交织的枝条看到他们两个人，但他们没有发现我。

"爱你，只爱你一个人。"她重复着，扑向前，揽住他的脖子，开始号啕大哭着亲吻他，紧靠在他怀里。

"好了，好了。"他再三说着，轻轻地抚摩着她的发丝。

我在原地僵立了好一阵子……我突然浑身一震。"我要去找他们吗？……绝对不行！"这个念头在我脑中一闪而过。我加快步子，回到了围墙边，跳过去，来到路上，几乎是一路跑回了家。我笑了，搓着手，这件事忽然验证了我的猜想，虽然我一刻都没有怀疑过这些猜想的正确性，但这着实令我惊讶。"不过，"我心想，"他们可真会装模作样啊！但这是图什么呢？他们蒙骗我做什么呢？我真没料到他会这样做……还有这动人的表白又是怎么一回事呢？"

七

　　我睡得不好，第二天一大早就起床了。我将旅行背囊系在背上，跟我的房东太太说，让她晚上不要等我回来了。我徒步向山里走去，沿着流经 Z 城的河流往上走。这些山峰是所谓"狗背山"的支脉，从地质方面来看是非常有趣的，尤其以这里玄武岩岩层的整齐和纯度而闻名，但是我没有心思做地质考察。我不知道我究竟是怎么了，我只清楚一种感觉：我不想见到加金兄妹。我告诉自己，我之所以突然对他们没了好感，唯一的原因就是受够了他们的表里不一。有人逼他们冒充兄妹吗？不过，我尽量不去想他们的事，我不疾不徐地穿过了山冈和峡谷，在乡村小酒馆里坐了很久，跟酒馆老板和客人们闲适地聊着天，或者就躺在被太阳晒热的平坦石头上，望着天上云卷云舒，天气也好极了。我就这样度过了三天，还是收获了不少乐趣，虽然我有时也会感到内心惆怅。我的心境恰好与这个地方宁静的自然相得益彰。

　　我完全沉浸在这些偶然的静静变化和突如其来的印象之中，它们从容不迫地依次从我的心灵中流淌而过，最终在心里留下了一种笼统的感受，我这三天以来的所见、所闻、所感全都交融在其中——这一切包括了：森林中树脂的气味，啄木鸟的叫声和啄击声，清澈溪流的潺潺细语，溪底石沙上的花斑鳟鱼，山峦朦胧的轮廓，幽暗的山岩，干净的小村庄和令人肃然起敬的古教堂与老树，草地上的鹳鸟，轮子转得飞快的温馨磨坊，乡下人亲切的面庞，他们蓝色的衬衣和灰色的袜子，由肥壮的牛马拉着慢慢行驶的轧轧作响的货车，在种满苹果树和梨树的路上走着的长头发的年轻旅人……

即便是现在，当我回想起当时的印象，仍然会感到愉快。我向你致意，日耳曼大地的小小一隅，你那质朴的欢乐，你那无处不在的勤劳双手的印记，从容而耐心的劳作的痕迹……我向你致以问候，祝你安宁！

第三天深夜，我才回到家中。我忘了说，出于对加金兄妹的怨念，我曾试图在心中重新唤起那个狠心寡妇的形象，但是我的努力白费了。我记得，当我开始想她的时候，我眼前就会浮现出一个五岁左右的农家女孩，她长着圆圆的好奇的小脸蛋，睁着纯真的大眼睛，她那般稚气而天真地看着我……她纯洁的目光令我感到羞愧，我不想当着她的面说谎，于是我就立刻跟我从前的爱慕对象彻底一刀两断了。

我在家里看到了加金留的便条。我出乎意料的决定令他惊讶，他责备我为什么没有带他一起去，还要我一回来就马上去他们家。我不悦地读完了这张便条，但第二天就又出发到L城去了。

八

　　加金友善地接待了我，温柔地把我责备了一番。但阿霞却像故意和我作对似的，一见到我，就没来由地哈哈大笑起来，然后就像平时那样立刻跑开了。加金有些不好意思，在她背后低声说她是个疯丫头，请求我原谅她。我承认，阿霞让我觉得很气恼，即使她不这样做，我都已经感觉颇不自在了，可她偏偏又这样不自然地笑着，故意装腔作势。不过，我装作什么都没有发现，向加金讲述了我这次短期旅行的细节。他也跟我讲了讲，我不在的这段时间里他做了什么。但是我们并没有聊到一块儿去。阿霞走进了房间，接着又跑了出去。末了我说，我还有一些急事要做，我该回家了。加金起初还挽留我，后来他直勾勾地看了看我，自告奋勇要送我。在前厅里，阿霞突然走到我身边，向我伸出手。我轻轻握了握她的手指，微微向她鞠了一躬。我和加金一起渡过了莱茵河，经过了那棵我最喜欢的白蜡树和小圣母像，我们在长凳上坐下欣赏风景。我们就在这里畅谈起来。

　　我们一开始聊了几句，然后就沉默不语，望着发亮的河水。

"请问，"加金忽然带着他一贯的笑容开口说道，"您对阿霞有什么看法？您是不是真的觉得她有点古怪？"

"是的。"我有些困惑地答道。我没想到他会开口提起她。

"您应该好好了解她，再去评判她，"他说，"她的心地非常善良，但就是天不怕地不怕的。她不太好相处。不过这也不能怪她，要是您知道她的身世……"

"她的身世？……"我打断了加金，"难道她不是您的……"

加金看了我一眼。

"您该不会以为，她不是我妹妹吧？……不是的，"他没有在意我的失态，继续说着，"她就是我的妹妹，她是我父亲的女儿。请听我说完。我信任您，我要把一切都告诉您。

"我父亲是一个非常善良聪明、受过良好教育的人，却也是个不幸的人。命运对待他并不比对待其他许多人差，但他连命运的第一次打击都没能承受住。他很早就因为爱情结了婚，他的妻子，也就是我的母亲，很快就去世了。她离世的时候，我才六个月大。父亲带着我去了乡下，整整十二年，他没有去过任何地方。他亲自养育我，要不是他的兄弟——我的亲伯父到乡下来看我们，他永远也不会和我分开。这位伯父长年住在彼得堡，并且担任着相当重要的职务。他劝说父亲将我交给他照料，因为父亲无论如何都不同意离开乡下。伯父跟他说，我这个年纪的男孩子过着与世隔绝的生活是不好的，更何况还跟着我父亲这样一位总是忧愁郁闷又沉默寡言的人生导师，以后我肯定会落后于同龄的孩子，我的性情也容易变坏。父亲很长时间都不愿听从伯父的劝告，但终究还是妥协了。跟父亲分别的时候，我大哭了一场。我爱他，即使我从未在他的脸上见到过笑容……然而，当我来到彼得堡之后，我很快就忘掉了我们那昏暗而沉闷的家。我考进了士官学校，后来又从军校转到了近卫军团。每年我都会回乡下小住几个星期，我发现父亲变得一年比一年忧郁孤僻，思虑多到了怯懦的地步。他每天都会去教堂，几乎连话都不会讲了。有一次我回家的时候（我当时已经二十多岁了），我第一次在我们家里见到了一个十岁左右的、瘦小的黑眼睛女孩——阿霞。父亲说，她是个孤儿，他领养了她——这是他的原话。我并没有特别留意她，她就像只小兽一样，怕生，机灵，不怎么讲话。我一走进父亲最爱的那个房间，她就会立刻藏到扶手椅或者书架后面。那是一间幽暗的大房间，就连白天也点着蜡烛，我的母亲就是在那里去世的。随后的三四年，我都由于公务缠身，没能回乡下去。我每个月都会收到父亲的一封短信，他很少提起阿霞，即使提起也只是顺带几句。他当时已经年过半百，但看起来仍然像个年轻人似的。请想象一下我有多么震惊：我毫无心理准备，突然收到了管家寄来的一封信，他在信里写道，我的父亲病入膏肓了，恳求我尽快赶回去，跟父亲做最后的道别。我拼命赶回家，看到父亲时他还活着，但也已是弥留之际了。他见到我非常高兴，张开枯槁的双手拥抱了我，久久地看着我的眼睛，那目光似是询问，又似是恳求。听到我答应完成他的遗愿之后，他吩咐他的老仆人将阿霞带过来。老头把她领来了，她几乎站不住，浑身颤抖着。

"'是这样，'父亲吃力地对我说，'我把我的女儿——你的妹妹托付给你了。雅科夫会把一切都告诉你的。'他指了指仆人，补上一句。

"阿霞趴在床沿号啕大哭起来……半个小时之后，我的父亲就去世了。

"我这才知道，阿霞是我父亲和我母亲从前的侍女塔季扬娜的私生女。我还清楚地记得塔季扬娜，记得她高挑纤细的身姿，记得她姣好、端庄、聪慧的面庞，还有一双乌黑的大眼睛。她是个出了名的难以亲近的高傲姑娘。从雅科夫恭敬而语焉不详的话里，我听明白了，我的父亲和她是在母亲去世几年以后好上的。塔季扬娜当时已经不住在主人家里了，而是住在她已经出嫁的姐姐家，她姐姐也在我家喂养牲口。我父亲非常依恋她，在我离开乡下之后，他甚至想要娶她为妻，尽管他一再请求，但她本人还是不同意成为他的妻子。

"'塔季扬娜·瓦西里耶夫娜还在世的时候，'雅科夫将双手背在背后，站在门边，向我报告说，'她事事都考虑周全，不愿意让您父亲受委屈。她说过："我怎么能做您的妻子？我哪能当什么太太呢？"她是当着我的面这样说的，少爷。'

"塔季扬娜甚至不想搬到我们家里来，还是继续住在她姐姐家，带着阿霞一起生活。小时候只有每逢节日，我才会在教堂里见到塔季扬娜。她围着一块黑头巾，肩上披着一条黄色披巾，站在人群中，靠着窗边，她端庄的侧影就清晰地映在透明的玻璃上。她虔诚而庄严地祷告着，按照古老的仪式，深深躬下身子。当伯父带我离开的时候，阿霞才两岁。然而还不到九岁的时候，她就失去了母亲。

"塔季扬娜死后，父亲当即就把阿霞带回了家。他之前也表示过想要将阿霞带在身边照料，但塔季扬娜拒绝了。您想象一下，阿霞被带到老爷家时的心情。她直到现在都无法忘记那一刻，她第一次穿上了丝绸裙子，让人亲吻她的手。她母亲在世的时候，对她管教很严，而在父亲这里她可以享受完全的自由。他是她的老师，除了他，她什么人都没见过。他并不娇惯她，不会过分照顾她，但他非常热烈地爱着她，从来不会禁止她做任何事，因为他心里觉得亏欠于她。阿霞很快就明白了，这个家里由她说了算，她知道老爷是她的父亲。但她也很快意识到了自己名不副实的身份，她的自尊心变得越发强烈，疑心也变重了，养成了一堆坏习惯，她的纯真也消失了。有一次她自己跟我袒露过，她想让全世界都忘记她的出身，她为自己的母亲感到羞耻，也为这一份羞耻感到愧疚，但同时又为母亲感到骄傲。瞧，她过去和现在知道了多少她这个年龄不该知道的事情……可这难道是她的错吗？她身体里的青春活力翻涌起来，热血沸腾，可身边却没有一只手能给她指引方向。她在任何事上都完全独立自主！难道忍受她很容易吗？她不想逊色于其他贵族小姐，她埋头苦读书本。可这能有什么用呢？她的人生从一开始就是错误，后来的际遇也一错再错，但她的心却没有变坏，智慧也不受影响。

"就这样，我一个二十来岁的小伙子，居然要照顾一个十三岁的小姑娘！在父亲死后的最初几日，她一听到我的声音就会颤抖，我的关爱反而令她忧郁。她只是一点一点地，渐渐习惯了我的存在。说实话，后来当她确信我是真心把她当作妹妹，相信我喜欢她时，她才热烈地依恋我，她的所有情感都毫无保留地呈现在我面前。

"我把她带到了彼得堡。尽管和她分开会使我很难过，但我无论如何都无法跟她一起生活，于是我把她送进了一所最好的寄宿学校。阿霞明白我们必须分离，但刚开始就生了一场大病，差点死掉。后来她也习惯了，在寄宿学校里待了四年。但我没想到的是，她还和从前一模一样。寄宿学校校长经常向我抱怨她。'又不能惩罚她，'她对我说，'但说好话她也不听。'阿霞悟性极高，学业优秀，比所有人都学得好。但她固执乖僻，死活不愿意跟随大溜……我也不能过分责怪她，因为处在她的境地，她只能要么奉承讨好，要么特立独行。在她所有的同学中，跟她交好的只有一个贫穷难看的、被排挤的姑娘。跟她一起上学的其他贵族小姐，大多是名门望族出身，她们不喜欢她，嘲笑她，对她百般刁难。阿霞也对她们毫不忍让。有一次在神学课上，老师讲到了罪孽。'谄媚和懦弱才是最大的罪孽。'阿霞大声说道。总之，她还是继续走着自己的路，只不过她的举止变好了一些，虽然我觉得在这个方面她也没有多大进步。

"终于，她满了十七岁，不能再待在寄宿学校里了。我当时的处境很艰难。我忽然想到了一个好主意，那就是辞职，出国待一两年，把阿霞也带上。说干就干，于是我们就来到了莱茵河畔，我在这里研习绘画，而她……还是像以前一样淘气胡闹。但是现在我希望，您不要太苛责她。虽然她装出一副什么都不在乎的样子，但其实她很看重每个人的意见，尤其是您对她的看法。"

说着加金又静静地微笑了一下。我紧紧地握住他的手。

"事情就是这样，"加金又开口说道，"但我拿她没有办法。她就像火药一样，一点就着。直到现在，她都没有喜欢过任何人。可要是她爱上了谁，那可就糟糕了！有时候就连我也不知道该拿她怎么办。前几天她突发奇想，突然开始反复跟我讲，说我对她变得比以前冷淡了，说她只爱我一个人，而且一辈子只会爱我一个人……说着就号啕大哭起来……"

"原来是这样啊……"我话到嘴边又咽了回去。

"那么请您告诉我，"我问加金，我们之间已经坦诚相待了，"她不会真的直到现在都没有喜欢过任何人吧？她在圣彼得堡应该见过不少青年才俊吧？"

"她压根儿不喜欢他们。不，阿霞需要的是一个英雄，一个非同寻常的人——或者是一个画中那样的峡谷里的牧羊人。不过，我跟您聊得够久了，耽误您了。"他站起身来说道。

"对了，"我开口说，"我们去你们家吧，我还不想回家。"

"那您的事儿呢？"

我没有搭腔。加金友善地笑了笑，我们一起回到了 L 城。我看到山顶上熟悉的葡萄园和白色小屋，我感到了一丝甜蜜——那种心上的甜蜜，仿佛有人悄悄地往我心里灌了蜜一样。听完加金的故事，我的心里轻松多了。

九

阿霞在家门口迎接了我们。我以为她又要大笑，可是她脸色
苍白，垂着眼，默不作声地朝我们走来。

"他又来了，"加金开口说道，"而且你看，他是自己想回
来的。"

阿霞询问似的看了看我。我向她伸出手，这一次我紧紧地握
住了她冰凉的小手指。我觉得非常可怜她，现在我明白她身上很
多此前令我费解的东西了。她内心惶惶不安，不会为人处世，爱
出风头——这一切我都理解了。我窥视着她的心灵：一种莫名的
郁闷总是压抑着她，她那涉世未深的虚荣心在不安地纠缠、挣扎
着，但她的整个身心都向往着真实。我明白了，为什么这个奇怪
的姑娘吸引着我，吸引我的不仅仅是她纤柔的身体所流露出的略
带野性的美感，我还喜欢她的灵魂。

加金开始翻起了他的画稿，我提议阿霞和我一起去葡萄园里
散散步，她立马就欣然同意了。我们走到了半山腰，坐在一块宽
阔的石板上。

"我们不在的时候，您不会觉得无聊吗？"阿霞开了口。

"那我不在的时候，你们会觉得无聊吗？"我反问道。

阿霞侧目瞟了我一眼。

"是的，"她回答说，"山里好吗？"她立刻又接着说，"山峰高吗？比云朵还高吗？您给我讲讲您看到的东西吧。您跟哥哥讲过了，但我什么都没听见。"

"可那是您自己要离开的呀。"我说道。

"我离开……是因为……我现在不会走了，"她接着说，语气中有一种信任的温柔，"您今天生气了。"

"我吗？"

"是的，您生气了。"

"您为什么这样想呢？"

"我不知道，但是您生气了，而且走的时候也没消气。您就那样走了，这让我觉得非常苦恼。我很高兴您回来了。"

"我也很高兴我回来了。"我轻声说。

阿霞耸了耸肩，就像孩子们高兴时经常做的那样。

"噢，我可会猜了！"她继续说道，"有时候，我只要听爸爸在隔壁房间里咳嗽一声，就能知道他对我满不满意。"

在那天之前，阿霞从来没有对我说起过她的父亲，这让我非常震惊。

"您爱您的父亲吗？"我说道。突然，我感觉我的脸红了，这让我十分恼火。

她什么都没有回答，她的脸也红了起来。我们两个人都不再作声。一艘轮船在远处的莱茵河上行驶着，喷着烟雾。我们开始望向它。

"您怎么不说话呀？"阿霞轻声问道。

"您今天为什么一见我就笑啊？"我问。

"我自己也不知道。有时候我想哭，可是却笑了。您不要根据我的所作所为来批判我……啊，对了，关于罗蕾莱[1]的传说是一个什么样的故事啊？那边能看见的就是她栖身的岩石吗？据说，她先是把所有人都淹死了，而当她陷入爱恋时，她自己也投身河中了。我喜欢这个故事。路易斯太太给我讲了各种各样的故事。路易斯太太有一只黄眼睛的黑猫……"

阿霞抬起头，甩了甩一头卷发。

"啊，我真开心！"她说道。

就在这时，我们耳边断断续续地传来了一阵单调的声响，那是数百个声音在一齐抑扬顿挫地重复着一首祷告曲：一群虔诚的信徒手持着十字架与神幡，走在下面的大路上……

"我真想和他们一起走。"阿霞说着，侧耳倾听着渐行渐远的声音。

"难道您这么虔诚吗？"

"到一个遥远的地方去，去祈祷，去苦修。"她继续说，"否则日子一天天过去，一辈子转瞬即逝，可我们又做了什么呢？"

"您真有志气，"我说，"您不想虚度人生，要在身后留下痕迹……"

———

1 传说莱茵河右岸的岩石上有一位名叫罗蕾莱的女妖，她以美妙的歌声诱惑船夫，使船触礁沉没。德国诗人海涅曾以该故事为题材写出诗歌《罗蕾莱》。

"莫非这不可能吗？"

"不可能。"我差点脱口而出……但是我看向她明亮的眼眸，只是低声说：

"那您试试吧。"

"您告诉我，"阿霞沉默了片刻，几道光影从她变得苍白的脸上掠过，接着又开口说，"您非常喜欢那位太太吗……您还记得吗，就在我们相识的第二天，哥哥还在废墟上举杯祝她身体健康呢？"

我笑了起来。

"您哥哥是开玩笑的。我从来没有喜欢过哪位太太，至少现在我谁都不喜欢。"

"您喜欢女人的什么呢？"阿霞仰起头，带着几分天真和好奇问道。

"这是什么怪问题！"我大声说。

阿霞有些不好意思。

"我不该向您提这样的问题，对吧？请原谅我，我习惯想到什么就说什么了，所以我才不敢讲话。"

"您放心说吧，别怕。"我接过话头，"我很高兴，您在我面前终于不怕生了。"

阿霞低下头，莞尔一笑。我从未见她有过这样的笑容。

"嗯，您讲讲吧，"她继续说道，用手理着裙子的下摆，让它垂到脚边，仿佛她要在这里坐很久似的，"您讲些什么，或者读点什么吧，就像您以前给我们朗读《奥涅金》选段那样，您还记得吗……"

她忽然沉思起来……

如今在我那可怜母亲的坟上，

竖立着一座十字架和一片树荫！[1]

她低声念着。

"普希金的原诗不是这样写的。"我提出来。

"我多么想变成塔季扬娜啊！"她还是若有所思地说着，"您讲讲吧。"她忽然活泼地说道。

可是我没有心思讲故事。我看着她，她周身沐浴在耀眼的阳光中，整个人是那么安静而温柔。天空、大地和河水——我们周围、下面和上面的一切都在快乐地闪着光，就连空气中似乎也充满了光芒。

"您看看，多好啊！"我说着，不由自主压低了声音。

"是啊，真好！"她也轻声回应着我，没有看我，"假如我们是鸟儿，假如我们会飞的话……我们就能融入这一片蔚蓝之中了……可惜我们不是鸟。"

"但是我们可以长出翅膀。"我反驳道。

"怎么会呢？"

"等您再长大些就知道了。有一些感情能让我们从大地上凌空而起，展翅翱翔。别担心，您会长出翅膀的。"

"那您有过翅膀吗？"

---

1 引自普希金的长诗《叶甫盖尼·奥涅金》第八章第四十六节。

"怎么跟您说呢……也许我到现在都还没有飞翔过。"

阿霞又陷入了沉思。我微微俯下身子靠向她。

"您会跳华尔兹吗？"她突然问了一句。

"我会跳。"我有些讶异地答道。

"那我们走吧，走吧……我请哥哥给我们演奏一首华尔兹舞曲……我们可以想象我们在飞翔，想象我们长出了翅膀。"

她朝家里跑去，我也跟在她身后跑了起来。顷刻之后，我们就在一间狭窄的房间里，伴着兰纳甜蜜的乐曲声翩翩起舞了。阿霞的华尔兹舞跳得非常棒，而且十分投入。她那矜持的少女面容忽然流露出一丝柔美的女人味。在那之后的很长时间里，我的臂弯都会感受到她娇柔腰身的触碰；很长时间里，我都能听到她急促而切近的呼吸；很长时间里，我的眼前都会浮现出她那张苍白而兴奋的脸，她面颊旁欢快跃动的卷发，还有那双几乎合上、一动不动的黑眼睛。

十

这一整天过得再好不过了。我们尽情开怀玩耍，就像孩子一样。阿霞非常可爱而单纯。加金看着她，也非常高兴。我很晚才离开。当渡船驶到莱茵河中央时，我叫船夫让小船顺流而下。老人收起了船桨，雄壮的河流载着我们向前漂去。我一边环顾四周，一边倾听着，回忆着，我的内心忽然感到一阵莫名的不安……我抬头仰望夜空，就连天空中也不平静：天空中星星密布，它依然在摇晃、旋转、颤动。我俯身看向河水……就连那幽暗冰冷的河水深处，也有星光在随波摇曳、颤抖。我觉得处处都有一种不安的躁动，我自己心中也生出了几分惶恐。我倚在船舷上……风在我耳边的轻声细语，船尾浪花翻卷的汩汩水声，都在刺激着我，就连波浪清新的气息也无法使我冷静。一只夜莺在河岸上鸣唱了起来，它那宛如甜蜜毒药一般的歌声深深感染了我。我的眼中泛起泪光，但那并不是没来由的喜悦的泪水。我所感受到的，已经不再是我不久前才体验过的那种模糊感受。那时我什么都想要，心灵在舒展，在歌唱，它觉得它什么都懂，什么都爱……不！我心中燃起了对幸福的渴望。我还不敢叫出它的名字，但是幸福，无比满足的幸福——这正是我所期盼的，也正是它令我备受煎熬……船还在顺流漂荡，老船夫坐在那儿，抵着船桨打起了盹儿。

十一

第二天在去加金兄妹家的路上，我没有问自己，我是否爱上了阿霞，但我想了很多关于她的事，她的命运令我牵挂，我们出乎意料的接近使我很高兴。我觉得，我从昨天开始才真正地了解她，在此之前，她都对我很疏远。而现在，她终于对我敞开了心扉，她的形象散发着如此迷人的光芒，她的这个形象对于我来说是那么新鲜，羞怯地散发着如此神秘的魅力……

我快活地走在那条熟悉的路上，不时地望一望远处白色的小屋。我没有考虑将来，我甚至连明天都没有去想，我非常快乐。

当我走进屋里时，阿霞脸红了。我注意到，她又精心打扮了一番，但她脸上的表情却与她的着装不相称，她的神色很忧伤。可我却这么高兴地来了！我甚至觉得，她本想像平时一样跑掉，只是竭力克制着自己，留了下来。加金处于那种画家特有的兴奋狂热的状态中。每当那群功底尚浅的人想象着自己已经像所说的那样，成功地"捉住了大自然的尾巴"时，他们就突然爆发出这样的状态。加金站在一块绷好的画布前，在上面挥舞着画笔。他头发蓬乱，浑身沾满了颜料，他粗暴地向我点了点头，向后退了一步，眯起眼睛看了看，又专心投入到自己的画作上了。我不再打扰他，坐到了阿霞身边。她的黑眼睛慢慢地看向了我。

"您今天跟昨天不一样了。"我几次试图勾起她唇边的笑容，都失败了，只好说道。

"是，不一样了，"她不慌不忙地低声说，"但这没什么大不了的。我没睡好，我整夜都在思考。"

"思考什么呢？"

"唉，我想了很多事。这是我从小的习惯，在我还和母亲一起生活时就这样了……"

她费力地挤出了这些话，然后又重复了一遍：

"在我和母亲一起生活时……我就在想，为什么谁都不能知道自己以后会怎样呢？有时候你能预见到灾祸，可你却躲不掉。为什么永远都不能把实话全说出来呢？……后来我又想，我什么都不知道，我应该学习。我需要重新受教育，我以前受的教育太差了。我不会弹钢琴，不会画画，我甚至连绣花都绣不好。我一无所长，跟我在一起肯定很无趣。"

"您对自己太苛刻了，"我反驳道，"您读了很多书，您有学识，而且头脑聪明……"

"我聪明吗？"她带着天真的好奇心问道，让我不由自主地笑了起来，但她连笑都没笑一下。"哥哥，我聪明吗？"她转头问加金。

他没有理她，还是继续作画，不停地换着画笔，将手举得高高的。

"有时候我自己都不知道，我脑子里在想些什么。"阿霞继续说，仍然是那副若有所思的样子，"有时候我都害怕我自己，真的。唉，我多么想……女人真的不该读太多书吗？"

"不用读很多书，但是……"

"您告诉我，我应该读什么？您告诉我，我应该干什么？不管您说什么，我都会照做的。"她接着对我说，语气里有着天真的信任。

我一时想不到该跟她说什么。

"您跟我在一起不会觉得无聊吧？"

"怎么会呢？"我开口说道。

"啊，谢谢您！"阿霞说，"我还以为您会觉得无聊呢。"
她炽热的小手紧紧地握住了我的手。

"N！"这时加金喊了一声，"这个底色是不是太深了？"
我朝他走去。阿霞站起身，离开了。

十二

一个小时之后，她回来了，站在门边，招手让我过去。

"您听我说，"她说，"如果我死了的话，您会为我难过吗？"

"您今天究竟在瞎想些什么呀！"我大声说道。

"我觉得我快要死了。有时候我觉得，我周围的一切都在跟我道别。与其这样活着，还不如死了好……唉！您别这样看着我。我真的不是在装模作样。不然我又该怕您了。"

"难道您怕过我吗？"

"就算我这么奇怪，这也真不是我的错。"她说，"您看，我已经不会笑了……"

一直到晚上，她都是一副忧郁的样子，忧心忡忡的。她的内心发生了一些我不了解的事。她的目光经常停留在我身上，这种琢磨不透的目光让我的心里悄悄发紧。她表现得很平静，但我看着她，还是想告诉她不要焦虑。我欣赏着她，我在她苍白的脸上和迟疑的动作中看见了一种令人动容的美感——可不知道为什么，她却以为我心绪不佳。

"您听我说，"快要告别的时候她对我说，"我一想到您认为我是一个轻浮的人，我就会无比难过……请您以后永远都要相信我对您讲的话，不过您也要对我坦诚相待。我永远都会对您讲真话的，我保证……"

这番"保证"又让我笑了起来。

"哎，您别笑，"她兴奋地说，"不然我就把您昨天对我说的话还给您：'您笑什么呀？'"她沉默了片刻，接着说，"您记得吗？昨天我们聊到了翅膀……我的翅膀长出来了，但是无处可飞。"

"怎么会呢，"我低声说，"所有的路都摆在您面前呢……"

阿霞直勾勾地看向我的双眼。

"您今天对我有不好的看法。"她皱起眉头说道。

"我？不好的看法？对您！……"

"你们俩怎么都垂头丧气的？"加金打断了我，"要不要我像昨天一样，给你们演奏一曲华尔兹啊？"

"不，不，"阿霞反对说，攥紧了双手，"今天无论如何都不要！"

"我不会强迫你的，你冷静点……"

"无论如何都不要。"她又说了一遍，脸色逐渐苍白。

"难道她爱我吗？"我心里想着，朝着黑浪翻涌的莱茵河走去。

十三

"她该不会是真的爱我吧？"第二天一醒来我就问自己。我不想去探究自己的内心。我感觉，她的形象，那个"强颜欢笑的少女"的形象，已经深深地印在了我的心房，短时间内我是摆脱不掉它了。我去了 L 城，在那里待了一整天，但我只匆匆看了阿霞一眼。她不舒服，她头疼。她只下楼待了一小会儿，包着额头，整个人苍白消瘦，几乎睁不开眼。她虚弱地扯出一个微笑，说："这会过去的，没事，一切都会过去的，不是吗？"说完她就走了。我感到无聊，还有些许空虚伤感。可是，我久久不愿离去，却再也没有见到她一面，我很晚才回到家。

次日清晨就在一种半梦半醒的状态中度过了。我想要着手工作，可是却做不到。我想什么都不做，什么都不想……可这也不行。我在城中漫步，回到家中，然后又出了门。

"您是 N 先生吗？"忽然我身后响起一个孩子的声音。我转过身去，在我面前站着一个男孩。"这是安奈特小姐给您的。"他说着，交给我一张便条。

我打开便条，我认出了阿霞不甚整齐的潦草笔迹。"我一定要见您，"她写道，"请您今天四点钟到废墟旁那条路上的石砌小教堂来。我今天要做一件非常出格的事……请您一定要来，您什么都会知道的……您跟送信人说'好的'就行。"

　　"您要回话吗？"男孩问我。

　　"你跟她说'好的'。"我回答道。

　　男孩跑开了。

十四

    我回到自己的房间，坐下来，思绪万千。我的心在剧烈地跳动着。我把阿霞的字条翻来覆去读了好几遍。我看了看钟，还不到十二点。

    门开了，加金走了进来。

    他脸色阴沉。他抓过我的手，紧紧地握了握。他好像情绪非常激动。

    "您怎么了？"我问道。

    加金拉过一把椅子，坐在我对面。

    "三天之前，"他勉强地微笑着，迟疑了一下，说道，"我给您讲了一个让您吃惊的故事，今天我会让您更加吃惊的。如果是对别人，我估计下不了决心……这么坦白地讲出来……但您是一位高尚的人，您是我的朋友，对吧？您听我说，我的妹妹，阿霞，她爱上您了。"

    我浑身一颤，站了起来……

    "您说，您的妹妹……"

"是的，是的，"加金打断了我，"我跟您说，她疯了，我也快被她逼疯了。但万幸的是，她不会撒谎，而且她信任我。唉，这姑娘心里究竟在想什么……但她会把自己毁掉的，这是必然的。"

"您弄错了吧。"我开口说道。

"不，我没有弄错。您知道吗？昨天她几乎一整天都在躺着，不吃不喝，也没有诉苦……她从来都不会诉苦。虽然晚上她有点发烧，但我并不担心。今天半夜两点钟的时候，我被我们的房东太太叫醒了，她说：'您快去看看您妹妹吧，她好像病了。'我跑去阿霞房里，我看到她连衣服都没有脱，发着高烧，泪流满面。她的额头滚烫，牙齿直打冷战。'你怎么了？'我问她，'你生病了吗？'她扑到我怀里，搂住我的脖子，开始求我，说如果我还想让她活下去的话，就尽快带她离开这里……我一头雾水，尽量安抚她……可她却哭得越发厉害了……忽然我在号啕痛哭之中听到了……总之，我听到了，她爱您。请您相信我，我和您都有分寸的人，我们无法想象，她用情有多深，这些感情在她身上表现得多么强烈。对她来说，这就像一场雷雨一样，出乎意料，不可抗拒。您是个非常可爱的人，"加金继续说，"但说实话，我想不通，她为什么会如此爱您。她说，她对您一见钟情。这就是为什么，她前几天哭着对我说，除了我之外，她不想爱上任何人。她以为您看不起她，以为您可能已经知道她是谁了。她问我有没有给您讲过她的身世，我当然说没有讲过，但她的感觉敏锐得可怕。她只想做一件事，那就是离开，立刻离开。我陪她坐到了天亮。直到她听到我保证说，我们明天就会离开这里，她这才睡下了。我思来想去，还是决定跟您谈谈。我觉得阿霞说得对，对于我们俩而言，最好的办法就是离开这里。要不是我脑子里冒出了一个想法，阻止了我，我今天就把她带走了。也许……怎么知道呢？您喜欢我妹妹吗？如果是这样的话，那我有什么理由带她走呢？于是我下定决心，将所有的羞耻心都抛到一边……况且我自己也有所察觉……我决定……向您问个清楚……"可怜的加金有些难为情。"请您原谅我，"他又补上一句，"我不习惯这些麻烦事。"

我拉过他的手。

"您想知道，"我用坚定的声音说道，"我是不是喜欢您妹妹？是的，我喜欢她……"

加金看了我一眼。

"但是，"他顿了顿说，"您不会娶她吧？"

"您想让我怎么回答这个问题？您自己想想看，我现在能不能……"

"我知道，我知道，"加金打断了我，"我没有任何权利要求您做出答复，我的问题很失礼……可您叫我怎么办呢？我冒不起这个险。您不了解阿霞，她能生病，能逃跑，能找您约会……别的女人可能会隐瞒一切，静待时机，但是她不会。她这样的表现还是头一次，所以才麻烦！要是您看到，她今天在我脚边哭得有多伤心，您就能理解我的担忧了。"

我深思起来。加金说的"找您约会"那句话刺痛了我的心。他对我如此坦诚，我觉得如果我不坦诚地回应他的话，那就太可耻了。

"是的，"末了我说道，"您说得对。一个小时前，我收到了您妹妹的一封便条，就在这里。"

加金拿过便条，飞快地看了一遍，然后双手搭在膝盖上。他脸上诧异的神情非常可笑，可我却笑不出来。

"我再说一次，您是一位高尚的人，"他低声说，"但是现在该怎么办？怎么做？她自己想要离开，还给您写了信，还因为要做一件出格的事而自责……这是她什么时候写的？她究竟想要您做什么？"

我让他平静下来，我们尽可能冷静地开始商量起对策。

我们最终决定：为了避免出现意外，我必须去赴约，而且跟阿霞开诚布公地把话说清楚。加金要待在家里，不要被阿霞发现他已经知道了她送信的事。我们决定晚上再碰头。

"我就指望您了，"加金说着，紧紧握了握我的手，"请您饶过她，也饶过我吧。我们明天还是要走，"他站起来，接着说，"因为您肯定不会娶阿霞。"

"给我点时间，到晚上再说吧。"我说。

"您请便，但您是不会娶她的。"

他走了，我躺在沙发上，闭上了眼睛。我感到晕头转向，太多的印象一下子涌进了我的脑子里。我为加金的坦诚而苦恼，也为阿霞而苦恼，她的爱让我又喜又忧。我无法理解，是什么驱使她把一切都告诉了哥哥。我必须快速地，几乎是在一瞬间做出决定，这令我痛苦难当……

"娶一个十七岁的小姑娘，而且还是她这样的性格，这怎么可能！"我说着，站了起来。

十五

我在约定的时间渡过了莱茵河，在对岸迎接我的第一个人，就是早上来找我的那个男孩。他显然是在等我。

"这是安奈特小姐给您的。"他轻声说道，递给我另一张便条。

阿霞通知我，说我们约会的地点改了。我不用去小教堂了，而是要在一个半小时后到路易斯太太家，在楼下敲门进去，然后上三楼。

"您还是回话说'好的'吗？"男孩问我。

"好的。"我又说了一次，沿着莱茵河岸边走去。

回家是没时间了，我也不想在街上闲逛。城墙外边有一座小花园，里面有一片打地球的场地，还有几张给爱喝啤酒的人准备的桌子。我走进了花园。几个上了年纪的德国人在打地球，木球滚动碰撞着发出声响，间或夹杂着叫好声。一个泪眼蒙眬的漂亮女仆给我端来了一杯啤酒。我看向她的脸，她飞快地转过脸去，走开了。

"是啊，是啊，"这时在座的一位红脸颊的胖先生说，"我们的汉卿今天很伤心，她的未婚夫去当兵了。"

我看了看她，她蜷缩在角落里，一只手托着腮，泪珠一颗接一颗地顺着她的指间滑落。有人要啤酒，她给他端去一杯，然后又回到了她原来的地方。她的痛苦也影响了我，我开始想到即将来临的约会，但我的思绪满是烦恼，并不快乐。我心情略带沉重地赶赴了这次约会，我要面临的并不是两情相悦的欣喜，而是要恪守诺言，履行一项艰难的义务。"千万不能跟她开玩笑。"加金说的这些话就像箭镞一样，直刺进我的心中。而就在三天之前，在这条随波漂流的小船里，我不是还苦苦渴求着幸福吗？现在幸福已经近在咫尺，可我却动摇了，我推拒着，我不得不将幸福远远推开……突如其来的幸福让我不知所措。阿霞本人，她火热的性格，她的过往，她的教养，这个迷人却古怪的姑娘——说实话，她吓到我了。这种种感情在我心中斗争了许久，约定的时间越来越近了。"我不能娶她，"我终于决定了，"她不会知道我也爱上了她。"

我站起来，将三马克银币放在可怜的汉卿手里（她甚至没有向我道谢），就往路易斯太太家走去。暮色已经在空中散布开来，在黑暗的街道上空，一线狭窄的天空还在闪耀着赤红的余晖。我轻轻地敲了门，门立刻就打开了。我跨过门槛，置身于一片完全的黑暗之中。

"到这边来！"我听见了一个老妇人的声音，"正等着您呢。"

我摸索着走了两步，一只瘦骨嶙峋的手拉起了我的手。

"您就是路易斯太太吗？"我问道。

"是我，"那个声音回答我说，"是我，我的好孩子。"

老妇人领着我沿着一条陡峭的楼梯上了楼，在三楼的平台上停了下来。借着从一扇小窗透进来的微弱光线，我看到了市长遗孀那张皱纹密布的脸。她干瘪的嘴唇咧出一个令人厌恶的狡猾的笑，眯起了无神的小眼睛。她给我指了指一扇小门。我猛地一下打开门，走了进去，又"砰"的一声把门关上了。

十六

    我走进了一个小房间，里面相当昏暗，但我立刻就看见了阿霞。她裹着一条长披巾，坐在窗边的椅子上。她转过头去，几乎要把头藏起来了，就像一只受惊的小鸟。她呼吸急促，全身都在发抖。我说不出地心疼她。我走到她的身边，她却又把头扭开了……

    "安娜·尼古拉耶夫娜。[1]"我说。

    她忽然挺直了身子，想要看看我，可是却做不到。我拉过她的手，她的手冰凉，就像一只死人的手躺在我掌心。

    "我希望……"阿霞开口说，试图挤出一个微笑，可她苍白的嘴唇根本不听她的使唤，"我想……不，我不能。"她说完就沉默了。她说的话都是一字一顿的。

    我坐在她旁边。

    "安娜·尼古拉耶夫娜。"我又叫了她一声，却也什么都说

———
1 阿霞的名字和父称，俄语中用这种方式称呼他人表示尊敬。

不下去了。

我们两人都沉默着。我继续抓着她的手，看着她。她仍然全身蜷缩着，艰难地喘息着，默默咬着下唇，不让自己哭出来，不让满眶泪水流下来……我看着她，她胆怯地一动不动，有一种令人动容而又无助的感觉，仿佛她是精疲力竭地撑到了椅子边，就这样倒在了上面。我心软了……

"阿霞。"我用近乎低不可闻的声音说……

她缓缓抬起双眼看向我……噢！一个陷入热恋的女人的眼神，谁能描述得出来？这双眼睛里有乞求，有信任，有追问，有顺从……我无法抗拒它们的魅力。一股细细的火苗燃遍了我的周身，像一根根灼热的针，刺痛着我。我俯下身，亲吻了她的手……

我听见了一个颤抖的声音，仿佛是断断续续的叹息。我感觉到，有一只像风中的树叶一样颤抖的手，轻轻地抚摩着我的头发。我抬起头，看见了她的脸。她的脸转瞬间就变了！她脸上恐惧的表情已经消失了，她将目光投向了远方，把我也引过去了。她的嘴唇微微张开，额头苍白得像大理石一样，卷发向脑后披散着，像是被风吹过去了似的。我忘乎所以，将她拥入怀中，她的手温顺地服从着我，她的整个身体也顺势被拉了过来，披巾从肩上滑落下去，她的头静静地贴在我的胸膛上，就靠在我炙热的嘴唇下方……

"我是您的……"她的声音轻得几乎听不见。

我的双手已经搂住了她的腰……但我突然想起了加金，这就像一道闪电，把我惊醒了。

"我们这是在做什么！"我喊道，猛地往后一退，"您的哥哥……他全都知道……他知道我跟您见面。"

阿霞瘫坐在椅子上。

"是的，"我站起来，走到房间另一头，接着说，"您的哥哥全都知道……我不得不把一切都告诉他。"

"不得不吗？"她低声喃喃道。看来，她还没能清醒过来，不太明白我的意思。

"是的，是的，"我有些冷酷地重复道，"这都是您一个人的过错，错的只有您。您为什么要泄露自己的秘密？有谁逼您把一切都告诉您哥哥吗？他今天亲自来找我了，把您和他的谈话都讲给我听了。"我尽量不去看阿霞，在房间里来回大步走着，"现在全都完了，全完了。"

阿霞想从椅子上站起来。

"别起来，"我忙喊道，"您坐着吧，求您了。您现在是跟一个诚实的人打交道，是的，一个诚实的人。您说吧，是什么让您激动？难道您发现了我有什么变化吗？当您的哥哥今天来找我的时候，我无法对他隐瞒。"

"我究竟在说些什么？"我心里默念，一想到我是个龌龊的骗子，想到加金知道我们的约会，想到一切都被误解了，被暴露了，我的脑子里就嗡嗡作响。

"我没有叫哥哥来，"阿霞惊惶地低声说，"是他自己来的。"

"您看看，您都干了些什么，"我继续说，"现在您想要离开了……"

"是的，我该离开了。"她也同样低声说，"我让您到这里来，只是为了跟您道别。"

"您以为，"我反驳说，"我能很轻松地跟您分别吗？"

"可是您为什么要告诉哥哥？"阿霞困惑不解地又问了一遍。

"我跟您说，我别无他法。假如您自己没有先泄露的话……"

"我把自己关在房间里，"她耿直地反驳说，"我不知道我的房东太太还有一把钥匙……"

那一刻，从她口中说出的这番天真的辩解，差点让我火冒三丈……可当我现在回忆起来，却不能不为之感动。那个可怜的、诚实的、真诚的孩子啊！

"现在一切都结束了！"我再次开了口，"全都结束了。现在我们该分别了。"我偷偷瞄了阿霞一眼……她的脸一下就红了。我感觉到了，她变得又羞又怕。我自己也一边烦躁地走来走去，一边说："您不让刚刚萌芽的感情继续发展，您自己斩断了我们的情谊，您不信任我，您怀疑我……"

在我说这番话的时候，阿霞的身子越来越向前倾，忽然她跪倒在地，双手捂住脸，大哭起来。我赶紧朝她跑过去，试图扶起她，但她不让我扶。我受不了女人的眼泪，一看到女人流泪，我就会立刻不知所措。

"安娜·尼古拉耶夫娜，阿霞，"我不停地说，"拜托了，我求您了，您别哭了……"我又拉住了她的手……

但是，令我非常惊讶的是，她突然跳了起来，像一道闪电一样飞快地奔向门口，不见了踪影……

过了几分钟，路易斯太太走进了房间，我还是站在房间正中央，像是被雷劈了一样。我不明白，这次约会怎么能结束得这么快，这么糊里糊涂。我想说的和该说的连百分之一都没有说出来。我自己尚且不知道，这件事会如何收场……

"小姐走了吗？"路易斯太太问我，她黄色的眉毛高高挑起，一直扬到了假发边。

我像个傻瓜一样看了看她，就走出去了。

十七

　　我匆匆出了城，直接走进了田野里。懊恼，疯狂的懊恼折磨着我。我不断地责怪着自己。我怎么能不理解阿霞改变我们约会地点的原因？我怎么能忽略她费了多大劲才到了这个老太太家？我怎么没有留住她呢？跟她单独待在那个寂静无声、光线微弱的小房间里，我居然有力量，有勇气将她从身边推开，甚至还责备她……现在她的形象在我身边挥之不去，我请求她原谅。回想起那张苍白的脸，那双胆怯的泪眼，散落在低垂的脖颈旁的发丝，回想起她的头轻轻贴着我的胸膛，我就像被烈焰焚身一般。"我是您的……"我听到了她的低语，"我的所作所为都无愧于心。"我不断告诉自己……这不是真的！难道我真想要这样的结局吗？难道我准备好和她分别了吗？难道我能失去她吗？"疯子！疯子！"我痛恨地说了好多遍……

　　这时夜幕降临了。我迈开步子，朝阿霞住的房子走去。

十八

加金迎着我走了出来。

"您见到我妹妹了吗？"他隔着老远就朝我喊了起来。

"难道她不在家吗？"我问。

"不在。"

"她没有回来吗？"

"没有。是我的错，"加金继续说，"我忍不住了。我没按照我们说好的去做，而是去了小教堂。她不在那里。所以她没有来吗？"

"她没有去小教堂。"

"那您没见到她吗？"

我不得不承认我见过她。

"在哪里见的？"

"在路易斯太太家。我和她一个小时前就分开了，"我补充说，"我以为她已经回家了。"

"我们再等等吧。"加金说。

我们走进屋里，挨着坐下。我们没有说话。我们两个人都感到非常尴尬。我们不时回头看向门口，听着动静。终于加金站了起来。

"这太不像话了！"他喊道，"我的心都悬着了。她可真是要把我急死了……我们去找找她吧。"

我们出了门。院子里已经是一片漆黑。

"您跟她都说了些什么啊？"加金一边问我，一边拉低帽檐遮住眼睛。

"我一共只跟她待了五分钟，"我回答说，"我就跟她说了我们事先商量好的那些话。"

"这样吧，"他说，"我们最好还是分头去找，这样我们也能快一点找到她。不管找不找得到，都请您一个小时之后回到这里来。"

十九

　　我赶忙从葡萄园里下了山，朝城里奔去。我飞快地走遍了所有的街道，四处查看，甚至还望了望路易斯太太家的窗户，然后回到了莱茵河边，沿着河岸奔跑起来……我间或看到了几个女人的身影，但阿霞始终不见踪影。现在折磨着我的已经不再是懊恼，而是一种隐秘的恐惧。而且我感受到的不仅仅是恐惧……不，我还感受到了悔恨，感受到了最深切的惋惜，还感受到了爱情——是的！最温柔的爱情。我搓着双手，在弥漫的夜色中呼唤着阿霞，刚开始还是轻声呼喊，后来声音就越来越大了。我反复说了上百遍，说我爱她，我发誓永远不会和她分开。我愿意付出世间的一切，只为了再次握住她冰冷的手，再次听到她轻柔的声音，再次看到她出现在我的面前……她曾经离我那么近，她下定了决心，怀揣着天真无邪的心灵和感情来到我面前，她将自己纯真的青春给了我……我却没有将她拥入怀中。我本可以看到她可爱的脸庞绽放出欢乐而宁静的狂喜，可我却让自己错过了这种至高无上的幸福……这个想法快要把我逼疯了。

"她能去哪里呢？她会不会做出什么事来？"我郁闷至极，绝望无力地大喊着……忽然河岸上闪过一道白影。我知道这个地方，大约七年前，有一个人在那里溺水身亡，他的坟墓上竖着一个石头十字架，上面刻着古老的铭文，半截埋在地里。我的心跳停滞了……我跑到十字架跟前，那个白色的身影却消失了。我喊了一声："阿霞！"我疯狂的叫声把我自己都吓了一跳。可是没有人回应我……

我决定去问问加金有没有找到她。

二十

我快步沿着葡萄园的小路往上走，我看到了阿霞房间里的灯光……这让我稍稍放心了一些。

我走到房子跟前，楼下的门锁着，我敲了敲门。底楼没有亮光的小窗户小心翼翼地打开了，加金的头探了出来。

"您找到她了吗？"我问他。

"她回来了，"他低声回答我，"她在自己房里，正在更衣。一切都好。"

"谢天谢地！"我喊道，心中有一种说不出的欣喜，"谢天谢地！现在一切都好了。但您也知道，我们还得再谈一次。"

"改天吧，"他拒绝了，轻轻地把窗户向里拉，"改天吧，现在您先请回吧。"

"明天见，"我低声说，"明天一切就都尘埃落定了。"

"再见。"加金又说了一次。窗户关上了。

我差点就要敲窗户了。我想立刻就告诉加金，我要向他妹妹求婚。但在这样一个时刻，这样向他求亲……"等到明天吧，"

我心想，"明天我就会幸福了……"

明天我就会幸福了！但幸福没有明天，也没有昨日；它不记得过去，也不会考虑未来；它只有现在——而且不是一天，只是一瞬间。

我不记得我是怎么回到Z城的。仿佛我不是用双腿走路，不是坐着小船渡过了河，而是乘着一双巨大的、有力的翅膀飞回来的。我走过一片灌木丛，一只夜莺在树丛中歌唱，我停下脚步，聆听了许久。我觉得，它是在歌唱我的爱情和我的幸福。

二十一

第二天早晨，当我走进那栋熟悉的小屋时，眼前的景象让我愣住了：房子所有的窗户都打开了，门也敞开着。一些纸片凌乱地散落在门前，一个女仆拿着扫帚从门后走了出来。

我朝她走过去……

"他们走了！"还没等我开口问她加金在不在家，她就大声说道。

"走了？……"我重复了一遍，"他们怎么走了呢？他们去哪里了？"

"他们今天早晨六点钟就走了，也没有说要去哪里。等等，想必您就是N先生吧？"

"我是N先生。"

"主人那里有一封留给您的信。"女仆上了楼，拿着一封信回来了，"就是这封信，先生。"

"这不可能……怎么会这样？……"我喃喃道。

女仆愣愣地看了我一眼，又去扫地了。

我拆开信。信是加金写给我的，阿霞一个字也没有写。他先是请求我不要因为他们突然不辞而别而生他的气，他相信，我经过深思熟虑之后，也会赞成他的决定。他找不到别的办法来摆脱现在的处境，而这处境很可能会变得困难和危险。"昨天晚上，"他写道，"当我们俩都沉默着等待阿霞的时候，我最终确信了，分离是有必要的。您有一些成见，我是尊重的。我明白，您不会娶阿霞的。她全都跟我说了，为了使她平静，我只能答应她再三的恳求。"在信的结尾，他对我们的相识结束得如此仓促表示遗憾，还祝我幸福，友好地握了我的手，恳请我不要费心思去寻找他们了。

"什么成见？"我大喊着，仿佛他能听到我似的，"太荒唐了！是谁给他权利把她从我身边夺走的？……"我抱住自己的头……

女仆开始大声地呼唤房东太太，她的惊恐让我恢复了理智。我心里冒出一个想法：去找寻他们，不惜一切代价地找寻他们。我无法承受这个打击，也接受不了这样的结局。我向房东太太打听到，他们早上六点钟搭上了轮船，朝莱茵河下游去了。我赶到轮船公司办事处，那里的人告诉我，他们买了去科隆的船票。我往家里走去，打算即刻收拾行李，坐船去追他们。我经过了路易斯太太家……忽然我听到有人在叫我。我抬起头，在我前一天见到阿霞的那个房间的窗口，看到了市长遗孀。她令人生厌地微笑着，招呼着我。我转过身，想要从旁边绕道而过。但她在我身后喊，说她有东西要给我。这番话让我停下了脚步，我走进了她的家。我该如何描述我再次见到那个小房间时的心情……

"说实话，"老妇人开口说道，递给我看一张小字条，"本来只有您亲自来找我，我才能把这个给您，但您是个非常好的年轻人。拿着吧。"

我接过了字条。

小小的纸片上用铅笔匆匆地写着下面几行字：

再见了！我们再也不会见面了。我离开不是因为骄傲，不是的，我别无选择！昨天当我在您面前哭泣的时候，哪怕您对我说一个字，就一个字，我也会留下来。可您什么话都没有说。看来，这样更好……永别了！

一个字……啊，我真是个疯子！这个字……我前一天还饱含热泪地重复着它，我对着风白白地讲了好多次，我在旷野中念了无数遍……但我却没有对她说出这个字，我没有告诉她我爱她……可我当时也说不出那个字眼。当我在那间该死的房间里见到她的时候，我还没有清晰地意识到我的爱情。就连我和她的哥哥在茫然而痛苦的沉默中等候的时候，爱的意识也尚未觉醒……直到片刻过后，我为可能错失幸福而感到惊恐万分时，它才以一种不可抵抗的力量爆发了。我开始寻找她，呼唤她……但为时已晚。别人会对我说："这不可能！"我不知道这有没有可能，我只知道这是真的。倘若阿霞的性子里有一丝卖弄风情的影子，倘若她不是私生女，她就不会走了。换作其他任何一个少女都能忍受的事情，对她来说也是无法承受的。可我没有明白这一点。当我最后一次和加金在黑暗的窗户前见面的时候，我却鬼使神差地将坦白哽在了喉头，我能抓住的最后一根线也从我手中溜走了。

就在那天，我提着收拾好的箱子回到 L 城，乘船去了科隆。我记得，轮船已经驶离了码头，我在心中默默地告别了这些街道，告别了所有这些我再也无法忘记的地方。我看到了汉卿，她坐在岸边的长凳上。她的脸仍旧苍白，却不再悲伤了。一位年轻英俊的青年站在她的身旁，正笑着给她讲些什么。而在莱茵河的另一侧，我的小圣母像还是那样忧伤地从老白蜡树翠绿的叶子间探出身子张望着。

二十二

　　我在科隆打听到了加金兄妹的行踪。我得知他们去了伦敦。我也动身追随他们而去。但到了伦敦，我的一切搜寻都变得徒劳无功。我很久都不甘心，一直坚持寻找，可最后，我不得不放弃找到他们的希望。

　　我再也没有见到过他们，我再也没有见到阿霞。虽然我偶尔还听到过一些关于加金的流言蜚语，但她却从我的生命中永远消失了。我甚至不知道，她是不是还活着。几年之后，有一次在国外的时候，我在火车车厢里见到了一个女人，她的脸让我想起了那个令我无法忘怀的面容……但我也许是被这种偶然的相似蒙蔽了。在我的记忆中，阿霞仍然是那个我在生命中最美好的年华认识的小姑娘，还是我最后一次见到她时，倚靠在矮木椅的椅背上的样子。

　　不过我必须承认，我并没有为她忧伤很久。我甚至觉得，命运没有让我和阿霞在一起，这是很好的安排。有这样一个妻子，我也许并不会幸福，这样一想，我就觉得宽慰了许多。当时的我青春年少，还以为未来，那转瞬即逝的未来是无限的。"难道过去的事情就不能重来吗？"我心想，"难道不会变得更好、更美吗？……"我结识过别的女人，可阿霞在我心中唤起的那种热烈、温柔而又深邃的感情，却再也没有出现过。不！对于我而言，没有任何一双眼睛能够代替那双曾经满含爱意地望向我的眼睛，没有任何一颗依偎在我胸前的心能够让我的心陶醉在那样的欢乐和甜蜜里！我命中注定要孤身一人度过无聊的岁月，但我就像保存圣物一样，珍藏着她的字条和她从窗口扔给我的那枝已经枯萎的天竺花。那枝花直到现在仍然散发着微弱的香气，而将它抛给我的那只手，我只亲吻过一次的那只手，也许早已在坟墓中腐烂了……而我自己——我又怎么样了呢？我还剩下些什么？那些美好又悸动的日子，那些飘飞的希望和追求，又剩下了什么呢？这样一枝微不足道的草木散发的淡淡气味，反倒比人的一切欢乐和痛苦都要长久——甚至比人本身还要长久。

春
潮

那欢愉的年岁，

那幸福的日子，

宛若滔滔春潮，

奔涌飞逝如斯。

——摘自古老的浪漫曲

......夜里一点多钟的时候，他回到了自己的书房。他把点蜡烛的仆人支了出去，便倒在壁炉旁的安乐椅上，双手捂住了脸。

他还从未感到如此身心俱疲。整个晚上他都是跟令人愉快的太太们和有教养的绅士们一起度过的，其中有几位太太长得非常美丽，几乎所有的男士都才华出众，而他自己也谈吐不俗，甚至非常出彩......然而罗马人早就说过的那种 "taedium vitae"，那种 "对生活的厌倦"，还从未以如此不可抗拒的力量掌控过他，令他窒息。倘若他再年轻一些，他可能会由于忧郁、无聊和懊恼而哭泣起来：一种灼烧般的尖锐苦楚，就像茵蒿的苦涩，充斥着他的整个心灵。一种烦闷恼人的凝重心绪，就像秋天里黑暗的夜色，从四面八方向他裹挟而来。他不知道如何摆脱这种黑暗和这种苦楚。睡觉是指望不上了，他知道自己睡不着。

他开始思索起来……慢慢地，无精打采地，愤恨地思索着。

他思考着人世间的碌碌无为和庸俗虚伪。过往的所有岁月在他脑海中逐一闪过（他不久前才满了五十二岁），却无一能得到他的宽容。永远都在做无谓的事，永远都是徒劳无功，永远都在似是而非地自欺自慰——只要孩子别哭，怎么哄都行。可突然间，迟暮之年已近在咫尺，犹如一场风雪劈头盖脸而来。随之而来的还有对死亡的恐惧，那种恐惧与日俱增，吞噬和消磨着一切……接着就会扑通一声坠入无底深渊！如果生命真能这样了结，那倒还好！否则人在临终之前，就会像铁器生锈一样，虚弱无力，饱受折磨……在他看来，人生的海洋并不像诗人描述的那样波涛汹涌。不是的，在他的想象中，这片海洋波澜不惊，清澈得能够看见最黑暗的海底。他自己则乘着一叶颠簸的小舟，而在那淤泥堆积的黑暗海底，隐约能看到一些像是巨鱼的丑陋怪物：那便是人生中的种种苦难、疾病、痛苦、疯狂、贫困、盲目……他看着一只怪物从昏暗中游出，浮起得越来越高，变得越来越清晰可见，令人厌恶……载着他的那叶小舟眼看就要被掀翻了！但那怪物似乎又变得模糊起来，游向水底去了——它卧在那里，轻轻摆动着尾巴……可是当注定的那一天来临时，它就会将小船掀翻。

他甩甩头，猛地从椅子上站起来，在房间里来回走了两圈，然后在书桌前坐下，将抽屉一只接一只拉开，翻起了他的那堆纸页和旧书信，那些书信中大部分都是女人的信件。他自己也不明白为什么要这样做,他也没有找任何东西,他只是想随便做点什么,来摆脱令他苦恼的思绪。他不经意间打开了几封信(其中一封里有一朵干枯的小花,上面绑着一根褪色的丝带),他只是耸了耸肩,看了看壁炉,就将这些信件扔到一边,看来是打算将这堆没用的废纸通通烧掉。他将手伸进一只只抽屉里,匆忙地翻找着,忽然他睁大了双眼,缓缓地抽出了一只八角形的老式小盒子,慢慢地抬起了它的盖子。盒子里,在两层发黄的棉纸下面,放着一个石榴石的小十字架。

他困惑地端详了这个小十字架片刻,突然轻轻叫了一声……他的脸上浮现出不知是遗憾,还是喜悦的神情。只有当一个人与另一个早已音信全无的人意外邂逅,当那个他曾深爱过的人,如今忽然出现在他面前,当他看到当初的那个人早已被岁月完全改变了模样时,他的脸上才会浮现出这样的表情。

他站起身,回到壁炉旁,又坐进安乐椅里,又用双手捂住了脸……"为什么是今天?偏偏是今天?"他心想着,回忆起了许多久远的往事……

以下就是他的回忆……

不过首先要介绍一下他的名字、父称和姓氏。他叫作德米特里·巴甫洛维奇·萨宁。

以下就是他的回忆:

一

那是一八四〇年夏天的事。萨宁刚满二十二岁，正从意大利返回俄罗斯，途中在法兰克福落了脚。他虽不富裕，却也无牵无挂，也没有什么家室。一位远房亲戚去世后，给他留下了几千卢布的遗产，于是他决定在赴任履职之前，趁自己还没有最终套上公职这条枷锁（可离了这枷锁，生活的保障又难以实现），在国外把这笔钱花掉。萨宁准确地依照着自己的打算，安排得井井有条，在抵达法兰克福的时候，他手中剩下的钱刚好足够让他用到彼得堡。一八四〇年时，铁路还屈指可数，旅客们乘坐的还是公共马车。萨宁订了"拖挂车厢"里的一个座位，但马车要到夜里十点多才出发。时间还很充裕。庆幸的是，天气好极了，萨宁在当时著名的"白天鹅"旅店用过午餐后，就去城里四处闲逛。一路上，他看到了丹内克的阿里阿德涅雕像[1]，但他并不怎么喜欢；

---

1 《骑豹的阿里阿德涅》是德国雕塑家海因里希·丹内克（1758—1841）的著名雕塑作品，取材于希腊神话。

他还参观了歌德故居，在歌德的作品中，他只读过一本《少年维特的烦恼》，而且还是法文译本；他还在美因河畔漫步，像一个体面的旅行者应当做的那样，百无聊赖了一阵；最后，在下午五点多的时候，他一身疲惫，拖着沾满尘土的双腿，走到了法兰克福最不引人注目的一条街道。这条街道让他后来久久无法忘怀。在街道上为数不多的房屋之中，他看见了其中一栋房子上挂着一块招牌，上面写着"乔凡尼·罗塞里意大利糖果店"，招徕着往来的行人。萨宁走进店里，想要喝一杯柠檬汁。但在一进门的房间里，在简陋货架后面有一个涂过漆的橱窗，就像药房里的陈设一样。橱窗的隔板上摆着几个贴着金色标签的瓶子，还有许多玻璃罐，里面装满了面包干、巧克力饼和水果糖。这个房间里一个人也没有，只有一只灰猫，眯着眼睛，窝在窗户边的一张藤编高椅上轻轻打着呼噜，爪子不时扒拉一下。地板上有一大团红色的毛线球，在傍晚的斜阳中映射出耀眼的红光，旁边还有一只翻倒的雕花木篮。隔壁房间传来一阵隐隐约约的喧闹声。萨宁站了一会儿，等到门铃响完，才提高声音说："有人在吗？"就在这时，隔壁房间的门打开了——萨宁不由得大吃一惊。

二

　　一个约莫十九岁的少女慌忙跑进了店里，她深色的卷发披散在裸露的肩头，双手向前伸着，手上没有戴手套。她一见到萨宁，就立刻朝他跑过来，一把抓住他的手，就拉起他跟她走，气喘吁吁地说："快，快，这边，您快救救他吧！"萨宁没有立刻跟着走，倒不是不愿意，只是太过惊讶了，仿佛被钉在了原地：他一生中还从未见过如此美丽的姑娘。她朝他回过头来，催促道："您快来呀，快来呀！"她的声音、目光，还有举在苍白面颊旁不断颤抖的攥紧的手，是那么绝望，使得萨宁立刻就跟着她冲进了敞开的门里。

　　他跟着少女跑进了房间里，房中一张马鬃编的老式沙发上躺着一个十四岁左右的男孩，满脸苍白，苍白中透出蜡黄，就像古旧的大理石一样。男孩长得和姑娘惊人地相似，显然就是她的弟弟。他双眼紧闭，浓密的黑发在仿佛石化的额头和一动不动的细眉上投下一片阴影，青紫的双唇间能看到紧咬的牙齿。他似乎已经没了气息，一只手耷拉着垂向地板，另一只手则垫在脑后。男孩穿着衣服，扣着扣子，领结紧紧地束着他的脖子。

少女哭喊着朝他扑过去。

"他死了，他死了！"她喊道，"刚才他还坐在这里跟我说话，突然就倒下不动了……我的天哪！难道他没救了吗？妈妈也不在！潘塔莱奥内，潘塔莱奥内，医生怎么还不来？"她突然讲起了意大利语，"你去找医生了吗？"

"小姐，我没有去，我让露易莎去了。"门后传来一个嘶哑的声音，一个矮小的老头一瘸一拐地走进了房间。他身穿一件缀着黑纽扣的紫色燕尾服，白色领结系得高高的，下身穿着一条土布短衬裤，一双蓝色羊毛长袜。他小小的脸完全被满头铁灰色的白发遮住了，根根白发先是从各个方向朝上直直立起，而后又一绺一绺蓬乱地搭下来，让这个老人的身形看起来像是一只凤头鸡。在深灰色的头发下面，只能辨认出一只尖鼻子和一双圆圆的黄眼睛，这种相似就显得更加惊人了。

"露易莎的腿脚更快，我可跑不动，"老头轮流抬了抬穿在打着花结的鞋子里的患了痛风的双脚，继续用意大利语说，"我这就把水端来了。"

他用自己骨节突出的干瘪手指紧紧地握着水瓶的长颈。

"可是埃米尔就要死了！"少女喊道，向萨宁伸出了双手，"噢，我的先生，我的先生！您就不能救救他吗？"

"必须得给他放血，这是中风。"这个名叫潘塔莱奥内的老头说道。

尽管萨宁对医学一窍不通，但有一件事他很确定：十四岁的小男孩是不会中风的。

"这是昏厥，不是中风。"他对潘塔莱奥内说，"你们有刷子吗？"

老头抬起了小小的脸。

"什么？"

"刷子，刷子，"萨宁又用法语和德语重复了一遍，"刷子。"他一边说，一边比画着刷衣服的样子。

老头终于听懂了。

"啊，刷子！刷子！怎么可能没有刷子呢！"

"请把刷子拿过来，我们要把他的常礼服脱掉，然后给他刷身子。"

"好的……好的！不用往他头上浇水吗？"

"不用……之后再说。请赶紧先去把刷子拿来吧。"

潘塔莱奥内把瓶子放在地上，跑了出去，立刻拿了两把刷子过来，一把是刷头用的，一把是刷衣服用的。一只鬈毛狗跟着他，一个劲儿摇着尾巴，好奇地打量着老头、少女，乃至萨宁，似乎想要弄明白，这一场惊慌是怎么回事。

萨宁麻利地从躺着的男孩身上脱下了晚礼服，解开衣领，将他的衬衫袖子卷起，然后就拿起刷子，开始用尽全力刷他的胸口和手臂。潘塔莱奥内也拿起另一把刷头的刷子，专心致志地在他的靴子和裤子上来回刷着。姑娘跪坐在沙发旁，双手抱住了头，眼睛都没有眨过一下，就这样直直地盯着弟弟的脸。

萨宁一边刷着，一边不时侧目瞄向她。天哪！这真是个绝色美人！

三

她的鼻子有点大，但却是漂亮的鹰钩鼻，上唇隐隐显出一层绒毛；她的面色均匀、苍白，没有光泽，就像是象牙或者乳白色的蜜蜡，亮泽的波浪秀发就像比蒂宫里阿洛里的《朱蒂思》[1]的发丝。尤其是她深灰色的眼睛，瞳孔四周围绕着一圈黑环，是那么美丽，熠熠生辉，即便此刻惊吓和痛苦黯淡了她眼中的光辉……

萨宁不由得想起了那个他启程踏上归途的美妙国度……就连在意大利，他也没遇见过这样的美人！姑娘呼吸得很缓慢，断断续续的。仿佛她每一次呼吸时，都在期待着，她的弟弟是否会恢复呼吸。

萨宁继续刷着男孩的身子，他的目光不仅看向了少女，潘塔莱奥内古怪的身形也吸引了他的注意。老头筋疲力尽，喘起了粗

---

1 《手持荷罗孚尼头颅的朱迪思》是意大利肖像画家克里斯托法诺·阿洛里（1577—1621）最著名的作品，彼时收藏于意大利佛罗伦萨的比蒂宫。

气。他每次挥动刷子，就会微微跳起一下，发出刺耳的呼哧声，他那一大蓬头发已经被汗水打湿了，沉重地来回晃动着，就像一株巨大植物的根须受到水流冲击一样。

"您好歹把他的靴子脱掉啊。"萨宁本想告诉他……

鬈毛狗似乎受到了这一切反常情况的刺激，突然将前爪趴在地上，汪汪吠叫起来。

"塔尔塔利亚，坏东西！"老头恶狠狠地让它噤声。

但就在这一刻，少女脸上的表情变了。她的眉毛微微扬起，眼睛睁得更大了，流露出喜悦的神情。

萨宁回过头去……年轻人的脸上有了血色，眼皮微微眨动了一下……鼻孔也颤动了一下。他透过依旧紧咬的牙关吸了一口气，叹息了一声……

"埃米尔！"少女喊道，"我的埃米尔！"

一双黑色的大眼睛慢慢地睁开了。这双眼睛看起来仍旧有些呆滞，却已经露出了一丝微弱的笑容，那个虚弱的微笑也传递到了苍白的嘴唇。接着他抬起了垂下的那只手臂，奋力一挥，将它搭在了胸口。

"埃米尔！"少女又喊了一声，直起身子。她脸上的表情是那么强烈而鲜明，仿佛她的泪水马上就会夺眶而出，或是爆发出哈哈大笑。

"埃米尔！这是怎么回事？埃米尔！"门外传来一阵说话声，一位衣着整齐、银灰头发、面庞黝黑的太太快步走进了房间里。一位上了年纪的男士也跟着她走了进来。女仆的头从他的肩膀后面一闪而过。

少女迎着他们跑了过去。

"他得救了，妈妈，他活下来了！"她大声喊道，颤抖着拥抱刚进门的太太。

"这究竟是怎么回事？"太太又问了一次，"我正在回来的路上……突然就遇到了医生先生和露易莎……"

少女讲起了事情的始末，医生则走到了病人身边。男孩已经越来越清醒了，还是微笑着，仿佛是开始为自己造成的这场惊慌感到羞报。

"我看到你们用刷子刷过他的身子了，"医生对萨宁和潘塔莱奥内说，"你们做得非常好……这是很好的主意……我们现在来看看，还需要做些什么……"他摸了摸男孩的脉搏，"嗯！请把舌头伸出来看看！"

太太关切地朝他俯下身子。他却笑得更加开怀了，抬眼看向她，然后脸红了……

萨宁意识到，他成了多余的人。他走出房间，进了糖果店。但还没等他拉住通向街道的店门的把手，少女就又出现在他面前，让他留步。

"您要走了，"她温柔地看着他的脸，开口说道，"我不拦着您，但您今天晚上一定要来我们家，我们非常感激您，您救了我弟弟的命，我们想向您表示谢意，这也是妈妈所希望的。您一定要告诉我们您是谁，您一定要和我们一起高兴高兴……"

"但我今天就要离开去柏林了。"萨宁刚要开口。

"您还来得及，"少女活泼地反对说，"您一个小时后来我们家喝杯热巧克力吧。您答应吗？我还得去照看他！您会来吧？"

萨宁还能怎么做呢？

　　"我会来的。"他回答道。

　　美丽的少女飞快地握了握他的手，轻快地走开了。萨宁来到了街上。

四

　　一个半小时后，当萨宁回到罗塞里糖果店时，他受到了亲人般的接待。埃米尔就坐在那张给他刷身子的沙发上，医生给他开了药，并嘱咐他要"更加注意情绪的波动"，因为他是神经过敏型的气质，容易得心脏病。他以前也昏厥过，但从来都没有发作得这么久，这么严重。不过医生说，危险已经都过去了。埃米尔套着一件康复病人穿的宽大衣衫，母亲在他的脖子上围了一条天蓝色的三角围巾。但他的样子很愉快，就像过节一样。周围的一切也都布置得像过节似的。沙发前的圆桌上铺着干净的桌布，上面摆着一把很大的瓷咖啡壶，壶里装满了香气扑鼻的热巧克力，旁边还围放着几只茶杯，装着糖浆的长颈玻璃瓶，饼干，小圆面包，甚至还有鲜花。六支细细的蜡烛在两只古老的银烛台上燃烧着。在沙发的一头，一张安乐椅正敞开自己柔软的怀抱，恭候客人入座，而萨宁正是被请到了这张椅子上就座。萨宁当天在因缘际会下结识的糖果店里的所有人都到场了，就连鬈毛狗塔尔塔利亚和那只猫也不例外。大家看起来都是无法言喻的幸福，鬈毛狗甚至高兴得打起了喷嚏，只有那只猫还是装腔作势地眯着眼睛。大家让萨宁讲讲，他是哪里人，从哪里来，叫什么名字。当他说他是俄罗斯人时，两位女士都有些惊讶，甚至发出了一声惊呼，但接着又异口同声地说他的德语讲得非常好，但如果他觉得讲法语更方便的话，他也可以讲法语，因为她们俩都能很好地理解和说法语。萨宁当即接受了这个提议。"萨宁！萨宁！"女士们完全没有料想到，俄罗斯姓氏的发音也能如此顺口。他的名字是"德米特里"，她们也非常喜欢。年长的女士说，她年轻时曾经听过一部精彩的歌剧《德梅特里奥和波利比奥》[1]，但"德米特里"比"德梅特里奥"好多了。萨宁就这样交谈了大约一个小时。两位女士也向他讲述了自己生活中的种种细节。那位满头银发的太太，也就是母亲，说得更多。萨宁从她口中得知，她名叫莱诺拉·罗塞里，自从她的丈夫乔凡尼·巴蒂斯塔·罗塞里去世后，她就一直守寡。她的丈夫于二十五年前来到法兰克福定居，是一位甜点师。乔凡尼·巴蒂斯塔是维琴察人，尽管他的性子有些急躁傲慢，但却是个非常好的人，而且还是个共和派！在说这些话的时候，罗塞里太太指了指那幅挂在沙发上方的他的油画像。罗塞里太太叹息一声说，想必画师"也是个共和派"！他没能完全抓住神似之处，因为画像上已故的乔凡尼·巴蒂斯塔被画成了一个忧郁冷酷的绿林好汉——就像里纳尔多·里纳尔第尼[2]那样！罗塞里太太本人出生于"古老而美丽的帕尔玛城，那里有不朽的

1　意大利作曲家乔阿基诺·罗西尼（1792—1868）早期的歌剧作品。
2　德国作家克里斯蒂安·乌尔皮乌斯（1762—1827）的小说《匪首里纳尔多·里纳尔第尼》的主人公。

柯勒乔描绘的美妙绝伦的穹顶[1]"。但由于久居德国，她几乎已经完全变成德国人了。然后她伤心地摇了摇头，接着说，她只剩下这个女儿和这个儿子了，依次用手指指向他们。她说，女儿叫作杰玛，儿子叫作埃米尔，说他们都是非常听话的好孩子，尤其是埃米尔……（"我不听话吗？"这时女儿插嘴道。"噢，你也是个共和派！"母亲回答说。）她还说，现在的生意跟丈夫在世时相比，当然是每况愈下了，她丈夫可是做甜点的大师……（"他很了不起！"潘塔莱奥内神色严正地接了一句。）不过谢天谢地，生活还算过得去。

1　意大利文艺复兴时期画家安东尼奥·柯勒乔（1494—1534）在帕尔玛大教堂绘制的穹顶壁画《圣母升天》。

五

    杰玛听母亲说着，时而发笑，时而叹气，时而抚摩她的肩膀，时而举起手指吓唬她，时而看萨宁儿眼。末了，她站了起来，拥抱了母亲，并亲了亲母亲的脖子，正好亲在"颈窝"上，弄得母亲笑个不停，甚至尖声叫了出来。潘塔莱奥内也被介绍给了萨宁。原来，他从前是一位歌剧演员，唱的是男中音，不过他早已终结了自己的演艺生涯，在罗塞里家中成为一个介于朋友和仆人之间的角色。尽管他在德国已经居住很长时间了，但他的德语学得很糟糕，只会用德语骂人，蹩脚地蹦出些脏话。"该死的骗子！（Ferroflucto spiccebubbio！）"[1]差不多每一个德国人都被他这样骂过。他的意大利语倒是讲得非常好，因为他本身就是西尼加利亚人，在那里能听到标准地道的"罗马人说的托斯卡纳语"。埃米尔显得自在多了，正沉浸在脱离危险或身体康复的人体验到的那种愉悦之中。此外，处处都可以看出，家里的人非常宠爱

1　潘塔莱奥内的德语发音有误，正确的德语发音为：Verflucht spitzbube!

他。他腼腆地感谢了萨宁，不过更多的是请他喝糖浆和吃糖果。萨宁不得不喝掉了两大杯上好的巧克力，还吃了一大堆美味的饼干。他嘴里才刚刚咽下一块饼干，杰玛就已经又给他递上了一块，而且不吃都不行！他很快就感觉像在自己家一样了，时间过得难以置信地快。他讲了很多，讲了俄罗斯的各种情况，讲了俄罗斯的气候，讲了俄罗斯的社会，讲了俄罗斯的农民，尤其是哥萨克人。他谈到了一八一二年战争、彼得大帝、克里姆林宫，谈到了俄罗斯歌曲，还谈到了俄罗斯的钟。两位女士都对于我们辽阔而遥远的祖国知之甚少，罗塞里太太，大家更常称呼她为莱诺拉太太，甚至还向萨宁提了一个令他感到讶异的问题：她不久前在她已故丈夫的一本名为《艺术之美》（*Bellezze delle arti*）的书中读到了一篇引人入胜的文章。文章里写道，上个世纪在彼得堡建造了一座著名的冰屋。那座冰屋是否还在？萨宁惊呼："难道您以为俄罗斯从来都没有夏天吗？"对此，莱诺拉太太辩驳说，她直到现在都以为俄罗斯是那样的：终年积雪，人人都穿着毛皮大衣，人人都会从军，但是非常好客，所有的农民都很顺从！萨宁尽量向她和她女儿介绍更加准确的情况。聊到俄罗斯音乐的时候，她们当即请他唱一段俄罗斯咏叹调，并指了指立在房中的一架小钢琴。这架钢琴上白色琴键和黑色琴键的位置颠倒了。他也没有多做推辞，便应允了。他用右手的两根手指和左手的三根手指（大拇指、中指和小指）给自己弹着伴奏，用带着鼻音的尖细男高音先是演唱了《萨拉范》，接着又唱了《在马路上》。女士们称赞了他的歌喉和乐曲，但更多的是夸赞俄语的柔和与动听，并让他把歌词翻译出来。萨宁满足了他们的愿望，但是因为《萨拉范》，尤其是《在马路上》（他将原文的含义翻译成了"一位少女沿着石头铺成的马路走去取水"）的歌词无法引起两位听者对俄罗斯诗歌的崇高理解，于是他先是朗诵，然后再翻译，最后演唱了由格林卡谱曲的普希金的诗歌《我记得那美妙的一瞬》，但有几段短调副歌他唱得有点走调。这时女士们到了兴头上，莱诺拉太太甚至还发现了俄语和意大利语的惊人相似之处。俄语中的"瞬间"和意大利语中的"哦，你要来啊"，俄语中的"跟我一起"与意大利语中的"这是我们"等词句的发音很相似。就连名字亦是如此：普希金（她说成了"普歇金"）和格林卡的名字听起来也让她备感亲切。萨宁也请两位女士唱几首歌，她们也没有客气推辞。莱诺拉女士在钢琴前坐了下来，和杰玛一起唱了几首二重唱和民歌小调。母亲曾经是一位出色的女低音，女儿的歌声要弱一些，却很动听。

六

　　然而萨宁欣赏的并不是杰玛的歌声，而是她本人。他坐在后面靠边一些的地方，心里默默想着，任何一棵棕榈树，即使是当时风靡的诗人别涅季克托夫[1]诗句中描写的棕榈树，都无法与她的纤美身姿相提并论。当她唱到动情之处，抬起眼眸时，萨宁觉得，这道目光能够让任何一片天空都豁然开朗。老潘塔莱奥内将肩膀倚在门框上，将下巴和嘴都缩在了宽大的领结里面，摆出一副行家的样子，庄重地聆听着，就连他也在欣赏美丽少女的面容，并为之惊叹——按理说，他本应该已经对这张脸司空见惯了啊！莱诺拉太太在和女儿唱完二重唱之后，说埃米尔的嗓子也很好，就像银铃一样，可惜他现在进入了变声期（他讲话的时候确实是一副不断变化的低沉嗓音），所以就不许他唱歌了。她还说，倒是潘塔莱奥内可以一展当年风采，为客人助兴！潘塔莱奥内顿时露出了一副不满的神情，皱起眉头，把头发挠得乱蓬蓬的，说

——

[1]　弗·格·别涅季克托夫（1807—1873），俄罗斯诗人。

自己早就不干这一行了，虽然他在年轻时确实也曾风光无限。他属于那个拥有真正的古典歌唱家的伟大时代，现在那些只会尖着嗓门瞎叫唤的人怎么能与他们相比！当时才有货真价实的声乐流派。他还说，有一次在摩德纳，人们为他——来自瓦雷泽的潘塔莱奥内·契帕托拉——献上了桂冠，剧院里甚至还为此放飞了几只白鸽。而且有一位姓塔尔布斯基的俄罗斯公爵与他最为交好，总是在共进晚餐时邀请他到俄罗斯去，许诺要给他一座金山，金山啊！……但他不想离开意大利，不想离开这个但丁的国家！当然，后来就发生了……不幸的事，这也怪他自己不小心……这时，老头打住话头，深深地叹息两声，垂下了头，然后又讲起了声乐的古典时代，讲起了他万分景仰的著名男高音加西亚[1]。

"那才是真正的人！"他喊道，"伟大的加西亚，他从来不会自降身价，像现在那些所谓的男高音那样用假声去唱，他一直都是用胸音唱的，是的，用胸音！"老头用干瘦的小拳头使劲捶了捶胸口衣领的花边，"那是多么杰出的演员！他就像火山，我的先生们，一座火山，就像维苏威火山一样！我曾经有幸和他同台出演过顶级大师罗西尼的歌剧《奥赛罗》！加西亚饰演的是奥赛罗，我演的是雅戈，当他唱到这一句的时候……"

这时，潘塔莱奥内摆好了架势，用颤抖而沙哑，却依旧热情奔放的声音唱了起来：

命运的……愤怒……我再也不会惧怕！

——

1 玛努埃尔·加尔西亚（1805—1906），西班牙歌剧演唱家和作曲家。

"剧场都震动了，我的天哪！但我也不甘落后，也跟着他唱道：

命运的……愤怒……我再也不应惧怕！

"忽然，他就像闪电，像猛虎一样唱了起来：

我要死了！……但大仇终将得报……

"再比如，当他唱……当他唱《秘婚记》（*Matrimonio segreto*）[1] 中这段著名的咏叹调时：'在太阳升起之前……'这时，伟大的加西亚在'骏马'这个词后面，用念白唱出了：'他策马扬鞭向前飞奔。'你们听，这是多么令人惊艳，多么精彩！这时他……"老头刚要唱起一段不同寻常的花腔，但唱到第十个音符时停顿了下，咳嗽了起来。于是他摆摆手，转过身去，喃喃地说："你们何必要为难我呢？"杰玛立刻从椅子上一跃而起，响亮地鼓着掌，口中还叫喊着："唱得好！……唱得好！"然后跑到了可怜的退休的雅戈面前，双手亲热地拍了拍他的肩膀。只有埃米尔在不留情面地笑着。拉·封丹早就说过，这个年纪是不懂怜悯的。

萨宁试图安抚年事已高的歌者，便同他讲起了意大利语（他在最近这次旅行中学了些意大利语的皮毛），谈起了"能听到

——

1 意大利作曲家多梅尼科·奇马罗萨（1749—1801）的喜歌剧。

意大利语的但丁的祖国（Paese del Dante, dove il sì suona）"[1]。这句话再加上"凡是来者，必须抛弃希望（Lasciate ogni speranza）"[2]，就是这位年轻旅人对于意大利诗歌所知的全部了。然而即便萨宁百般奉承，可潘塔莱奥内还是无动于衷。他将下巴比任何时候都更深地埋进领结里，闷闷不乐地瞪着眼睛，又变得像鸟一样，而且还是一只生气的鸟——就像乌鸦或者老鹰之类的。这时，埃米尔的脸转瞬间微微一红，娇生惯养的孩子经常会这样。他对着姐姐说，如果她想让客人高兴，那么最好的办法就是给客人读一篇马尔茨的小喜剧，因为她读得非常好。杰玛笑了起来，打了一下弟弟的手，大声说，他"总是想出这样的怪主意"！不过她马上就去了自己的房间，手中拿着一本小书回来了，在桌前的灯光下坐了下来，四周环视了一圈，竖起一根手指，示意"安静，不要说话！"——这是一个纯粹的意大利手势——然后就朗读起来。

1　引自但丁《神曲·地狱篇》第33歌。
2　引自但丁《神曲·地狱篇》第3歌中地狱之门的题词："来者啊，快把一切希望扬弃。"

七

　　马尔茨是三十年代法兰克福的文学家，他在自己用当地方言写作的短小精辟的喜剧中，用诙谐、生动，却并不深刻的幽默文笔，描绘了法兰克福当地的一些典型形象。果然，杰玛朗读得非常精彩，完全就像演员一样。她利用自己那与意大利血统一同继承下来的丰富表情，惟妙惟肖地表演了每一个人物，鲜明地展现出了人物的性格。当需要扮演一个年迈糊涂的老太婆或者愚蠢的市长时，她毫不顾及自己娇嫩的嗓子和漂亮的脸蛋，而是做出各种最为滑稽可笑的怪相，挤眉弄眼，皱起鼻子，故意说话口齿不清，尖声叫嚷……她自己在朗读的时候并不会笑，可是当听众（当然潘塔莱奥内除外：他一听到用意大利语和德语混杂着念出"一个可恶的德国人"这句话时，就怒气冲冲地走开了）哄堂大笑地打断她的时候，她就会把书放在膝上，自己也仰头放声笑了起来，黑色卷发的柔软发圈就在她的颈项和起伏的双肩上跳动着。笑声一停，她又会立刻拾起书本，重新调整好面部的神情，认真地朗读起来。萨宁对她赞叹不已，尤其令他惊讶的是，那张绝美的面孔怎么能够神奇地突然做出如此滑稽逗趣，有时近乎庸俗的表情。至于那些妙龄少女，也就是所谓"女主人公"的台词，杰玛读得就有些差强人意了，尤其是那些谈情说爱的情节，她就表演得不太成功了。她自己也察觉到了这一点，于是在朗读时带上了几分讥笑的语气，仿佛她并不相信所有这些山盟海誓和慷慨陈词，其实这也是作者尽可能想要避免的。

不知不觉间，一个晚上就飞快地过去了，直到时钟敲响了十点之后，萨宁才想起了他还要踏上旅程。他就像被针扎了一样，从椅子上一下子蹿了起来。

"您怎么了？"莱诺拉太太问道。

"我今天本来应该去柏林的，连马车上的座位都订好了！"

"那马车什么时候开？"

"十点半！"

"啊，那您已经赶不上了，"杰玛说，"您留下来吧……我再读一段。"

"您是已经把钱全付了，还是只付了定金？"莱诺拉太太好奇地问道。

"全都付了！"萨宁故意露出一脸愁容，大声说道。

杰玛看了看他，大笑起来，母亲责备了她几句。

"人家的钱都白花了，你还笑！"

"没关系，"杰玛答道，"这又不会让他破产，我们好好安慰安慰他吧。您想喝柠檬汁吗？"

萨宁喝了一杯柠檬汁，杰玛继续读起了马尔茨的喜剧，一切都回归正轨了。

十二点的钟声敲响了。萨宁起身告辞。

"您现在得在法兰克福待几天了，"杰玛对他说，"您着急去哪里啊？在别的城市又不会更快活。"她沉默了片刻。"真的，不会的。"她又补了一句，微笑起来。萨宁什么都没有回答，心里想着，因为他的钱包里已经空空如也，他打算向一位柏林的朋友借钱，在收到回信之前，他只能先逗留在法兰克福。

"您留下吧，您留下吧。"莱诺拉太太说，"我们要给您介绍杰玛的未婚夫，卡尔·克吕贝尔先生。他今天没能来，因为他店里非常忙……您或许看见过蔡尔街上最大的那家呢绒绸缎店了吧？他就是那家店里管事的。不过他一定会很高兴认识您的。"

天知道为什么，这个消息让萨宁微微一怔。"这个未婚夫真是个幸运儿！"这个念头从他脑中一闪而过。他看了看杰玛。他觉得似乎在她眼中看到了一种讥笑的神情。他开始行礼告辞。

"明天见吧？对吧，明天见？"莱诺拉太太问。

"明天见！"杰玛说，她的语气并不是询问，而是肯定的音调，仿佛只能如此。

"明天见！"萨宁回道。

埃米尔、潘塔莱奥内和鬈毛狗塔尔塔利亚将他送到了街角。潘塔莱奥内忍不住表达了自己对杰玛的朗读的不满。

"她真不害臊！矫揉造作，尖声尖气，丢人现眼！她还不如扮演墨洛珀[1]或者克吕泰涅斯特拉[2]呢，好歹有些宏大、悲剧的感觉，可她偏要滑稽地模仿一个下流的德国女人。这种事我也会啊……什么梅尔茨、凯尔茨、施梅尔茨。"他将头向前伸，张开手指，用嘶哑的声音接着说道。塔尔塔利亚冲着他叫了起来，而埃米尔则哈哈大笑。老头猛地向后转过身去。

萨宁回到"白天鹅"旅店的时候（他将自己的行李寄存在了大堂里），他的内心是一团乱麻。所有这些夹杂着德语、法语、意大利语的谈话，还在他耳边不断回响。

"未婚妻！"他躺在简陋客房的床上，轻声念道，"而且还是个大美人！可我为什么要留下来呢？"

然而，第二天他还是给柏林的朋友寄去了一封信。

---

1 希腊神话中墨塞尼亚国王库普塞罗斯的女儿，克瑞斯丰忒斯之妻。暴君波吕丰忒斯杀死她的丈夫和儿子，又强娶她为妻。她后来与小儿子埃皮托斯一道，杀死了暴君。
2 希腊神话中阿伽门农的妻子，她野心勃勃，设计杀死了丈夫，最后被儿子俄瑞斯忒斯所杀。

八

　　还没等他穿好衣服，茶房就来通报说，有两位先生前来拜访。其中一位是埃米尔，另一位仪表堂堂、身材魁梧、面容俊秀的青年男子就是卡尔·克吕贝尔先生，美丽的杰玛的未婚夫。

　　可以说，当时在整个法兰克福的任何一家商店里，都找不到像克吕贝尔先生那样彬彬有礼、庄重得体、周到热情的店堂经理。他的穿着十分得体，与他气宇轩昂的优雅风度正好相称。确实，因为他曾在英国待过两年，他的风度里也带有几分英国式的古板与拘谨，但仍然是非常迷人的！一眼就能看出来，这位英俊、略显严肃、教养良好、干净利落的年轻人，习惯了对上司言听计从，对下属发号施令，他往自己店里的柜台后面一站，就能赢得顾客的尊敬！他诚实正直的性格不容丝毫置疑：只消看一眼他那浆得笔挺的衣领就够了！他的声音也正如意料中一样：浑厚、自信、圆润，却又不过分响亮，音色里甚至还带有一丝温柔。这样的声音正适合用来吩咐下属的店员："把那块里昂产的大红天鹅绒拿过来！"或者："给这位女士搬把椅子！"

克吕贝尔先生先是做了自我介绍，他气度优雅地躬身致意，他并拢双腿的样子是那么令人愉快，碰鞋跟的动作是那么彬彬有礼，让任何人都一定会觉得："这个人从外在衣着到内在品质都是一流的！"他谦恭而坚定地向萨宁伸出了摘掉手套的右手（他的左手戴着瑞典手套，手中托着一顶像镜子一样锃亮的礼帽，帽子的底部放着另一只手套），这只手保养得出乎意料地好：每一个指甲都是别具一格的完美！然后，他用极为文雅的德语说，他希望向外国先生表达敬意和感激，感激他帮了他未来的小舅子，他未婚妻的弟弟这么大一个忙。说到这里，他托着礼帽的左手向埃米尔指了指，而埃米尔似乎害羞了，转身朝向窗口，将一根手指咬在口中。克吕贝尔先生继续说，如果他也能为外国先生做些什么，那么他将感到不胜荣幸。萨宁有些费劲地用德语回答说，他非常高兴……他这只是举手之劳……并请客人们进屋坐下。克吕贝尔先生道了谢，倏地撩起燕尾服的后襟，坐在了椅子上。但他落座的动作是那么轻盈，坐得又非常不实，让人不得不这样理解："这个人只是出于礼貌坐下来的，他马上又会'腾'地站起来！"果然，他立刻就"腾"地站了起来，不好意思地来回换了两次脚，就像跳舞一样，说很遗憾，他不能久留了，因为要赶回店里去——生意高于一切！不过因为明天是星期天，所以他在征得莱诺拉太太和杰玛小姐的同意后，安排了一次去索登的游玩活动，并有幸邀请外国先生同往，希望他不会拒绝赏脸光临这次游玩。萨宁没有拒绝，于是克吕贝尔先生再次做了自我介绍，就离开了。他走的时候，极为柔和的豌豆黄色裤子闪烁着令人愉悦的光泽，崭新的皮靴也嘎吱嘎吱地发出令人愉快的声响。

九

　　甚至在萨宁说了"请坐"之后，埃米尔仍然继续面朝窗户站着。等他未来的姐夫一走，他就向左转过身来，孩子气地忸怩着，红着脸问萨宁，能不能在他这里再多待一会儿。"我今天感觉好多了，"他补充说，"但医生不准我做事。"

　　"您留下吧！您一点也不会妨碍我。"萨宁立刻大声说道，他就像任何一个真正的俄罗斯人一样，乐意抓住任何一个借口，只要别给自己惹事上身就行。

　　埃米尔向他道了谢，不一会儿就和他熟络起来，也熟悉了他的房间。埃米尔仔细打量着他的物件，几乎每一件东西都要问个究竟：是在哪里买的？多少钱？埃米尔还帮他刮了胡子，说他不该不留胡须；最后还跟他讲了关于自己母亲、姐姐、潘塔莱奥内，甚至是鬈毛狗塔尔塔利亚，以及他们日常生活的诸多细节。埃米尔早已没有丝毫胆怯，他忽然感觉自己和萨宁非常亲近，而且并不是因为他前一天救了自己的命，而是因为他这个人令人喜欢！他立刻就将自己所有的秘密告诉了萨宁。他特别激动地坚持说，妈妈非要把他培养成一个商人，可是他知道，他或许天生就是画家、音乐家、歌唱家，戏剧才是他真正的天赋，就连潘塔莱奥内也鼓励他。但克吕贝尔先生支持妈妈，他很能左右妈妈的想法。让他做商人正是克吕贝尔先生的主意。在克吕贝尔先生的观念中，世界上任何东西都无法与商人的称号相比！售卖呢子或者天鹅绒，坑骗顾客，向他们索要"荒唐的或者俄罗斯人的价格（Narren-oder Russen-Preise）"[1]——这就是他的理想！

"好了！现在该去我们家了！"萨宁刚梳洗完，写好了寄往柏林的信，埃米尔就大声喊道。

"现在时候还早呢。"萨宁说。

"这又有什么关系，"埃米尔亲热地对他说，"走吧！我们先去邮局，然后去我们家。杰玛见到您一定会非常高兴！您就在我们家吃早餐……您可以跟妈妈聊聊我的事，聊聊我的前程……"

"好吧，我们走吧。"萨宁说道，于是他们就出发了。

---

1 作者注：从前，也许现在仍是如此，每年五月开始，大批俄罗斯人就会来到法兰克福，所有商店里的物价都会飞涨，这就叫作"俄罗斯人的价格"或者"荒唐的价格"。

十

对于他的到访，杰玛确实十分开心，莱诺拉太太也非常友好地欢迎他，足见昨晚他给她们两位留下了很好的印象。埃米尔跑去吩咐准备早餐，预先对萨宁耳语道："您别忘了！"

"我不会忘的。"萨宁回答说。

莱诺拉太太身体欠佳：她得了偏头痛，所以半躺在安乐椅上，尽量不动弹。杰玛身穿一件宽松的黄色罩衫，腰上束着一根黑色皮带；她也面露倦容，脸色有些苍白；她的眼周泛着淡淡的乌青色，但双眼的神采并未因此衰减，面容的苍白反而给她古典端庄的面庞平添了几分神秘而可爱的感觉。那一天，她优美的纤纤玉手尤其使萨宁为之倾倒；当她用这双手梳理和托起她亮泽的深色卷发时，他的眼神就无法离开她那像拉斐尔画中的福尔纳里娜[1]一样的灵活、纤长、舒展的手指。

外面天气非常炎热。吃过早餐后，萨宁本打算要走，但大家

---

1 据传，《拉·福尔纳里娜》是拉斐尔为其情妇所绘的肖像画。

都劝他，这个天儿最好待着别动，他同意了，留了下来。他和两位女主人坐在后面的一间房里，房间内笼罩着一片清凉；窗外是一个小花园，里面长满了金合欢树。许许多多的蜜蜂、黄蜂和熊蜂，在开满金黄色花朵的茂密枝叶间，贪婪地齐声嗡嗡叫个不停；这种不知停歇的嗡嗡声通过半掩着的百叶窗和垂下的窗帘传进屋里，它仿佛也在说着室外有多么炎热，于是门窗掩闭的舒适居室里的凉爽就显得愈加舒畅了。

萨宁谈了很多，就像昨天一样，只不过谈的不是俄罗斯和俄罗斯人的生活。埃米尔在早餐后就被派到克吕贝尔先生那里去当实习会计了，萨宁为了满足这位年轻朋友的请求，就把话题引到艺术和经商的利弊比较上来了。他丝毫不奇怪莱诺拉太太会站在经商这一边，这在他意料之中，可是杰玛也赞同她的看法。

"如果你是个艺术家，尤其是歌唱家的话，"她激动地将手从上向下一挥，坚定地说道，"那你就必须做第一！第二就毫无意义了。可谁知道，你能不能做到第一呢？"潘塔莱奥内也加入了谈话（作为多年的仆人和老者，甚至有主人在场时，他也被允许坐在椅子上；意大利人对礼仪的要求向来不太严格），他自然是全力维护艺术。说实话，他的理由相当牵强：他说得最多的是，首先要具备"一种灵感的冲动"！莱诺拉太太对他说，他当然是有这种"冲动"，但是……

"我有仇人。"潘塔莱奥内闷闷不乐地说。

"就算在埃米尔身上能发现这种'冲动'，那你怎么就知道（众所周知，意大利人喜欢用'你'来称呼别人），他不会有仇人呢？"

212

"好吧，那您就让他当商人吧。"潘塔莱奥内懊恼地说，"不过乔凡尼·巴蒂斯塔就不会这样做，即使他本人就是位甜点师。"

"我的丈夫乔凡尼·巴蒂斯塔可是个有头脑的人，要是他年轻时有心……"

然而老头一句话都不想再听了，便走了出去，临走时又用责备的语气说：

"啊！乔凡尼·巴蒂斯塔！……"

杰玛大声说，如果埃米尔觉得自己是个爱国者，想要为了意大利的解放而竭尽全力的话，那么当然可以为了这样崇高而神圣的事业，牺牲自己的安稳前途——而绝不是为了演戏！这时，莱诺拉太太激动起来，央求女儿千万不要把弟弟的脑子弄糊涂了，她自己是个不管不顾的共和派就够了！说完这番话，莱诺拉太太便呻吟起来，抱怨说自己头疼得"要裂开了"。（出于对客人的尊重，莱诺拉太太是用法语对女儿讲的。）

杰玛立即忙着照顾她，在她的前额上洒了点花露水，然后轻轻地吹气，轻轻地亲吻她的面颊，让她将头枕在靠枕上，不许她说话，又吻了吻她。接着她面向萨宁，用半似玩笑半似动情的语气对他说，她有一位多么好的母亲，母亲以前是多么美丽！"瞧我说的，以前！她现在也非常迷人。您瞧瞧，您瞧瞧，她的眼睛多么漂亮啊！"

杰玛转眼就从口袋里掏出一块白手绢，将它蒙在母亲脸上，然后慢慢地把手绢的边缘从上往下拉，逐渐露出了莱诺拉太太的前额、眉毛和眼睛。杰玛稍等了片刻，请母亲睁开眼睛。母亲照做了，杰玛赞美地惊叹了一声（莱诺拉太太的眼睛确实非常漂亮），迅速将手绢从母亲脸上稍欠端正的下半部分拉走，接着又扑上去亲吻她。莱诺拉太太笑着，微微扭过身去，故意装出努力躲避女儿的样子。杰玛也假装和母亲对抗，对她表示亲昵，但并不是像猫那样，也不像法国人那样，而是用一种意大利式的婀娜姿态，在这种姿态里总是能够感受到力量。

最后，莱诺拉太太说她累了……这时，杰玛马上劝她小睡一会儿，就在这里，在安乐椅上。"我和俄罗斯先生会非常安静的，非常安静……就像小老鼠一样……"莱诺拉太太对她微微一笑，表示答允，闭上眼睛，叹了几口气，就打起盹儿来。杰玛利落地坐在她身边的长椅上，便一动不动了。只是当萨宁偶尔稍微动弹一下的时候，她才会举起一只手的一根手指，靠近唇边，斜斜地看萨宁一眼，轻轻发出"嘘"的一声，她的另一只手则托着垫在母亲头下的枕头。结果他也仿佛僵住了，一动不动地坐着，就像着了魔一样，全身心地欣赏着他面前的这幅画面：这个半明半暗的房间里，鲜艳盛开的玫瑰插在几个古老的绿色玻璃杯里，随处闪烁着耀眼的红点；这位睡着的妇人，两手端庄地交叠着，那张疲倦的和蔼可亲的脸衬在雪白的枕头上；还有这位青春、机敏伶俐、同样善良、聪明、纯真、美丽得不可方物的少女，连同那双深邃的黑眼睛，即使笼上阴影，却依然熠熠生辉……这是什么，是梦？是童话？他怎么会在这里？

十一

店门的门铃响了一声。一个头戴皮帽、身穿红色坎肩的农村小伙从街上走进了糖果店。一大清早，还没有一位顾客来光顾过……"我们就是这样做生意的！"在吃早餐时，莱诺拉太太曾叹着气对萨宁这样说过。此刻，她还在打着瞌睡。杰玛不敢把手从枕头底下抽出来，便小声对萨宁说："您去帮我做下买卖吧！"萨宁立刻就踮起脚，走到了店堂里。小伙子要买四分之一磅薄荷饼。

"我该收他多少钱？"萨宁隔着门小声问杰玛。

"六克里泽！[1]"

萨宁称出四分之一磅，找来一张油纸，折成三角口袋，将薄荷饼包进去，漏出了一点，再包一次，又漏了，交给了顾客，最后收了钱……小伙子诧异地看着他，不停地将帽子放在肚子上揉搓着。而杰玛却在隔壁的房间里捂着嘴，都快笑死了。这个顾客

---

1 德国旧时货币单位，作辅币用。

还没走，另一个顾客就来了，接着是第三个……"看来我做生意的运气不错啊！"萨宁心想。第二位顾客要了一杯杏仁酪，第三位要了半磅糖果。萨宁兴奋地将小勺子敲得叮当响，把小碟子移来移去，灵活地把手指伸进箱子和罐子里，一一满足了他们的要求。结果，算账的时候才发现，他把杏仁酪卖便宜了，糖果却多收了两克里泽。杰玛一直在偷偷地笑，萨宁自己也感到异常欢乐，有一种特别幸福的心情。他觉得，他愿意一辈子就这样站在柜台后面卖糖果和杏仁酪。与此同时，那个可爱的人儿用友善却逗弄的目光从门后看着他，夏日正午的骄阳透过窗外栗子树茂密的枝叶，将泛着绿意的金光和阴影洒满了整个房间。心中洋溢着甜蜜的慵懒、无忧无虑和青春——那初始的青春！

第四个顾客要了一杯咖啡，萨宁只好请潘塔莱奥内帮忙（埃米尔还没有从克吕贝尔先生的店里回来）。萨宁又回到杰玛身边坐下。莱诺拉太太依然在打盹儿，这让她的女儿非常高兴。

"妈妈睡着的时候就不会偏头痛了。"她说。

萨宁谈起了自己的"生意经"，当然还是和之前一样，压低了声音。他十分认真地询问了各种糖果甜点的价格。杰玛也同样认真地把这些价格告诉他，同时两个人都会心一笑，仿佛意识到他们正在演出一出极为滑稽的喜剧。突然街上传来了手风琴的声音，正在演奏《魔弹射手》[1]中的咏叹调："穿过田野，穿过山谷……"如泣如诉的哀婉琴声，在凝滞的空气中颤抖着，呜咽

---

1 德国作曲家卡尔·韦伯（1786—1826）的浪漫主义歌剧。剧情是护林人马克斯与林务官之女阿加特相爱，但他必须赢得射击比赛才能迎娶阿加特，于是他受到卡斯帕尔的引诱，冒着危险从魔鬼那里换取魔弹，几经波折，最后幡然醒悟，并与阿加特结为伴侣。

作响。杰玛身子一颤……"这会吵醒妈妈的！"萨宁立刻跑到街上，往拉风琴的乐师手中塞了几克里泽，让他停止演奏并离开这里。他回来的时候，杰玛对他微微点头以示感谢，接着若有所思地微笑了一下，用弱不可闻的声音哼起了韦伯的乐曲。马克斯正是用这首曲子表达了初恋的种种困惑。然后她问萨宁是否知道《魔弹射手》，喜不喜欢韦伯，还补充说，虽然她自己是意大利人，但她最喜欢这样的音乐。话题又从韦伯转到了诗歌和浪漫主义，转到了当时大家都在读的霍夫曼[1]……

莱诺拉太太仍然在打盹儿，甚至发出了轻轻的鼾声，一道道细狭的阳光透过百叶窗照射进来，悄悄地在地板上、家具上、杰玛的衣裙上、树叶和花瓣上不断挪动和游走着。

---

1 恩斯特·霍夫曼（1776—1822），德国浪漫主义作家，著有《谢拉皮翁兄弟》《金罐》等。

十二

原来，杰玛并不怎么欣赏霍夫曼，反而认为他的作品……枯燥乏味！她南方人的开朗天性难以理解他的短篇小说中那种荒诞离奇的北方成分。"这不过就是些童话故事，都是写给小孩子看的！"她断言道，语气中带着几分轻蔑。她也隐约觉得，霍夫曼的作品缺乏诗意。但她很喜欢他的一部中篇小说，虽然书名她已经忘记了。其实，她喜欢的只是这部小说的开头，至于结尾部分，她要不就是没有读完，要不就是也忘记了。小说讲的是一个年轻人在某个地方，好像也是在一家糖果店里，遇见了一位美貌非凡的姑娘，一个希腊少女。一个神秘古怪的凶恶老头陪在她身边。年轻人对少女一见钟情，而少女却那样楚楚可怜地看着他，仿佛是在向他求救……他离开了片刻，等他回到糖果店的时候，少女和老头已经不在了。他赶忙去四处寻找她，不断发现他们最新的踪迹，跟着他们紧追不舍，可是不管用什么办法，无论何时何地，他就是追不上他们。对他而言，美丽的姑娘已经永远消失了，他却忘不掉她那哀求的眼神，他被一个念头折磨着：也许他

此生的一切幸福已经从他手中溜走了……[1]

霍夫曼的小说未必是这样结尾的，但在杰玛的记忆中，它的情节就是这样展开的，就这样留了下来。

"我觉得，"她说，"人世间类似的相逢和分离远比我们想象的多。"

萨宁沉默不言……过了一会儿，他谈起了……克吕贝尔先生。这是他第一次提起他，在此之前他一次也都没有想到过他。

这下轮到杰玛沉默了，她轻轻咬着食指的指甲，眼神飘向一边，陷入了沉思。接着，她夸奖了自己的未婚夫，提到了他明天将要组织的郊游，然后她飞快地瞄了萨宁一眼，又不作声了。

萨宁不知道说什么好。

埃米尔吵吵嚷嚷地跑了进来，吵醒了莱诺拉太太……他的出现让萨宁很高兴。

莱诺拉太太从安乐椅上站起身。潘塔莱奥内过来说午餐已经准备好了。这位家中的朋友、曾经的歌唱家和今日的仆人，也兼任着厨师的职责。

1　霍夫曼小说《错中错》中的情节。

十三

　　午餐后，萨宁继续留了下来。大家仍然以酷暑难耐为借口，不让他走。等到炎热消退之后，他们又请他到花园里合欢树的树荫下去喝咖啡。萨宁同意了，他感觉好极了。在一成不变的宁静而平稳的生活中，蕴藏着极大的乐趣，而萨宁也陶醉其中，他对今天别无所求，不考虑明日，也不怀念昨天。有什么能比得上杰玛这样一位少女的亲近呢？他很快就要和她分别了，也许这将会是永别。然而此刻，就像乌兰德的浪漫曲[1]中唱的那样，一叶独木小舟正载着他们顺着生活平静的水流行驶着——旅人啊，高兴起来吧，享受吧！在幸福的旅人眼中，一切都显得愉快而可爱。莱诺拉太太邀请他跟她和潘塔莱奥内打"特莱赛特"牌，并教会了他这种玩法不算复杂的意大利纸牌游戏，还赢了他几个克里泽，但是他非常乐意。在埃米尔的请求下，潘塔莱奥内叫来了鬈毛狗塔尔塔利亚，让它表演自己的各种把戏。于是，塔尔塔利亚表演了跳杆，"说话"——也就是汪汪叫，打喷嚏，用鼻子关门，

1　指德国浪漫主义诗人乌兰德（1787—1862）的诗歌《独木舟》。

叼来主人的破鞋子，最后它头上戴着一顶旧高筒军帽，扮演了因为背叛而被拿破仑皇帝严酷责罚的贝尔纳多特元帅。拿破仑当然是由潘塔莱奥内来扮演，他演得惟妙惟肖：他将双手交叉，抱在胸前，把三角制帽低低地拉到眼睛的位置，言辞粗暴而尖刻，操着一口法语。不过，天哪，那叫什么法语啊！塔尔塔利亚伏在自己的主子面前，缩成一团，夹着尾巴，两只眼睛在歪戴着的军帽帽檐下面不安地眨动着，眯缝着；"拿破仑"一提高嗓门说话，"贝尔纳多特"就会用两条后腿立起来。"滚，叛徒！"最后"拿破仑"大喝一声，盛怒之下，他甚至忘记了应当始终保持法兰西本色。于是"贝尔纳多特"慌忙钻到了沙发底下，但立刻又从那里蹿了出来，高兴得汪汪直叫，仿佛是以此来宣告演出结束。全体观众都大笑不止，萨宁笑得最起劲。

杰玛一直在轻声笑着，笑声特别悦耳，还夹杂着几声俏皮的惊叫……这笑声让萨宁神魂颠倒，他真想为了这几声惊叫狠狠地亲吻她！

夜幕终于降临，是时候告辞了！萨宁和大家一再道别，向每个人都说了几次"明天见！"（他甚至还和埃米尔吻别了），这才动身回家。他心中萦绕着青春少女的倩影，她时而微笑，时而沉思，时而宁静甚至冷漠，却始终令人为之倾心！她的眼睛有时睁得大大的，明亮而欢快，如同白昼；有时又被睫毛半掩着，深邃而幽暗，宛若黑夜。那双眼眸透过其他一切形象和表象，总是奇异而甜蜜地浮现在他眼前。

对于克吕贝尔先生，对于促使他在法兰克福逗留的种种原因，总之，前一天使他激动不安的一切，早已被他抛诸脑后。

十四

但是关于萨宁本人，还得再说几句。

首先，他的外貌相当出众。体格匀称挺拔，轮廓柔和的面庞招人喜爱，一双浅蓝色的小眼睛温柔可亲，金色的头发，肤色白皙红润，最主要的还是那种天真、愉快、诚恳、坦率、乍一看略显笨拙的表情。从前，凭这种表情就能一眼认出那些显赫贵族家的孩子，也就是所谓的"世家"子弟，那些在我们辽阔富庶的半草原地带出生长大的贵族少爷。他步履从容，说话总是带着卷舌音，只要看他一眼，他就会露出孩子般的微笑……最后，精力充沛，身体健康——还有无比温柔的性情，这就是整个萨宁。其次，他并不愚笨，而且颇有见识。尽管他经历了海外的旅途劳顿，却依然精力旺盛。当时优秀青年心中充斥着的那种惶惶不安的情绪，他几乎没有体验过。

在我们的文学发掘"新人物"却徒劳无功之后，近来开始描写那样一类青年，他们不顾一切，一心要成为新鲜人物……要新鲜得像运到彼得堡的弗伦斯堡[1]牡蛎一样……萨宁跟他们不一样。如果要打比方，那么他更像我们肥沃的黑土果园里一棵不久前刚刚嫁接的枝叶繁茂的小苹果树，或者更贴切地说，就像以前"老爷们"的马场里一匹精心驯养、膘肥体壮、刚套上练马索开始跑圈的三岁小马……以至于后来，当萨宁饱受生活摧残，失去青年时期的那种丰满之后，在那些遇见他的人看来，他已经完全变成了另一个人。

　　第二天，萨宁还躺在床上，一身节日盛装的埃米尔手里拿着一根手杖，头发抹得油光水滑，闯进了他的房间，说克吕贝尔先生乘坐马车随后就到，还说今天应该是个好天气。他们已经准备妥当，但妈妈不去了，因为她的头痛又犯了。他开始催促萨宁，让他一分钟也别耽误……果然，萨宁还在洗漱的时候，克吕贝尔先生就来了。他敲了敲门，走进屋里，鞠了个躬，然后欠着身子说等多久都没关系，然后坐了下来，温文尔雅地将帽子放在膝上。这位仪表堂堂的店员穿得很讲究，身上喷满了香水，他的一举一动都会散发出扑鼻的芳香。他是乘坐一辆"兰多"马车来的，也就是那种宽敞的敞篷马车，拉车的两匹马虽不漂亮，却健壮有力。一刻钟过后，萨宁、克吕贝尔和埃米尔就乘着这辆马车，神气地来到了糖果店门前。莱诺拉太太坚决不参加郊游。杰玛本想留在家里陪母亲，但母亲还是把她撵走了。

　　"我不需要任何人，"她说，"我要睡觉。要不是没人做生意，

1　德国北部城市。

我都想让潘塔莱奥内跟你们一起去了。"

"能不能带上塔尔塔利亚?"埃米尔问。

"当然可以。"

塔尔塔利亚立刻兴高采烈地爬到车夫的位子坐下,舔了舔身子:显然它对此已经习以为常了。杰玛戴了一顶系着棕色带子的大草帽,帽檐低低地向下垂着,几乎替她的整个脸庞都挡住了阳光,帽檐的阴影恰好落在嘴唇上方,她的双唇就像盛放的玫瑰花瓣,纯真而温柔地反射着红光。她雪白的皓齿也隐隐闪现,像孩童一样天真无邪。杰玛和萨宁并排坐在后座上,克吕贝尔和埃米尔则坐在他们对面。莱诺拉太太苍白的面庞出现在窗前,杰玛朝她挥了挥手帕,接着马车就开动了。

十五

　　索登是一座小城，距离法兰克福半小时路程。它坐落于陶努斯山脉中一处景色优美的地方，由于那里的矿泉水对肺弱的人很有好处，所以在我们俄罗斯也享有盛名。法兰克福人来到这里主要是为了消遣，因为索登有一个漂亮的公园和各种各样的"小饭店"，可以让人们在高大的椴树和槭树的树荫下喝啤酒和咖啡。从法兰克福到索登的道路沿着美因河右岸延伸着，沿途栽满了果树。当马车在平整的道路上缓缓行驶的时候，萨宁偷偷地观察着杰玛是如何与自己的未婚夫相处的：这是他第一次见到他们两人在一起。杰玛的态度从容大方，但比平时要略微拘谨和严肃一些；克吕贝尔的目光则像是一位宽容的上司，能允许自己和下属分享一种有分寸的、合乎礼貌的乐趣。萨宁没发现他对杰玛的特别讨好，或者是法国人所说的那种"殷勤"。显然，克吕贝尔先生认为这件事已经定了，所以没必要再为此操心焦虑了。但他那种宽容的神态一刻也没有消失过！就连午前在索登郊外树木茂密的山岗和河谷长时间散步的时候，在欣赏自然美景的时候，他对待大自然本身，也是这样一副宽容的态度，有时也不免流露出上司通常会有的那种严厉。比如，他说山谷中的一条小溪流淌得太过于笔直，没有流出几道美丽如画的蜿蜒曲线；他还嫌弃一只鸟——苍头燕雀——嫌它的鸣叫声不够婉转多变！然而杰玛并没有感觉无聊乏味，反而看起来很高兴。但萨宁在她身上已经认不出原先的杰玛了，并不是因为她的身上笼罩着阴影——她的美从来都不是光彩夺目的，而是她把想法都深深地藏在了心里。她撑着阳伞，没有摘下手套，就像有教养的小姐们那样，仪态端庄、不疾不徐地散着步，很少开口说话。埃米尔也感到拘束，萨宁就更不用说了。再加上周围人总是在用德语交谈，这也令他有些不自在。唯一不感到难堪的只有塔尔塔利亚！它一边狂叫，一边追逐一只掠过的鸫鸟，跳过坑洼、树墩、水罐，一下子又蹿进了水里，迫不及待地舔水喝，接着抖抖身子，尖声叫唤，像箭一样向前飞奔，吐出红红的舌头，一直伸到了胸口。克吕贝尔先生也尽自己所能来让大家开心。他请大家在一棵枝叶茂盛的橡树绿荫里坐下，然后从口袋里掏出了一本小书，书名叫《爆竹：你应该笑！你会笑！》（*Knallerbsen, oder du sollst und wirst lachen*!），开始朗读起书中满篇的冷笑话。他一共读了十二则笑话，但大家听得兴致索然，只有萨宁出于礼貌，咧着嘴笑了笑，而克吕贝尔先生自己每读完一则笑话，就会像走过场一般短促地笑几声，仍然是那种故作宽容的笑声。临近十二点的时候，一行人回到了索登，走进了当地最好的一家餐馆。

该安排午餐了。

克吕贝尔先生提议在一座四面封闭的亭子——"花园沙龙"

里用午餐，但杰玛忽然表示反对，非要在饭店门前露天花园里的一张桌子上用餐，否则她就不吃饭。她说，总是看到这几张脸，早就看腻了，她想要看到一些其他的面孔。在几张桌子旁边已经有新来的客人落座了。

克吕贝尔先生宽容地依照"自己未婚妻的任性要求"，去跟饭店侍者商量，这时杰玛垂着眼睛，双唇紧闭，一动不动地站着。她感到萨宁一直向她投去探询的目光，这似乎使她很生气。克吕贝尔先生终于回来了，说午餐半小时后就能准备好了。他提议在用餐前先玩一会儿地滚球，还说这有助于开胃，嘿嘿嘿！他很擅长玩地滚球，投球的时候，他摆出了一个个异常矫健的姿势，炫耀着自己漂亮的肌肉，潇洒地抬腿踢腿。从某种意义上来说，他就是一个竞技运动员——他的体格好极了！他的双手是那样白皙，那样漂亮，他用那般金贵多彩的印度富丽雅绸缎手帕擦拭着它们！

午餐的时间到了，大家在桌旁坐了下来。

十六

有谁不知道德式午餐是什么样吗？稀溜溜的汤里泡着几坨面疙瘩和肉桂；炖得烂熟的牛肉干得像软木塞，表面附着一层白色的油脂，再配上几块黏糊糊的土豆、圆鼓鼓的甜菜和洋姜泥；用刺山柑花芽和醋调味的发青的鳗鱼；煎炸拼盘配果酱，还有一道必不可少的"甜点"，类似于布丁，上面浇着一层酸溜溜的红色酱汁。不过葡萄酒和啤酒倒是极品！这位索登的饭店老板正是用这样的午餐来招待顾客的。午餐本身进行得还算顺利，然而确实没有什么特别活跃的气氛。就连克吕贝尔先生举杯"为我们相爱！"祝酒的时候，气氛也没有活跃起来。一切都十分合乎礼节，十分得体。午饭后端来了咖啡，稀淡的、棕红色的、真正的德式咖啡。克吕贝尔先生表现得像一位名副其实的爱慕者，请求杰玛允许他抽一支雪茄……但就在这时，突然发生了一件出乎意料的、令人十分不悦、甚至是不成体统的事情！

邻桌坐着几名美因茨警备队的军官。从他们的眼神和窃窃私语不难猜出，他们也折服于杰玛的美貌。其中一名军官似乎曾经去过法兰克福，他不时地看向杰玛，就像在看一个他很熟悉的人。显然，他知道她是谁。他突然站起身来，手里端着酒杯（军官们喝到兴头上了，面前的桌布上摆满了酒瓶），朝着杰玛所在的桌子走了过来。这个人很年轻，浅黄色头发，脸蛋生得很俊秀，讨人喜欢，然而酒劲却扭曲了这张脸：他的面颊不时抽动着，发红的眼睛滴溜乱转，表情显得粗鲁无礼。他的同伴们起先想阻止他，但后来还是任由他去了：管他的呢，这能出什么事呢？

那名军官摇摇晃晃地走到杰玛面前停了下来，费力地尖声说："为法兰克福、全世界最美丽的咖啡女郎的健康干杯（说着他就举起酒杯一饮而尽），作为报偿，我要拿走这朵由她绝美的手指摘下的花！"他的话音里不由自主地透露出了他内心的斗争，尽管这并非他所愿。他从桌上拿走了放在杰玛餐具前的那朵玫瑰花。起先她感到惊愕、害怕，脸色苍白得吓人……接着惊恐变成了愤慨，她的脸涨得通红，一直红到了耳根，她的双眼紧紧地盯着侮辱者，目光变得黯淡，同时也迸射着怒光，充满了阴郁，又燃起了无可遏制的怒火。军官大概是被这道目光看得有些不自在，他含混不清地嘟囔了几句，鞠了个躬，就回到自己人那边去了。他们用笑声和轻轻的掌声迎接了他。

克吕贝尔先生突然从椅子上站起来，挺直身子，戴上帽子，郑重其事地用不太大的声音说道："真是闻所未闻！这是闻所未闻的无礼冒犯！"他立即语气严厉地将侍者叫了过来，要求立刻结账……不仅如此，他还吩咐备好马车，说体面的人不该到这里来，因为会受到侮辱！他在说这番话的时候，杰玛还是一动不动地坐在自己的座位上，她的胸脯剧烈地起伏着，杰玛将目光投向克吕贝尔先生……用刚才看那个军官的眼神盯着他。埃米尔气得浑身发抖。

"起来吧，我的小姐，"克吕贝尔先生还是用那种严厉的声音说，"您留在这里不合时宜。我们到那边的饭馆里去吧！"

杰玛默默地站起来，他弯起胳膊朝她伸去，她也将自己的手伸给他，然后他就迈着庄重的步子朝饭馆走去，离吃午饭的地方越远，他的步伐和派头也就越庄重和傲慢。可怜的埃米尔拖着步子跟在他们后面。

当克吕贝尔先生和侍者算账的时候，他一分钱小费都没给，以示惩罚。然而这时，萨宁却快步走到了军官们坐的那张桌子前，冒犯杰玛的那个军官正在让自己的同伴轮流闻她的玫瑰花，萨宁清清楚楚地用法语对他说：

"先生，您刚才的所作所为可配不上正派人的身份，也愧对于您所穿戴的军服，我来是要告诉您，您就是个缺乏教养的无耻之徒！"

年轻人跳了起来，但另一个年纪稍大的军官出手制止了他，叫他坐下，并转身朝向萨宁，也用法语问道：

"怎么，敢问您是这个姑娘的亲戚、兄弟，还是未婚夫？"

"我跟她毫无干系，"萨宁大声说，"我是俄罗斯人，但我不能对这样的无礼行为坐视不管。这是我的名片和地址，军官先生可以来找我。"

说完这番话，萨宁将自己的名片往桌子上一扔，同时一把抓起那朵被一位同桌军官丢在盘子里的杰玛的玫瑰花。年轻人又想从椅子上跳起来，但同伴再一次拦住了他："登霍夫，消停点！"然后那名同伴自己站了起来，抬手敬了个礼，他的言辞和举止中包含着几分敬意，他对萨宁说，明天早上他们的一位军官将会去他的寓所登门拜访。萨宁微微躬了下身子作为回答，就匆匆回到自己朋友们身边去了。

克吕贝尔先生装作完全没看见萨宁走开去同军官们交涉的样子，他催促着正在套马的车夫，大发雷霆地训斥车夫动作太慢了。杰玛也什么话都没对萨宁讲，甚至连看都没看他一眼。从她紧锁的眉头、紧闭着的苍白嘴唇、静止不动的姿态，就可以看出她心绪不佳。只有埃米尔显然想和萨宁搭话，想要向他问个究竟：他看到萨宁走到军官们面前，递给他们一个白色的东西——一张小纸片、字条或者名片之类的……可怜少年的心怦怦直跳，脸颊滚烫，他多想扑上去搂住萨宁的脖子，想要大哭一场，或者立刻和他一起去把那些浑蛋军官全都打个落花流水！不过他忍住了，他注视着自己高尚的俄罗斯朋友的一举一动，就已经感到满足了。

车夫终于套好了马，大家上了车。埃米尔跟着塔尔塔利亚爬到了驾驶座上，他觉得在那里更自由，而且克吕贝尔先生也不会杵在他面前，他一看见他就觉得心有芥蒂。

克吕贝尔先生一路上都在高谈阔论……而且只有他一个人在滔滔不绝地说着。谁都没有去反驳他，也没有人赞同他的话。他尤其坚持说，当他提议去封闭的亭子里吃午饭的时候，大家就不该不听他的，否则就不会发生什么不愉快的事情了！然后他又发表了几句言辞激烈的自由主义言论，说政府不可原谅地姑息纵容这些军官，又不监察他们的纪律，对社会中的平民人士也不够尊重，因此不满情绪正在逐渐累积，而不满也就离革命不远了，这已经有可悲的先例了（说到这里，他同情而严肃地叹了口气）——这个可悲的先例就是法国！可是他随即又补充说，他本人尊重政权当局，他永远也不会成为革命者……永远也不会！……不过当他目睹了这般放肆的行为，他又不能不表达自己的不赞同！然后他又扯了些关于道德与失德、礼貌与尊严之类的套话！

杰玛在午前散步的时候就已经对克吕贝尔先生心存不满了，因此她才和萨宁保持着一定的距离，仿佛是因为他在场而感到难为情。在克吕贝尔先生发表这番"高谈阔论"的时候，杰玛明显地开始为自己的未婚夫感到羞耻了！郊游快结束的时候，她实在是受不了了，虽然她还是没有跟萨宁说话，却突然向他投去了一道央求的目光……而萨宁则感觉自己对她的同情已经远远超过了对克吕贝尔先生的愤慨。尽管第二天早晨他可能要面临决斗，他还是暗地里为那天接下来发生的事情感到高兴。

这次折磨人的出游终于结束了。在糖果店门口扶杰玛下车的时候，萨宁一言不发地把他夺回来的那朵玫瑰放在她手中。她满脸通红，紧紧握了握他的手，飞快地把玫瑰花藏了起来。虽然刚到黄昏时分，但他并不想进屋。杰玛自己也没有邀请他。再加上潘塔莱奥内出现在台阶上，说莱诺拉太太正在睡觉。埃米尔脑胭地跟萨宁道了别，他似乎在有意避着他，这令他感到非常讶异。

克吕贝尔先生用马车将萨宁送到了他的住处，拘泥地向他行礼道别。这位衣着得体的德国人虽然十分自以为是，却也感到有些难堪。事实上，大家都有几分尴尬。

不过，萨宁心里的这种感觉，这种不自在的感觉，很快就消散了。取而代之的是一种难以捉摸，但令人愉快，甚至是兴奋的心情。他在房间里来回走动着，什么都不愿去想，嘴里吹着口哨，对自己感觉非常满意。

十七

　　"我要等军官先生来说明情况，我就等到上午十点钟，"次日清晨他一边洗漱一边思索着，"过时不候！"但德国人起得很早，还不到九点，茶房就来向萨宁通报说，有一位冯·里希特少尉先生前来求见。萨宁迅速穿上外衣，吩咐"请他进来"。出乎萨宁的意料，里希特先生非常年轻，几乎还是个孩子。他竭力在自己那张还没长胡子的脸上装出一副傲慢的样子，但装得一点也不像，他甚至掩饰不住自己的窘态，当他在椅子上坐下的时候，还被马刀挂了一下，差点摔倒了。他用蹩脚的法语结结巴巴地对萨宁说，他是受自己的朋友冯·登霍夫男爵之托而来，目的是要求德·萨宁先生为昨天的侮辱性言辞道歉，如果德·萨宁先生拒绝道歉，那么冯·登霍夫男爵将要求进行决斗。萨宁回答说他无意道歉，倒是愿意进行决斗。于是冯·里希特先生又结结巴巴地问，他应当几点钟、在什么地方、与什么人进行必要的商谈。萨宁回答说，他可以大约两个小时后再来，在那之前，萨宁会设法找一位决斗的见证人。（同时他心里默默想着："真该死，我找谁来做见证人啊？"）冯·里希特先生起身行礼告辞……但走到门口的时候，他停下了脚步，似乎感觉内心过意不去，于是转过身来对萨宁说，他的朋友冯·登霍夫男爵并不否认，在昨天发生的事情中……他本人也有某种程度的……过失，所以只要萨宁"稍稍表示歉意"，他就不计较了。对此萨宁回答说，无论歉意是深是浅，他都没有道歉的想法，因为他不认为自己有什么过错。

"既然如此，"冯·里希特先生的脸变得更红了，说，"那就只能友好地开枪对射了。"接着他用蹩脚的法语又重复了一遍。

"这我就完全不理解了，"萨宁说，"难道是让我们朝天开枪吗？"

"噢，不是那个意思，不是那样的，"少尉非常难堪，嘟哝道，"不过我觉得，因为事情发生在体面人之间……我还是和您的见证人谈谈吧！"他打住自己的话头，离开了。

那人一走，萨宁就坐到椅子上，出神地盯着地板。"这究竟是怎么回事？生活怎么会突然有如此大的转折呢？过去的一切，未来的一切顿时变得模糊起来，烟消云散。满脑子里只剩下一件事，那就是我要在法兰克福为了一件事同一个人决斗。"他想起了自己一位发疯的姑母，她总是蹦跳着哼唱一首歌：

少尉少尉！

我的亲亲！

我的心爱！

跟我跳吧，

心肝宝贝！

他哈哈大笑起来，学着她的样子唱起来："少尉少尉！跟我跳吧，心肝宝贝！"

"但是必须采取行动，不能浪费时间。"萨宁大声喊道，从椅子里跳了起来，看见潘塔莱奥内站在他面前，手里拿着一张字条。

"我敲了好几下门，但您都没有回应，我还以为您不在家呢，"说着，老头将字条递给他，"是杰玛小姐给您的。"

萨宁愣愣地接过字条，打开读完了。杰玛在字条里写道，她对他知道的那件事感到非常担心，想要立刻跟他见一面。

"小姐非常担心，"潘塔莱奥内开口说道，显然他知道字条的内容，"她让我来看看您在做什么，让我带您去见她。"

萨宁看了这位意大利老头一眼，陷入了沉思。他脑中忽然闪过一个念头。最初的一瞬间，他觉得这个念头实在是过于离谱了……

"可是……有何不可呢？"他问自己。

"潘塔莱奥内先生！"他大声说。

老头吓得打了个哆嗦，把下巴缩进领结里，盯着萨宁。

"您知道昨天发生什么事了吗？"萨宁继续说。

潘塔莱奥内抿着嘴唇，抖了一下他那头蓬乱的头发。

"我知道。"

（埃米尔一回家，就把一切都告诉他了。）

"噢！您知道啊！那我就跟您直说吧。有一位军官来找我了，刚刚才离开。那个家伙要和我进行决斗，我接受了他的挑战。但我没有见证人。您愿意做我的见证人吗？"

潘塔莱奥内颤抖了一下，眉毛高高地扬起，都被他垂下来的头发遮住了。

"您一定要决斗吗？"他终于用意大利语说道。在此之前，他一直讲的都是法语。

"一定要。否则我就会让自己永远蒙受耻辱！"

"嗯……如果我不同意当您的见证人，您会去找别人吗？"

"我会的……一定会。"

潘塔莱奥内垂下头。

"但请允许我问一句，德·萨宁先生，你们的决斗会不会让一位女士的名誉蒙上阴影呢？"

"我不这样认为。但不管怎样，已经没有别的选择了！"

"嗯。"潘塔莱奥内完全把脸缩进了领结里。"嗯，那么那个什么该死的克吕贝尔先生，他做了什么呢？"他突然大声说道，扬起了脸。

"他吗？什么都没做。"

"哼！"潘塔莱奥内鄙夷不屑地耸了耸肩，"无论如何我都应当感谢您，"末了他用迟疑不决的声音说，"因为即使我现在身份低微，您却仍然能看出我是一个正派的人！您这样做，就表明您自己是一位真正的正派人。不过我需要好好考虑一下您的提议。"

"时间不等人啊，亲爱的先生，亲爱的契……契帕……"

"托拉，"老头提示了自己姓氏的后两个字，"请给我一个小时考虑。事关我的恩人的女儿……所以我应当，我必须好好想想！！！一个小时之后……三刻钟之后，您就会知道我的决定了。"

"好的，我等着。"

"可现在……我该怎么跟杰玛小姐回话呢？"

萨宁取来一张纸，在上面写道："我亲爱的朋友，请您放心。大约三小时后我会去找您，到时一切就都明白了。衷心感谢您的关心。"然后他把字条交给了潘塔莱奥内。

潘塔莱奥内小心翼翼地将字条放进侧边的衣袋里，又说了一遍："一个小时之后！"他刚抬脚往门口走去，却又猛地转过身，跑到萨宁跟前，抓起他的手贴在自己胸前的衣领上，抬眼望向天空，大声说道："高尚的青年！伟大的心灵！请允许我这个糟老头子握一握您这双勇敢的手吧！"然后他微微向后跳着退了几步，挥了挥双手，就走了。

萨宁目送着他离开……然后拿起报纸读了起来。然而他的目光只是徒然地在字里行间来回游移，一个字都看不进去。

十八

　　一个小时过后，茶房又走进萨宁的房间，递给他一张脏兮兮的名片，上面印着如下几行字：潘塔莱奥内·契帕托拉，瓦雷泽人，摩德纳公爵亲王殿下的宫廷歌手。紧跟在茶房身后出现的正是潘塔莱奥内本人。他从头到脚都换了装。他穿着一件褪成了红棕色的黑燕尾服，白色凸纹布马甲，马甲上别具一格地缀着一条细细的顿巴黄铜链子，一块沉甸甸的光玉髓图章低低地垂挂到黑色紧身裤上。他右手拿着一顶黑色兔绒礼帽，左手握着一双厚实的麂皮手套。他的领结系得比平时更宽更高，浆得笔挺的衣领上别着一块叫作"猫眼"的宝石。他右手食指上戴着一枚宝石戒指，戒指的造型是两只交叉的手，中间是一颗火热的心。老头全身上下都散发出一股陈旧的气息，一股樟脑和麝香的气味。他那副忧心忡忡、煞有介事的样子，就连最冷漠的人见了也会感到惊讶！萨宁起身迎接他。

　　"我是您的见证人。"潘塔莱奥内用法语低声说道，整个身子低低地向前倾着，像芭蕾舞演员那样脚尖分开站着，鞠躬行了个礼,"我来听您的指示。您希望毫不留情地决斗吗?"

"何必要毫不留情呢?我亲爱的契帕托拉先生!虽然我绝不会收回自己昨天说的话,但我并不是嗜血成性的人!……您就稍等片刻,我的对手的见证人马上就来了。我会到隔壁房间里去,您就和他商谈。请您相信,我永远不会忘记您的帮助,我衷心感谢您。"

"名誉高于一切!"潘塔莱奥内回答说,还没等萨宁请他入座,他就在安乐椅里坐了下来。"要是这个该死的骗子,"他又把法语和意大利语混起来说了,"要是克吕贝尔这个商人不明白自己必须承担的责任,或者胆怯了,那事情对他来说就更糟了!……不过是一个不足挂齿的小人罢了!……至于决斗的条件,我作为您的见证人,您的利益对我来说就是神圣的!……当年我住在帕多瓦的时候,那里驻扎着一个白龙骑兵团,我和许多军官都走得很近!……他们那一套规矩我非常清楚。我还经常和你们那个塔尔布斯基亲王谈论这些问题……那个见证人应该快来了吧?"

"我每时每刻都在等他,瞧,他来了。"萨宁往街上看了看,说道。

潘塔莱奥内站起身,看了看表,整了整前额立得高高的头发,赶忙把裤脚下露出来的一条带子塞进鞋里。年轻的少尉走了进来,依然红着脸,一副窘态。

萨宁介绍两位见证人互相认识。

"里希特先生,少尉!——契帕托拉先生,演员!"

少尉见到老头,略微感到惊讶……噢,要是有人这时候悄悄告诉他，说介绍给他的这位"演员"还兼顾烹饪艺术事业，那他会说些什么呢！……但潘塔莱奥内摆出一副样子，似乎参与安排决斗对他来说是稀松平常的事：在这种情况下，也许是他对舞台生涯的回忆帮助了他——他曾经饰演过见证人的角色。他和少尉两人都沉默了片刻。

"怎么着？我们开始吧！"潘塔莱奥内手中把玩着那块光玉髓，率先开了口。

"开始吧，"少尉回答说，"可是……决斗双方中有一方在场……"

"我马上就回避，先生们。"萨宁大声说道。他鞠了个躬，走进卧室，随手关上了门。

他一下子倒在床上，想起了杰玛……但两位见证人之间的谈话却穿过关着的房门，传到了他的耳朵里。谈话是用法语进行的，但两人的法语都讲得一塌糊涂，各是各的调。潘塔莱奥内又提起了帕多瓦的龙骑兵，说到了塔尔布斯基亲王；少尉则提到了"稍示歉意"和"友好的对射"。可是老头根本不想听什么"歉意"。令萨宁感到惊恐的是，他突然向对方说起了一位无辜的少女，说她的一根小拇指比世界上所有的军官还要宝贵……并且还激动地再三重复："这是耻辱！这是耻辱！"少尉起初并没有反驳他，但后来已经能从年轻人的话音里听出愤怒的颤抖了，他说，他来这里可不是为了听道德训诫的……

"在您这个年纪，听听正义的言论总是有好处的！"潘塔莱奥内高声喊道。

好几次两位见证人之间的争论变得异常激烈。争论持续了一个多小时，最终双方商定了以下条件："冯·登霍夫男爵与德·萨宁先生将于明日上午十点，在哈瑙附近的小树林里，相距二十步，用手枪互相射击进行对决。每人有权根据见证人的信号开枪两次。手枪没有扳机加速器和来复线。"冯·里希特先生走了，潘塔莱奥内郑重地打开卧室的门，宣布了商谈结果，接着又大声叫道："好样的，俄罗斯人！好样的，小伙子！你一定会胜利的！"

几分钟之后，他们两人便出发到罗塞里糖果店去了。萨宁事先要求潘塔莱奥内对决斗的事保密。老头只是翘起一根手指作为回答，他眯起一只眼睛，连说了两声："保密！保密！"他似乎变得年轻了，举手投足都变得更自在了。所有这些不同寻常的事件虽然令人不快，却恰似把他带回了过去的那个年代，那时他自己也曾接受和发起过决斗——当然是在舞台上。众所周知，男中音歌手扮演的角色总是火气很大。

十九

　　埃米尔跑出来迎接萨宁——他已经守候他一个多小时了——急忙对他耳语道，母亲对昨天发生的不愉快的事情还一无所知，千万不要说漏了嘴，还说他又要被派到商店里去了！但他是不会去的，他要找个地方躲起来！埃米尔在几秒钟之内说完了这番话，突然扑在萨宁肩头，激动地亲吻了他一下，就沿着街道飞快地跑下去了。杰玛在糖果店里迎接萨宁，她想说点什么，却开不了口。她的嘴唇微微颤抖着，眼睛却眯了起来，左顾右盼。他连忙安慰她说事情已经都结束了……不过是小事一桩。

　　"今天谁都没到您那里去吗？"她问道。

　　"来过一个人，我已经和他说清楚了，我们……我们取得了满意的结果。"

　　杰玛回到了柜台后面。

　　"她不相信我！"他心想……可他还是走进了隔壁房间，在那里碰到了莱诺拉太太。

　　她的偏头痛已经好转了，可她依旧闷闷不乐。她亲热地对他微笑，但同时提醒他，说他今天跟她在一起会感觉无聊，因为她没办法招待他。他在她身边坐下，发现她的眼皮有些红肿。

"您怎么了，莱诺拉太太？您是哭过吗？"

"嘘……"她轻声说，朝女儿所在的房间抬头示意，"别大声……说这件事。"

"那您究竟为什么哭呢？"

"唉，萨宁先生，我自己也不知道为什么！"

"有人让您伤心了吗？"

"没有！……我突然觉得非常寂寞。我想起了乔凡尼·巴蒂斯塔……想起了自己的青春……然后又想到这一切那么快就过去了。我在逐渐衰老，我的朋友，我无论如何都接受不了这件事。仿佛我还是从前那个我……可转眼间就老了……老了！"莱诺拉太太眼中泛起泪光，"我看出来了，您看着我觉得很奇怪……但您也会老的，我的朋友，您也会知道这有多么痛苦！"

萨宁开始安慰她，提起了她的孩子们，说她的青春又在他们身上焕发生机了，甚至试图打趣她几句，说她硬要人家对她说恭维话……可是她认真地请他"不要再说了"，他这时才第一次确信，这种意识到暮年将至的伤感，是怎么都无法安慰和驱散的，只能让它自行排解。他向她提议一起打"特莱赛特"牌——他也想不出更好的办法了。她立刻就同意了，似乎高兴了起来。

午饭前后萨宁一直在陪她打牌。潘塔莱奥内也参与了进来。他那一绺蓬起的头发从来没有这么低地垂到额角上，他的下巴也从来没有这么深地缩在领结里！他的每一个动作都流露出专注的庄重感，令人看到他就会不由自主地产生一个想法：这个人究竟在严守什么秘密呢？

可是要保密！保密！

那一整天，他都在想方设法地向萨宁表示最深的敬意：在餐桌上，他绕过了女士们，庄重而坚决地先给萨宁上菜；打牌的时候也故意让着萨宁，不让他输牌；他还驴唇不对马嘴地说，俄罗斯是世界上最宽厚、最勇敢、最坚毅的民族！

"嘿，你这个老演员啊！"萨宁在心里暗暗忖道。

然而令他感到奇怪的，与其说是莱诺拉太太突变的情绪，不如说是她女儿对他的态度。她倒也没有回避他……相反，她一直坐在离他不远的地方，仔细听他说话，看着他；但她坚决不想同他说话，只要他一开口对她讲话，她就会不声不响地站起来，悄悄地走开一会儿。然后她又走回来，在一个角落里重新坐下来，一动也不动，若有所思，又似乎感到困惑……更多的是困惑不解。莱诺拉太太终于也发现了她的反常行为，问了她两次发生了什么事。

"没什么，"杰玛回答说，"您知道的，我有时候会这样。"

"说得也是。"母亲表示同意她的话。

这漫长的一天就这样过去了，既不热闹，也不算冷清；既不快活，也不乏味。假如杰玛是另一种表现，那么萨宁……从何知晓呢？他也许会禁不住诱惑地出出风头，或者在面临可能到来的永恒的别离时，完全陷入离愁之中……但因为他连一次跟杰玛说话的机会都没有，所以只好在喝晚间咖啡之前的一刻钟里，在钢琴上弹奏了几支凄凉的曲子。

埃米尔很晚才回来。为了避免被问到克鲁贝尔先生，他一转眼就溜走了。萨宁也该走了。

　　他同杰玛告别。不知道为什么，他想起了《奥涅金》中连斯基和奥丽加离别的场景。他紧紧地握住她的手，想要看看她的脸，可她却微微侧过脸去，抽出了自己的手指。

二十

当萨宁走出门时，已经是"繁星满天"。这些星星多得数也数不清——大的、小的、黄的、红的、蓝的、白的！它们都在不停地闪烁着，聚集着，交相辉映。天空中没有月亮，然而虽然没有月光，但在半明半暗、无形无状的暮色中，每一样事物都清晰可见。萨宁走到了街道尽头……但他并不想马上回家去。他感觉需要在纯净的空气中走一走。他又折了回来，可还没走到罗塞里糖果店所在的那栋房子跟前，临街的一扇窗户忽然"啪"的一声打开了，在黑洞洞的四方形窗框里（屋里没有点灯）出现了一个女人的身影，他听到有人在叫他："德米特里先生！"

他立即朝窗户飞奔过去……是杰玛！

她用手肘撑在窗框上，身子向前探出来。

"德米特里先生，"她用小心翼翼的声音说，"今天一整天我都想给您一件东西……可我下不了决心。想不到现在又见到了您，我想这或许就是命中注定吧……"

杰玛说到这里，不由自主地停了下来。她没能继续说下去，因为就在这一瞬间，发生了一件异乎平常的事情。

万籁俱静，夜空万里无云，突然一阵狂风席卷而来，吹得大地也仿佛在脚下震颤，点点星光也颤抖、流动起来，连空气也被卷成了一团。一阵并不寒冷，而是温暖，甚至是炎热的旋风袭击着树木、房顶、屋墙和街道；它一下子吹掉了萨宁的帽子，扬起并吹乱了杰玛的卷发。萨宁的头正好和窗台一样高，他不由得紧紧贴住了窗台，杰玛用双手抓住他的肩膀，用胸脯护住他的头。呼啸声、叮当声、轰鸣声持续了大概一分钟……突如其来的旋风宛如一群巨大的鸟儿飞驰而去……周围又复归寂静。

萨宁微微抬起头，看见自己的头顶上是一张如此美丽、惊慌、激动的脸庞，一双那么大的、惶恐的、绝美的眼睛。看见这样一位美人，他的心都停止了跳动，他将双唇紧紧地贴在她垂落到胸前的一缕细细的发丝上，只能说出：

"哦，杰玛！"

"刚才是怎么回事？是闪电吗？"她问道，眼睛睁得大大的，也没有从他的肩头收回自己裸露的手臂。

"杰玛！"萨宁又叫了一声。

她身子一颤，回头向屋里望了一眼，迅速地从身后拿出了那朵已经蔫了的玫瑰，将它抛给了萨宁。

"我想把这朵花给您……"

他认出了他昨天夺回来的这朵玫瑰……

但窗户已经砰然合上了，在漆黑的玻璃窗后面，什么都看不见，连一点影子都没有。

萨宁回到了住处，没有戴帽子……他甚至没发现帽子丢了。

二十一

　　直到凌晨他才睡着。这也难怪！在那场转瞬即逝的夏季旋风袭来的时候，他的心中顿时也浮现出一种感觉：杰玛是个美人，他喜欢她，这些他之前就知道了……而是觉得他差点……爱上了她！爱情也如同那阵旋风一样，瞬间向他席卷而来。可是还有那场愚蠢的决斗！不祥的预感开始折磨着他。假设他没有被打死……那么他对这位少女，对别人未婚妻的爱究竟会导致什么结果呢？再假设，这个"别人"对他而言并不危险，而杰玛自己也会爱上他，或者已经爱上了他……结局又会如何呢？干吗要想结果呢？这样一个美人……

　　他在房间里来回踱步，然后坐到桌旁，拿起一张纸，在上面写了几行字，又立刻涂掉了……他想起了杰玛的娉婷情影，在黑洞洞的窗户里，在星光的映照下，被温热的旋风吹拂着；他想起了她那如同奥林匹斯女神般洁白如玉的手臂，感受到了它们压在他肩头的真实重量……然后他拿起了那朵抛给他的玫瑰，他依稀觉得，它半枯萎的花瓣散发着一种迥然相异的芬芳，比寻常的玫瑰香气细腻得多……

"万一他被打死了或者打残废了呢？"

他没有上床，衣服也没脱，就在沙发上睡着了。

有人拍了拍他的肩膀……

他睁开眼睛，看见了潘塔莱奥内。

"睡得跟巴比伦战役前夕的马其顿亚历山大大帝一样！"老头大声说道。

"几点了？"萨宁问。

"差一刻七点。到哈瑙有两小时的路程，但我们得先赶到地方。俄罗斯人总是要抢在敌人前头！我雇了一辆法兰克福最好的马车！"

萨宁开始梳洗。

"手枪在哪里呢？"

"那个德国佬会把手枪带来的。他还会带一名医生来。"

潘塔莱奥内看起来精神抖擞，就像昨天一样。然而当他和萨宁登上马车，车夫挥起马鞭，马儿甩开步子跑起来之后，这位昔日的歌手、帕多瓦龙骑兵的朋友却突然神色大变。他变得局促不安，甚至胆怯。似乎他的心中有什么东西，像一堵胡乱堆砌的墙壁一样，轰然崩塌了。

"我们这是在做什么啊，我的天哪，我的圣母哟！"他出乎意料地尖着嗓子喊道，揪着自己的头发，"我这是在做什么？我真是个老笨蛋，疯子！"

萨宁感到惊讶，笑了起来，轻轻地搂住他的腰，给他讲了一句法国谚语："既然打开了酒瓶，就得喝下去。"（用俄罗斯人的话说，就是"既然答应做了，那就帮人帮到底"。）

"是的，是的，"老头回答说，"这杯酒我会和您一起喝下去的，可我仍然是个疯子！我是疯子！本来一切都很平静顺利……可突然：就嗒嗒嗒、叭叭叭地打起来了。"

"一切就像乐团里一样，"萨宁强装着笑颜说，"但这不是您的错。"

"我知道不是我的错！那还用说吗！所有这一切……都是任性妄为。见鬼！见鬼！"潘塔莱奥内甩着头发，反复哀叹道。

而马车仍在不断向前行驶着。

清晨十分美好。法兰克福的街道刚刚开始热闹起来，看上去是那样洁净安适；房屋的窗户像锡箔一样，闪烁着光芒；马车一出城门，尚未大亮的蔚蓝天空深处就传来了云雀清脆婉转的鸣叫声。忽然，在马路拐弯处，一棵高大的白杨树背后，露出了一个熟悉的身影，走了几步又停了下来。萨宁定睛一看……天哪！是埃米尔！

"难道他也知道些什么吗？"他问潘塔莱奥内。

"我跟您说过，我是个疯子，"可怜的意大利人绝望地、几乎是叫喊着说，"这个倒霉孩子折腾得我整晚都不得安宁，今天早上我只好把一切都告诉他了。"

"这就是你口中的'保密'！"萨宁心想。

马车行驶到了埃米尔跟前，萨宁吩咐车夫勒住马，叫那个"倒霉孩子"过来。埃米尔犹疑不决地走了过来，脸色煞白，就像犯病那天一样。他勉强撑着身子站在那里。

"您在这里做什么？"萨宁厉声问他，"您怎么不在家里？"

"请允许我……请允许我和您一起去吧。"埃米尔声音颤抖着喃喃道，攥起了双手，他的牙齿像犯了热病似的直打战，"我不会妨碍您的，您只要带上我就行了！"

"假如您对我哪怕有一丝丝依恋或者尊敬，"萨宁说，"那您现在就回家去，或者去克吕贝尔先生店里，一句话也不要对别人讲，等我回来！"

"等您回来。"埃米尔沉吟着说，可他的声音刚出口就戛然而止了，"可是如果您被……"

"埃米尔！"萨宁打断了他，用眼色示意还有车夫在场，"冷静一点！埃米尔，请回家去吧！听我的话，我的朋友！您不是说您爱我吗？那我求求您了！"

萨宁朝他伸出一只手。埃米尔向前跟跄了一步，哽咽着，将他的手贴在自己的嘴唇上，然后跳到路旁，穿过田野，转身朝法兰克福跑去了。

"他也有一颗高尚的心。"潘塔莱奥内嘟哝着说，但萨宁却阴郁地看了他一眼……老头缩到了马车的角落里。他意识到了自己的错误，此外，他越来越感到难以置信：难道真的是他成为了决斗的见证人，是他雇来了马车，安排了一切，清晨六点钟就离开了自己安逸的住处吗？而且他的双腿也酸痛不已。

萨宁觉得有必要鼓舞一下他的士气，他也想到了恰合时宜的话，一语中的：

"尊敬的契帕托拉先生，您当年的风范到哪里去了？从前的风范在哪里啊？"

契帕托拉先生挺直身子，皱起了眉头。

"从前的风范吗？"他声音低沉地说，"它还没有丧失殆尽——从前的风范！！！"

他拿出派头来，谈起了自己的职业生涯、歌剧、伟大的男高音歌唱家加西亚。他能来到哈瑙，已经是好样的了。试想一下：世界上没有任何东西比诺言更有力……也更无力！

二十二

　　约定举行决斗的小树林距离哈瑙四分之一英里。正如潘塔莱奥内预言的那样，萨宁和他是最先到达的。他们吩咐马车在林边空地等候，然后就钻进了茂密的林荫之中。他们等了一个小时左右。

　　等待的时候，萨宁并没有觉得很难熬。他在小路上来回走动，聆听鸟儿的鸣唱，观察着飞过的斑蜻蜓，就像大部分俄罗斯人在类似情况下所做的那样，尽量不去想太多。他只有一次陷入了沉思：他碰到了一棵摧折的小椴树，看样子是被昨天的狂风吹倒的。它必然在渐渐死去……它所有的枝叶都在渐渐死去。"这是什么？预兆吗？"这个念头在他脑中闪过。但他立刻吹起口哨，跳过了这棵树，继续沿着小路往前走。潘塔莱奥内发着牢骚，骂着德国人，唉声叹气的，一会儿揉揉背，一会儿揉揉膝盖。他甚至焦虑得打起了哈欠，这让他皱巴巴的小脸呈现出一种极为滑稽的神情。萨宁看着他，差点哈哈大笑起来。

　　终于传来了车轮碾过松软路面的辚辚声。"他们来了！"潘塔莱奥内低声说着，变得警觉起来，挺直了身子，一瞬间还神经紧张得打了个战栗，但是他连忙掩饰了过去，大喝一声："吁！"还说今天早晨天气很凉。浓重的露水压得小草和树叶都垂了下来，但炎热已经穿透到林子里来了。

两名军官很快就出现在树林中，随同他们前来的是一个不太高大的结实男子，一副萎靡不振的面孔，像是刚刚睡醒的样子——他是个军医。他一手提着一罐水，以备不时之需。左肩上挎着一只背包，里面装着外科手术器械和绷带。看样子，他对这样的外勤已经习以为常了，这是他的收入来源之一，每一场决斗都能给他带来八个金币的进账，决斗双方各付四个。冯·里希特先生提着一只装着手枪的箱子，冯·登霍夫先生手中摆弄着一根小马鞭，显然是为了"显摆"。

"潘塔莱奥内！"萨宁对老头耳语道，"如果……如果我被打死了——什么事都可能发生——那么请把我衣服侧兜里的纸包取出来，里面包着一朵花，请把它交给杰玛小姐。您听到了吗？您能答应我吗？"

老头忧伤地看了他一眼，肯定地点了点头……但天知道，他是否明白了萨宁对他的请求。

决斗双方和见证人依照惯例互相鞠躬行了礼，只有医生一个人连眉毛都没动一下，就打着哈欠坐在了草地上，嘴里说着："我可不在乎骑士的礼节。"冯·里希特先生提议请"契巴多拉"[1]先生选定场地，"契巴多拉"先生僵硬地动着舌头（他心

---

1 里希特的法语发音不准，把"契帕托拉"读错了。

里的"墙"又崩塌了)说:"阁下,还是您来定吧,我看着就是了……"

于是冯·里希特先生开始行动了。他在树林中就地找到了一块极好的开满鲜花的空地,用脚步丈量好距离,用匆匆削出来的木棒标示好两个端点,然后从箱子里取出了手枪,蹲下来装好了子弹。总之,他在全力以赴地操持张罗着,不时用一张白手帕擦着自己汗涔涔的脸。陪着他的潘塔莱奥内更像是一个冻僵的人。在整个准备过程中,两位决斗者都站得远远的,就像两个受罚的小学生在生自己家庭教师的气。

决定性的时刻到来了……

每个人都拿起了自己的手枪……[1]

然而这时冯·里希特先生对潘塔莱奥内说,依照决斗规则,他作为年纪更大的见证人,在喊出决定命运的"一、二、三"的指令前,应当向两名决斗者提出最后的建议和忠告:劝说双方和解。虽然这种忠告毫无用处,不过是走过场而已,但走完这个过场之后,契帕托拉先生就能推卸掉一定的责任。当然,类似的规劝本应当由所谓"不偏不倚的见证人"来提出,但他们没有这样的见证人,所以他,冯·里希特先生愿意将这一特权让给自己尊敬的对手。潘塔莱奥内却已经躲进了灌木丛中,根本不想看见这

---

1 引自普希金的诗体小说《叶甫盖尼·奥涅金》第六章第二十九节,该章描写了奥涅金和连斯基的决斗。

位盛气凌人的军官，他起初一点也没听明白里希特先生的话，更何况里希特先生说话还带着鼻音。但他忽然精神一振，飞快走上前来，急剧地用手拍着胸脯，声音嘶哑地用混杂的语言说："哎呀呀……太野蛮了！两个年轻人决斗，这是何必呢？这叫什么事？都回去吧！"

"我不同意和解。"萨宁急忙说。

"我也不同意。"他的对手紧接着重复道。

"那就请您喊'一、二、三'吧！"冯·里希特对不知所措的潘塔莱奥内说。

潘塔莱奥内马上又钻进了灌木丛中，缩成一团，眯起了眼睛，转过头去，扯着嗓门从那里喊道：

"一……二……三！"

萨宁率先开枪，但没有击中。他的子弹打到了一棵树上。登霍夫男爵立刻跟着他开枪，却故意打偏了，朝天开了一枪。

一阵紧张的沉默……谁都没有离开原地。潘塔莱奥内轻轻地"啊"了一声。

"您要下令继续吗？"登霍夫说。

"您为什么要朝天开枪？"萨宁问。

"这与您无关。"

"您第二次也要朝天开枪吗？"萨宁又问。

"也许吧，我不知道。"

"抱歉，抱歉，先生们……"冯·里希特先生开口说，"决斗者是不能私下对话的。这完全不合规矩。"

"我放弃开枪。"萨宁说着，把手枪扔在了地上。

"那我也不打算继续决斗了。"登霍夫大声说道，也扔下了自己的手枪，"另外，我现在愿意承认，前天是我做得不对。"

他站在原地迟疑了一阵，犹豫地向前伸出一只手。萨宁快步朝他走去，握住了他的手。两位年轻人都微笑着看向彼此，两人脸上都微微一红。

"好样的！好样的！"潘塔莱奥内突然像疯子一样大声喊道，拍着巴掌，一下子从树丛里冲了出来。坐在旁边一个树墩上的医生也站起来，倒掉了瓦罐里的水，懒洋洋地晃悠着，朝林边空地走去。

"名誉已经得到了满足，决斗结束！"冯·里希特宣布说。

"精彩！"潘塔莱奥内凭着旧时的记忆，又喊了一声。

萨宁和军官先生们行礼告别后，在坐上马车的时候，说实话，他整个人感受到的即使不是高兴，也是经历一场鏖战之后的轻松。然而，他心里还萌生出了另一种感觉，一种类似于羞愧的感觉。他觉得，他刚刚参加的这场决斗就是一场骗局，是预先商量好的形式主义，是在军官和大学生中常见的小打小闹。他想起了那个萎靡不振的医生，回忆起当医生看到他和登霍夫男爵几乎手挽着手从树林里走出来的时候，医生露出了一丝微笑，其实就是皱了皱鼻子。后来，当潘塔莱奥内付给医生他应得的四个金币的时候……唉！反正不是什么好事！

是的，萨宁感到有些惭愧和羞耻……虽然话又说回来，当时他还能怎么做呢？总不能对年轻军官的无礼行为放任不管吧？总不能像克吕贝尔先生那样吧？他为杰玛出头，他保护了她……

事情就是这样。可是他心里仍然忐忑不安，他感到惭愧，甚至羞耻。

潘塔莱奥内则不然，简直是得意扬扬！他内心忽然充满了自豪。即便是从战场上凯旋的常胜将军，也不会如此自得自满地傲视四方。萨宁在决斗时的举动令他十分欣喜。他对萨宁的劝告和请求置若罔闻，将他称为英雄。他把萨宁比作大理石或者青铜纪念碑，比作《唐璜》中骑士团团长的雕像！在说到他自己的时候，他也坦诚说，他一度感到有点惊慌。"我毕竟是个演员，"他说，"我天生就容易激动，可您就像是白雪和花岗岩的儿子。"

萨宁根本不知道，怎么才能让这位激动万分的演员镇静下来。

就在他们大约两个小时前遇见埃米尔的同一个地方，埃米尔又从大树后蹿了出来，嘴里欢快地叫喊着，将帽子举在头顶上挥舞着，连蹦带跳地径直朝马车跑了过来，险些被车轮轧到。还没等车停稳，他就钻进了车里，径直朝萨宁怀中扑去。

"您活着，您没有受伤！"他反复确认着，"请原谅我，我没有听您的话回法兰克福去……我做不到！我一直在这里等您……请您给我讲讲事情的经过吧！您……把他打死了吗？"

萨宁好不容易让埃米尔安静下来，让他坐下。

潘塔莱奥内一脸得意的样子，事无巨细地对埃米尔讲述了决斗的所有细节，当然也没忘记再次提起青铜纪念碑和骑士团团长的雕像！他甚至从座位上站起来，张开双腿保持平衡，将两只手交叉在胸前，越过肩膀睥睨着，把骑士团团长萨宁演得惟妙惟肖！埃米尔满怀敬意地听着，偶尔会发出赞叹打断讲述，或者飞快地探过身子，亲吻自己英勇的朋友。

车轮辘辘地碾过法兰克福的街道，最终在萨宁住的旅馆门前停了下来。

他在两位同伴的陪同下沿着楼梯上了二楼，突然一位女士从黑暗的走廊里快步走了出来。她脸上蒙着面纱，她在萨宁面前停下脚步，身子微微晃了一下，颤抖着叹息了一声，就立刻下楼到街上去了，然后就不见踪影。这让茶房感到很诧异，他说："这位女士已经等了外国先生一个多小时了。"尽管她只是匆匆露了一面，萨宁还是认出了她是杰玛。他透过密实的棕色丝绸面纱认出了她的眼睛。

"莫非杰玛小姐之前就知道了……"他拖长了腔调，不满地用德语对紧随其后的埃米尔和潘塔莱奥内说。

埃米尔脸红了，显得有些窘迫。

"我不得已把一切都告诉她了，"他吞吞吐吐地说，"她猜到了，所以我无论如何都不能……不过现在这都不要紧了，"他兴奋地接着说，"一切都圆满结束了，她也看到您好好的，毫发无伤！"

萨宁背过身去。

"你们俩可真是多嘴多舌！"他恼火地说着，走进自己的房间，在椅子上坐了下来。

"您别生气。"埃米尔央求说。

"好，我不生气。（萨宁确实没有生气，再说，他未必希望杰玛对此一无所知。）好了……拥抱够了。现在你们请回吧。我想一个人待着。我要睡觉了。我累了。"

"好主意！"潘塔莱奥内叫道，"您需要休息！您完全可以好好休息，高尚的先生！我们走吧，埃米尔！踮起脚走！踮起脚走！嘘！"

萨宁说想睡觉，只不过是想摆脱自己的同伴。可是只剩下他独自一人的时候，他却真的感觉浑身筋疲力尽了。昨天一整夜他几乎没合过眼，所以一躺到床上，就沉沉地进入梦乡。

二十三

他一连酣睡了好几个小时，后来他开始梦见自己又在决斗，而站在他面前的对手是克吕贝尔先生。一只鹦鹉栖在枞树上，这只鹦鹉就是潘塔莱奥内，它不停地聒噪着："一，二，三！一，二，三！"

"一……二……三！"他已经听得极其清楚了：他睁开眼睛，抬起头……有人正在敲他房间的门。

"请进！"萨宁喊道。

茶房走进来，通报说有一位女士非常需要见他。"是杰玛！"这个念头在他脑中闪过……然而来人是她的母亲——莱诺拉太太。

她一进门，就倒在椅子上哭了起来。

"您怎么了，我亲爱善良的罗塞里太太？"萨宁开口问道，坐到她身旁，亲切地轻轻碰了碰她的手，"出什么事了？您平静一下，我求您了。"

"唉，德米特里先生！我真是……真是太不幸了！"

"您不幸吗？"

"唉，太不幸了！我哪里想得到呢？太突然了，真是晴天霹雳……"她哭得上气不接下气。

"到底是怎么回事？您仔细说说吧！您要喝杯水吗？"

"不用了，谢谢。"莱诺拉太太用手绢擦了擦眼睛，又大哭起来，"我全都知道了！全都知道了！"

"全都知道了？这是什么意思？"

"今天发生的所有事情！而且个中缘由……我也知道了！您的行为非常高尚，但事情怎么会这般不凑巧呢！难怪我之前不想到索登去……这不是没来由的！（莱诺拉太太在出游当天压根儿没说过这样的话，可现在她却觉得，她当时就已经预感到了这一切。）我来见您，是把您当作一个高尚的人，当作一个朋友，虽然五天之前我才第一次见到您……要知道我是一个寡妇，孤身无依……我的女儿……"

泪水使莱诺拉太太的声音哽咽了。萨宁不知该做何感想。

"您的女儿？"他重复道。

"我的女儿杰玛，"莱诺拉太太几乎是呻吟着，从被泪水浸透的手绢下挤出了这句话，"今天她对我说，她不愿意嫁给克吕贝尔先生，要我去解除婚约！"

萨宁被惊得微微后退，这是他始料未及的。

"我都不用说这有多耻辱了，"莱诺拉太太继续说，"未婚妻向未婚夫退婚，世上从未有过这样的事情！可是德米特里先生，这对我们来说就意味着破产啊！"莱诺拉太太将手绢紧紧地攥成一团，仿佛想把自己的一切痛苦都包在里面，"光靠我们商店的收入，我们是维持不了生计的，德米特里先生！而克吕贝尔先生很富有，而且还会有更多财富。我们有什么理由向他退婚呢？就因为他没有为自己的未婚妻出头吗？就算在这件事上他做得不够好，但他毕竟只是一介平民，没有念过大学，作为一个正派的商人，他也只能蔑视陌生军官轻率的胡闹行为。这有什么可计较的呢，德米特里先生？"

"对不起，莱诺拉太太，您似乎是在责怪我……"

"我完全没有责备您的意思，完全没有！您要另当别论，您就像所有的俄罗斯人一样，是一个军人……"

"对不起，我根本不是……"

"您是外国人，是一位过客，我感激您。"莱诺拉太太不听萨宁讲话，继续说道。她抽泣着，摊开双手，又将手绢展开，擦了擦鼻涕。光凭她表达痛苦的方式，就可以看出她不是北方人。

"要是克吕贝尔先生和顾客打起来，他还怎么在店里做生意呢？这简直不堪设想！现在我还得向他退婚！但我们要靠什么生活呢？以前只有我们一家做止咳糖和开心果牛轧糖，顾客们常来光顾。可现在大家都在做止咳糖！！！您想想看：即便没发生那件事，你们决斗的事也会在城里传得沸沸扬扬……难道这事能瞒得住吗？而且突然婚约就被解除了！这就是丑闻，丑闻啊！杰玛是个好姑娘，她非常爱我，但她是个固执的共和派，听不进别人的意见。只有您能够说服她！"

萨宁比之前更多了几分惊讶。

"我吗，莱诺拉太太？"

"是的，只有您……只有您。我来找您也正是为了此事。我实在是想不出别的办法了！您是那么有学问、那么好的一个人！您为她挺身而出。她会相信您的！她应该相信您，毕竟您为她冒过生命危险！您可以向她证明，她不仅会害了她自己，还会牵连我们大家。您救了我的儿子，也救救我的女儿吧！您就是上帝亲自派到这里来的……我愿意跪下来求您……"

说着，莱诺拉太太已经从椅子里抬起了身子，似乎是打算跪在萨宁面前……萨宁阻止了她。

"莱诺拉太太！看在上帝的分儿上！您这是做什么呀？"

她急切地一把抓住他的双手。

"您答应吗？"

"莱诺拉太太，您想想看，我凭什么……"

萨宁手足无措。他平生头一次跟脾性激动的意大利女人打交道。

"我会遵照您的意愿行事！"他大声说，"我去跟杰玛小姐谈一谈……"

莱诺拉太太高兴得叫了一声。

"只是我实在不知道结果会是什么样……"

"嘿，您就别推辞了！"莱诺拉太太带着央求的语气说，"您已经答应了！结果想必是很好的。反正我也没有别的法子了！她不会听我的话！"

"她非常坚决地跟您说不愿意嫁给克吕贝尔先生吗？"萨宁沉默片刻后问道。

"她说得斩钉截铁！她跟她的父亲乔凡尼·巴蒂斯塔一模一样！可不好对付了！"

"不好对付？她吗？"萨宁拖长音调重复道。

"是的……是的……不过她同时也是个天使。她会听您的话的。您会来吧，很快就会来吧？啊，我亲爱的俄罗斯朋友！"莱诺拉太太猛地从椅子上站起来，激动地抱住了坐在她跟前的萨宁的头，"请接受一位母亲的祝福吧！现在请给我点水喝！"

萨宁给她端来一杯水，向她承诺马上就去，送她下了楼，一直送到了街上。回到自己的房间之后，他才两手一拍，瞪大了眼睛。

"真是的，"他心想，"生活这就波折起来了！而且这波折来得真叫人晕头转向。"他没有试图去观照自己的内心，去梳理心中的想法；反正就是一团乱麻！"今天真是赶巧了！"他不由自主地喃喃道，"不好对付……这是她母亲的原话……我还得去劝说她——劝说她？！该怎么劝呢？！"

萨宁的头真的晕了——形形色色的感觉、印象、未及言表的思绪犹如旋风一般搅动着，而在这旋风之上始终萦绕着杰玛的身影，这个身影在那个温暖的、电闪雷鸣的夜晚，在那扇黑暗的窗户中，在闪烁的星光下，不可磨灭地深深印刻在了他的记忆中！

二十四

萨宁脚步迟疑地走到了罗塞里太太家门前。他的心跳得厉害,他清晰地感觉到心脏撞击着肋骨,甚至能听得到撞击的声音。他要对杰玛说些什么呢?怎么跟她开口?他没有穿过店堂,而是从后门进了屋。在并不宽敞的前厅里,他遇见了莱诺拉太太。对于他的到来,她既高兴,又害怕。

"我一直在等您。"她压低声音说,用两只手轮流握着他的手,"您去花园吧,她在那里。拜托了,我全指望您了!"

萨宁朝花园走去。

杰玛坐在小路旁的长椅上,正从一个装满樱桃的大篮子里,把熟透的樱桃挑拣出来放到盘子里。夕阳西沉,已经是傍晚六点多钟了,一道道宽阔的斜阳洒满了罗塞里太太的整个花园,金色的余晖已经染上了赤红。时而可以隐约听到树叶从容地低声絮语,晚归的蜜蜂从一朵花飞到邻近的另一朵花上,断断续续地嗡嗡叫着,还有一只斑鸠在什么地方单调而不知疲倦地鸣叫着。

杰玛依然戴着去索登时戴的那顶草帽,她从翘起的帽檐下望了萨宁一眼，又朝篮子弯下身去。

萨宁不由自主地缩小了步伐，朝杰玛身边走去，可是……可是……他实在是想不出别的话，只能问她，她拣樱桃做什么？

杰玛并没有立刻回答他。

"这些更熟一些，"她终于说道，"要用来做果酱，那些用来做馅饼的馅料。您知道的，我们卖这种糖馅的圆馅饼。"

说完这些话，杰玛把头垂得更低了，她右手的手指捏着两颗樱桃，在篮子和盘子之间的半空中停住了。

"我可以坐在您旁边吗？"萨宁问。

"可以。"杰玛在长椅上稍稍挪了挪身子。萨宁在她身旁坐下。"怎么开口呢？"萨宁思忖着。然而杰玛帮他摆脱了困境。

"您今天决斗了？"她兴奋地开口说道，将自己羞得绯红的美丽脸庞整个朝他转了过来，她的目光中闪烁着深挚的感谢之情！"您就那么镇定自若吗？所以对您来说并没有危险吗？"

"您别说了！我没有遇到任何危险。一切都结束得很顺利，没出什么差池。"

杰玛举起一根手指，在眼前左右摆动……这也是意大利人的手势。

"不！不！您别这样说！您骗不了我！潘塔莱奥内全都告诉我了！"

"您怎么连他的话都信呢！他把我比作骑士团团长雕像了吗？"

"他的表述或许很可笑，可不管是他的感情，还是您今天的所作所为，都一点也不可笑。这一切都是因为我……都是为了我……这件事我永远都不会忘记的。"

"请您相信我，杰玛小姐……"

"我不会忘记这件事的！"她一字一顿地重复了一遍，又凝神看了看他，然后转过脸去了。

现在他能够看清她清秀纤丽的侧影了，他觉得，他仿佛从未见过这样的倩影，也从未体验过这一瞬间的感受。他的心中热血沸腾。

"可是我许诺了！"这个念头在他的脑海中闪过。

"杰玛小姐……"他犹豫了一下，开口说道。

"什么事？"

她没有转过脸来看他，她继续挑拣着樱桃，小心翼翼地用指尖拈着樱桃的果蒂，用心地把叶子微微掀开……但就是"什么事"这句话，包含了多少充满信任的温情啊！

"您母亲什么都没告诉您吗……关于……"

"关于什么？"

"关于我的事？"

杰玛突然把手中的樱桃扔回了篮子里。

"她和您谈过了？"她反问道。

"是的。"

"她究竟跟您说了些什么？"

"她对我说，您……您突然决定改变……自己原先的打算。"

杰玛的头又垂了下去。她的脸已经完全被帽檐遮住了，只能看见纤柔娇嫩的脖颈，就像是一枝大花的花茎。

"什么打算？"

"您对于……建立未来生活的……打算。"

"也就是说……您指的是……克吕贝尔先生吗？"

"是的。"

"妈妈跟您说，我不愿意成为克吕贝尔先生的妻子吗？"

"是的。"

杰玛在长凳上挪动了一下身子。篮子倾倒了，掉在了地上……几颗樱桃朝小路滚去。过了一分钟……又过了一分钟……

"她为什么要跟您说这件事？"响起了她的声音。

萨宁仍然只能看见杰玛的脖子。她的胸脯起伏得比之前更快了。

"为什么？您母亲认为，因为我和您在短短一段时间里就成为朋友，您也对我产生了一定的信任，所以我能够向您提出有益的建议，您也会听我的话。"

杰玛的双手轻轻地滑到了膝盖上……她开始抚弄起自己衣裙上的褶子。

"您到底要给我提什么建议呢，德米特里先生？"她稍待片刻后问道。

萨宁看见杰玛放在膝头的手指在颤抖……她之所以抚弄衣服的裙褶，也只是为了掩饰这种战栗。他默默地将自己的一只手搭在她苍白、颤抖的手指上。

"杰玛，"他说，"您为什么不看我呢？"

她一下子把自己的草帽往肩膀后面一甩，用依然信赖和感激的眼神盯着他。她等着他开口……然而她的表情使他感到局促，让他不敢正眼相看。夕阳温暖的余晖照在她年轻的面庞上，她脸上的神态比这余晖还要更加明亮耀眼。

"我听您的，德米特里先生，"她略微一笑，轻轻扬起眉毛，开口说，"可是您要给我什么建议呢？"

"什么建议？"萨宁重复道，"您知道吧，您母亲认为，如果仅仅因为克吕贝尔先生前天没能鼓足勇气，就向他退婚……"

"仅仅是这个原因吗？"杰玛一边说着，一边俯身捡起篮子，将它放在身边的长椅上。

"她还认为……总之……您拒绝他是不明智的。因为如果要走这样一步，就必须慎重权衡一切后果。最后，你们家的生意状况也决定了，你们家里的每个成员都要肩负一定的责任……"

"这一切都是妈妈的意思，"杰玛打断道，"这些是她说的话。这我都知道，可您的意见是什么呢？"

"我的？"萨宁沉默了片刻。他感到有什么东西涌到了喉头，让他感到一阵窒息。"我也这样认为。"他费力地开口说道……

杰玛挺直了身子。

"也？您也这样认为？"

"是的……也就是说……"萨宁说不下去了，再也多说不出一个字了。

"好吧，"杰玛说，"既然您是以朋友的身份劝我改变自己的决定……也就是说不改变我最初的决定，我会考虑考虑的。"她没有发觉自己在做什么，开始把盘子里的樱桃放回篮子里……"妈妈希望我听您的……怎么着？也许我真的会听您的……"

"但是很抱歉，杰玛小姐，我想先了解一下，是什么原因促使您……"

"我会听您的。"杰玛又说了一遍，但她的眉头愈发紧锁，脸颊变得苍白，她紧紧咬着下唇，"您为我做了这么多事，所以我也应当按照您所期望的那样去做，一定要实现您的愿望。我会告诉妈妈……我会考虑一下。您看，她刚好朝这里来了。"

果然，莱诺拉太太出现在通往花园的门口。她沉不住气了，已经坐不住了。她估计萨宁早就应该结束他和杰玛的谈话了，虽然他们的谈话不过才持续了十五分钟。

"不，不，不，看在上帝的分儿上，您暂且什么都别对她说，"萨宁急忙说，语气近乎惊恐，"请您等一等……我会告诉您的，我会写信给您的……在此之前，请您不要做出任何决定……请等一等！"

他紧紧握了握杰玛的手，从长椅上倏地站了起来……他轻轻抬了抬帽子，就从莱诺拉太太身边溜了过去，嘴里含糊不清地嘟囔了些什么话，然后就不见了，这让莱诺拉太太大吃一惊。

她走到女儿跟前。

"请你告诉我，杰玛……"

杰玛突然站起来，抱住了她。

"亲爱的妈妈，您能不能稍微等一下，就等一小下……等到明天？行吗？到明天之前什么话都别问，行吗？……唉……"

晶莹的泪水猝不及防地涌出了她的眼眶，也出乎了她自己的意料。更加令莱诺拉太太感到惊诧的是，杰玛脸上的表情丝毫没有悲伤，反而充满了喜悦。

"你怎么了？"她问，"你从来都不哭的，怎么突然……"

"没什么，妈妈，没什么！您就等等吧。我们俩都需要等一等。明天之前什么都别问了，趁太阳还没下山，我们来挑拣樱桃吧。"

"可是你能想清楚吗？"

"噢，我想得非常清楚。"杰玛郑重地点了点头。她开始把樱桃绑成一小把一小把的，高高地举在自己绯红的脸庞前面。她没有擦掉眼泪，它们自己干掉了。

二十五

　　萨宁几乎是跑着回到了自己的住所。他感觉到，他意识到，唯有在这里，只有当他独处的时候，他才能彻底弄清楚，他怎么了，他遇到的究竟是怎么一回事。的确，他一走进自己的房间，在书桌前坐下来，将手肘撑在桌上，双手掩住脸颊，他就痛苦地低声喊道："我爱她，疯狂地爱她！"他的内心忽然燃烧起来，犹如煤炭被忽然吹去了表面上的一层灰烬。一瞬间……他已经无法理解，他怎么会和她并肩坐在一起……和她一起！他怎么会同她交谈，却没有感觉到他已拜倒在她裙下，就像年轻人常说的，甘愿"死在她脚边"。在花园里的最后一次见面决定了一切。此刻，当他思念着她的时候，他想象中的她已经不再是星光下被风拂起发丝的样子——他看到她坐在长椅上，一下子把草帽甩到身后，万般信任地看着他……爱情的战栗与渴望在他全身的脉络中流淌。他想起了那朵已经随身带在口袋里三天的玫瑰花，他把它掏了出来，狂热地紧紧贴在自己的嘴唇上，一阵刺痛让他不禁皱眉。现在，他已经不再去做任何判断，任何考虑，任何打算，任何预测；他和过去已经一刀两断，他向前跃进了一步；从自己孤单的单身汉的忧愁河岸上，纵身跳入了奔腾汹涌的欢乐激流中——他不在乎，他也不想知道，这激流会将他带去何方，是否会让他在山崖上撞个粉身碎骨！这已经不是不久前还令他陶醉的乌兰德浪漫曲中的涓涓细流……这是无法阻挡的汹涌波涛！这波涛向前飞驰奔涌，他也跟着它们一起奔腾！

他拿起一张纸，未经涂改，几乎是一气呵成地写出了下面这段话：

亲爱的杰玛：

您一定知道我受托给您带来的建议是什么，您也知道您母亲的愿望和她请求我做的事，但有一件事您并不知道，而我现在必须告诉您，那就是我爱您，以一颗初恋之心的全部激情来爱您！这火焰骤然在我心中升腾起来，却如此强烈，让我找不到语言来形容！！！当您母亲来找我，向我提出请求的时候，它还只是在我心中隐隐燃烧，否则我作为一个诚实的人，或许会拒绝执行她的委托……现在我向您所做的表白，就是一个诚实的人的表白。您应当明白，您是在跟怎样的一个人打交道——我们之间不应存在误会。您也看到了，我无法向您提出任何忠告……我爱您，爱您，爱您，除此之外，我的头脑里，我的心里再无其他念头了！！！

德·萨宁

萨宁把信折起来封好，本想叫茶房来把信送过去……"不！这样不妥……通过埃米尔转交吗？但要到商店去，在其他店员中找到他，这也不妥。更何况外面已经天黑了，他可能已经离开店里了。"萨宁这样思索着，却戴上帽子，出了门。他拐过一个街角，又拐过一个街角，看见埃米尔就在自己跟前，这让他感到无以言表地高兴。这个热情的年轻人腋下夹着一个皮包，手里拿着一卷纸，正匆匆赶回家去。

　　"难怪常言道，每个热恋的人都有一颗福星。"萨宁心里想着，叫住了埃米尔。

　　埃米尔回过头，立即朝他飞奔过来。

　　萨宁还没等他表示高兴，就把信交给了他，告诉他把信交给谁，怎么转交……埃米尔认真地听着。

　　"不能让任何人看见吗？"他问道，脸上露出一副意味深长的神秘表情，似乎在说，"我们都懂这里面的关窍！"

　　"是的，我的朋友。"萨宁说，表现出有些难为情的样子，但他拍了拍埃米尔的脸蛋，"如果有回信的话……您就给我送过来，好吗？我就待在家里。"

　　"这您就放心吧！"埃米尔愉快地小声说，然后就跑走了，一边跑着，一边又朝他点了点头。

　　萨宁回到家里，没有点蜡烛，就倒在沙发上，将双手枕在脑后，沉醉在刚刚意识到的爱情的感受之中，这种感受无法描述：凡是经历过的人，都了解其中的苦恼与甜蜜；没有经历过的人，你怎么跟他们讲都没用。

　　门开了，埃米尔的头探了进来。

"我带来了，"他轻声说，"喏，这就是回信！"他将一张卷起来的字条举过头顶，让萨宁看。萨宁从沙发上蹿了起来，一把从埃米尔手中抓过字条。他的内心激动万分，现在他已经顾不上遮掩，也顾不上礼貌了——即使是在这个孩子，在她弟弟面前。他是应该有所顾忌，他是应该克制自己——可惜他做不到！

他走到窗前，借着屋前路灯的光线，读到了下面几行字：

> 我请求您，我恳求您，明天一整天都不要到我们家来，不要露面。我需要这样，必须这样做——然后一切都将尘埃落定。我知道，您不会拒绝我的，因为……
>
> 杰玛

萨宁把这张字条反复读了两遍。噢，在他眼里，她的笔迹是如此娟秀美丽！萨宁想了想，朝埃米尔转过身去，大声喊着他的名字。埃米尔面对墙壁站着，正在用指甲抠着墙皮，想让人知道，他是多么低调的一个年轻人。

埃米尔立马跑到他跟前。

"您有什么吩咐？"

"请您听我说，小朋友……"

"德米特里先生，"埃米尔用抱怨的口气打断了他，"您为什么不跟我说'你'呢？"

萨宁笑了起来。

"那好吧。你听我说，小朋友（埃米尔高兴得微微蹦了一下），听好了：那边，你懂的，你就跟那边说，一切照办（埃米尔紧紧抿着嘴唇，郑重其事地点了点头），至于你自己……你明天做什么？"

"我？我做什么？您想让我做什么？"

"如果你可以的话，请你明天早晨到我这里来一趟，要早一点，我们到法兰克福郊外去游玩，直到傍晚……你想去吗？"

埃米尔又跳了起来。

"那还用说，世上还有比这更好的事吗？跟您一起游玩，这简直太棒了！我一定来！"

"那要是家里人不放你去呢？"

"他们会放的。"

"听我说……别跟那边说是我叫你出来一整天的。"

"干吗要说？我说走就走！怕什么！"

埃米尔狠狠吻了一下萨宁，就跑走了。

萨宁在房间里来回走了很长时间，很晚才上床睡觉。他依然深陷在那些可怕又甜蜜的感受和面对新生活的愉快而慌乱的心情当中无法自拔。萨宁很满意自己想出了邀请埃米尔明天去郊游的主意。埃米尔的容貌很像他姐姐。"他会让我想起她。"萨宁心想。

然而最令他感到惊奇的是，他昨天怎么会和今天不一样？他觉得自己"自始至终"都爱着杰玛，以前也是像今天这样爱着她。

二十六

第二天早晨八点钟，埃米尔用皮绳牵着塔尔塔利亚，来到了萨宁这里。就算他生在德国人家庭，他也不可能比这更准时了。他对家里人编了个谎话，说早饭前要和萨宁散步，然后就到店里去。在萨宁穿衣服的时候，埃米尔尽管非常犹豫，但还是想跟他谈谈杰玛和克吕贝尔先生之间的口角。但萨宁以严峻的沉默作为回答，而埃米尔也做出一副样子，表示自己明白为什么一点也不能提及这个重要的问题，他不再提这件事了，只是偶尔会露出聚精会神，甚至严肃的神情。

喝过咖啡，两位朋友就动身去豪森了，当然是步行去的，这是一个距离法兰克福不远、四周树木环绕的小村庄。在那里可以将整座陶努斯山脉尽收眼底。天气很好，阳光明媚和煦，却不炎热；清风从翠绿的树叶间沙沙吹过；高空中的云朵在地面上投下一片片不大的斑影，在地面上平稳而迅速地掠过。两位年轻人很快就出了城，精神饱满而愉快地迈步在清扫过的平坦道路上。他们走进一片树林，在里面转悠了许久；接着他们到一家乡间饭馆饱餐了一顿早饭；然后他们爬上山峰，欣赏风景，将石头从山上抛下去，拍着巴掌，看着它们像兔子一样滑稽而怪异地蹦跳着滚落，直到一个他们看不见的山下的过路人破口大骂，他们这才作罢；然后他们四仰八叉地躺在一层紫黄色的干枯青苔上；然后他们在另一家饭馆里喝了啤酒，接着他们互相追逐赛跑，打赌比谁跳得更远。他们发现了回声，于是就和回声对话，唱歌，口中喊着"啊呜"，他们还摔跤，折树枝，用蕨类的枝叶装饰自己的帽子，还跳了舞。塔尔塔利亚也竭尽所能地参与了所有这些活动：当然，它并没有抛石头，而是自己跟着石头一起翻滚；年轻人们唱歌的时候，它就汪汪叫；它甚至还喝了啤酒，虽然表现出了明显的厌恶：这东西是一个大学生教会它的，那是它的前任主人。不过它不怎么听埃米尔的话，不像服从它的主人潘塔莱奥内那样；当埃米尔命令它"说话"或者"打喷嚏"时，它只是摇摇尾巴，伸出卷起来的舌头。

两个年轻人彼此也交谈着。刚开始散步的时候，萨宁因为年纪大一点，所以更明白事理，他谈起了什么是宿命或命运，人的使命意味着什么，体现在什么方面。但很快话题就变得不那么严肃了。埃米尔开始向自己的朋友和庇护人询问关于俄罗斯的事，问那里怎么进行决斗，那里的女人漂不漂亮，俄语学起来快不快，还问他，当军官拿枪指着他的时候，他是什么感觉。萨宁则向埃米尔打听了他的父亲、母亲以及他们家中的情况，竭力避免提到杰玛的名字，可心里想的全是她。其实，他甚至没有想她，而是在想着明天，那将会给他带来前所未有的幸福的神秘莫测的明天！仿佛有一层轻盈的薄纱挂在他思想的视野前面，轻轻飘动着，而在这纱幕的后面，他觉得……觉得有一张年轻的、静止不动的、美若天仙的脸，嘴角挂着亲切的笑容，睫毛严厉地、故作严厉地低垂着。但这张脸并不是杰玛的脸庞，它是幸福本身的脸！他的时刻终于来临了，纱幕揭开，嘴巴张开了，睫毛抬起来了，女神看到了他，于是立刻犹如阳光普照一般光明万丈，还有无尽的欢乐和喜悦！！！他设想着这个明天，他的心却在不断增长的期待所带来的茫然苦闷中，再次愉悦地紧缩起来！

这份期待，这种苦闷丝毫没有妨碍他。它伴随着他的一举一动，丝毫没有妨碍。它没有妨碍他和埃米尔在第三家饭馆里津津有味地共进午餐，只是偶尔会有一个念头，如转瞬即逝的闪电一般，在他脑海中闪过：假如这世界上有人知道呢？！这种苦闷也没有妨碍他午后和埃米尔玩跳背游戏。游戏在一片空旷的翠绿草坪上进行……正当萨宁在塔尔塔利亚的吠叫声中矫健地分开双腿，像一只鸟儿一样，从埃米尔弓起的背上跳过的时候，他突然看见前面绿色草地的边上有两个军官，他立刻就认出了他们就是自己昨天决斗的对手和他的见证人，冯·登霍夫先生和冯·里希特先生，萨宁感到惊讶万分，无比窘迫！他们俩各自戴上了一片眼镜片，望着他窃笑着……萨宁双脚一落地，就转过身去，急忙穿上脱在一旁的大衣，匆匆跟埃米尔说了几句话，埃米尔也穿上了外套，两个人立刻就离开了。

他们很晚才回到法兰克福。

"我要挨骂了，"埃米尔在告别时对萨宁说，"无所谓！反正我度过了非常非常美好的一天！"

回到旅馆后，萨宁发现了杰玛留的一张字条。她约他明天早上七点在法兰克福环城的一个公园里会面。

他的心激动得颤抖了一下！他多么高兴能这样无条件地服从她！可是天哪，这前所未有的、独一无二的、难以置信却又毋庸置疑的明天预示着什么……又没有预示什么呢！

他的目光盯着杰玛的字条。写在字条末尾处的字母 G 是她名字的第一个字母，拖着修长娟秀的小尾巴，令他想起了她美丽的手指，她的手……他想到，他还一次也没有亲吻过这只手……"意大利女人，"他心想，"与传闻相反，她们是羞涩而又庄重的……杰玛就更不用说了！她是女皇……是女神……是纯洁无瑕的大理石雕像……"

然而那个时刻终将到来，而且已经不远了……

那一晚在法兰克福有一个幸福的人……他睡了，但他可以用一位诗人的诗句来形容自己：

我睡了……但多情的心却没有入睡……[1]

心跳得那么轻盈，宛若一只蝴蝶伏在花朵上，在夏日的阳光中扇动着翅膀。

----

1 引自俄国诗人列夫·梅伊（1822—1862）《犹太人之歌》组诗第五首。

二十七

　　萨宁五点钟就醒了，六点钟已经穿好衣服，六点半就在公园里漫步了，从那里能看见杰玛在字条中提到的那座小亭子。

　　清晨宁静温暖，天色灰暗。有时让人觉得似乎立刻就要下雨了，但伸出手却什么也感觉不到，只有看着袖子的时候，才能发现像玻璃珠那样细小的水珠痕迹。然而就连这些小水珠的痕迹也很快就消失了。一丝风也没有，仿佛世界上从未有过风似的。每一个声响都不是飞快地传来的，而是向四周发散开去。远处白茫茫的雾气变浓了一些，空气中弥漫着木樨草和洋槐花的香气。

　　街上的店铺还没开门，但已经有了行人。偶尔有一辆马车孤零零地驶过……公园里没有游人。一个园丁正不慌不忙地用铁锹清理着小路，还有一个年老体衰的老太婆，穿着一件黑色呢子斗篷，颤悠悠地穿过林荫小道。萨宁绝不会把这个褴褛衰弱的老人错认成杰玛，但他心里竟一阵发紧，双眼注视着这个渐行渐远的黑影。

　　七点了！钟楼上的大钟敲响了。

萨宁停下了脚步。莫非她不来了？他突然感到浑身打了个冷战，一瞬间过后，他的心里又战栗了，不过原因已经不同了。萨宁听见身后传来了轻微的脚步声和女人衣裙摩擦的窸窣声……他回过头去：是她！

杰玛顺着小路从他身后走来。她穿着一件灰色的斗篷，头戴一顶深色的小帽子。她瞥了萨宁一眼，就将头撇开了，赶上他之后，又迅速地从他身旁走了过去。

"杰玛。"他用勉强能听见的声音说。

她朝他轻轻点了下头，继续往前走去，他也紧随其后。

他呼吸急促，双脚也不大听使唤了。

杰玛经过了小亭子，拐向右边，走过了一个浅浅的小水池，一只麻雀正在那里忙碌地拍打着水面。然后，她走到栽着几株高大丁香树的花坛背后，在一张长椅上坐了下来。这个地方安适而私密。萨宁在她身旁坐下。

一分钟过去了，他和她都一言不发。她甚至连看都没看他一眼，他也没有看她的脸，而是看着她握着一把小伞的双手。说什么好呢？他们一大清早就在这里如此亲近地独处，有什么话能比这更有意义呢？

"您……没生我的气吧？"萨宁终于开口了。

"我吗？"她回答说，"为什么生气？没有。"

"那您相信我吗？"他接着问道。

"相信您在信里写的那些话吗？"

"是的。"

杰玛低下头，沉默不语。伞从她的手中滑落了，在伞掉到地上之前，她连忙一把抓住了它。

"唉，请相信我，相信我写给您的话吧。"萨宁喊了起来，他的胆怯一下子消失得无影无踪，他激动地说，"假如世界上存在着真理，神圣的、毋庸置疑的真理，那就是我爱您，狂热地爱您，杰玛！"

她飞快地瞟了他一眼，又差点把伞掉在地上。

"相信我，相信我。"他反复说着。他恳求她，向她伸出双手，却没有勇气触碰她，"您要我怎么做……才能让您相信呢？"

她又看了他一眼。

"请您告诉我，德米特里先生，"她开口说，"前天您来劝说我的时候，您是不是还不知道……是不是还没感觉到……"

"我感觉到了，"萨宁接过话头说，"但我并不知道。我从见到您的那一瞬间就爱上您了，但没有立刻明白，您对我意味着什么！况且听说您已经有婚约在身……至于您母亲的委托，首先，我怎么能拒绝呢？其次，我向您转达这个委托的方式，应该能让您猜到……"

一阵沉重的脚步声传来，一位相当壮实的先生从花坛后面走出来，肩上背着一个旅行包，显然是个外国人。他用外来旅客常有的那种毫无顾忌的眼光，打量着坐在长椅上的这对男女，大声咳嗽了一下，就走过去了。

"您的母亲，"等到沉重的脚步声一消失，萨宁就开口说，"对我说，您退婚会闹出丑闻（杰玛微微皱起了眉头）；还说这些闲言碎语也有一部分要归咎于我……所以……我在某种程度上有责任来劝您不要向您的未婚夫克吕贝尔先生退婚……"

"德米特里先生，"杰玛低声说着，用手撩了撩朝向萨宁那一面的头发，"请您不要把克吕贝尔先生称为我的未婚夫。我永远不会成为他的妻子。我已经和他解除婚约了。"

　　"您和他解除婚约了？什么时候？"

　　"昨天。"

　　"当面跟他说的吗？"

　　"当面跟他说的，在我们家里。他到我们家来了。"

　　"杰玛！所以说，您爱我吗？"

　　她朝他转过身去。

　　"不然……我会到这里来吗？"她轻声说道，双手垂落在长椅上。

　　萨宁抓起这双无力地瘫放着的手，把它们紧紧地贴在自己的眼睛上，嘴唇上……昨夜他在幻觉中依稀见到的那道纱幕终于揭开了！这就是幸福，这就是它，这就是它光辉璀璨的面容！

　　他稍稍抬起头，鼓足勇气，直直地看向杰玛。她也看着他，有些居高临下的样子。她那半睁半闭的双眼中目光微微闪烁，满含着轻松的、幸福的泪花。可她的脸上却不见笑容……不！她在笑，虽然听不见笑声，却也是幸福的笑。

　　他想将她拉进自己的怀中，可是她躲开了，还是那样无声地笑着，摇了摇头表示拒绝。她幸福的双眸似乎在说："等一等。"

　　"啊，杰玛！"萨宁大声说，"我怎么能想到你（当从他口中第一次说出'你'这个字的时候，他的心弦也被拨动了）……你会爱上我！"

　　"这也在我自己的意料之外。"杰玛低声说。

"我哪里想得到，"萨宁继续说，"我哪里想得到，当我来到法兰克福的时候，我只打算待几个小时，可我竟然找到了我终生的幸福！"

"终生？真的吗？"杰玛问。

"终生，永生永世！"萨宁又激动地大声说道。

在离他们坐的椅子两步远的地方，突然响起了园丁用铁锹铲地的声音。

"我们回家吧，"杰玛轻声说，"我们一起走吧，你愿意吗？"

假如她在这一刻对他说："跳到海里去，你愿意吗？"那么不等她说完，他就已经纵身跳进无底深渊了。

他们一起出了公园，朝家里走去，没有走城里的街道，而是从郊外绕道而行。

二十八

　　萨宁时而同杰玛并排走着，时而稍稍落在她的后面，他的目光没有离开过她，一直微笑着。而她像是在着急赶路……又像是要停下脚步。说实话，他们两人浑浑噩噩地向前挪动着脚步，他脸色苍白，她则激动得满面绯红。就在片刻之前，他们俩所做的事，就是将自己的心托付给另一颗心，那是如此强烈，如此新鲜，又如此可怕！他们生活中的一切就那么突如其来地发生了翻天覆地的变化，以至于他们俩还没能清醒过来，只意识到有一股旋风席卷着他们，就像是那个夜晚几乎将他们投入彼此怀抱的那阵旋风。萨宁走着走着，发觉自己正在用另一种眼光看着杰玛：他一瞬间就发觉了她的步态和举动的几处特点——天哪！这在他看来是多么珍贵而可爱啊！她也感觉到了，他在那样地看着她。

　　萨宁和她都是第一次恋爱，初恋的所有奇迹都在他们身上发生了。初恋就像一场革命，既定的单调生活被瞬间打破摧毁，青春正屹立在街垒上，它鲜明的旗帜高高飘扬，不管前面等待着它的是什么——是死亡或者新生——它都兴高采烈地迎接着一切。

"那是什么？该不会是我们那个老头吧？"萨宁指着一个浑身裹得严严实实的人影，低声说。那个人正赶忙从一旁悄悄走过去，似乎在竭力不被人发现。身处在万分幸福当中，他感到需要和杰玛说说话，但不是谈爱情，因为这件神圣的事已经尘埃落定，要谈的是别的话题。

"是的，那是潘塔莱奥内，"杰玛愉快而幸福地回答说，"他应该是尾随我从家里出来的。昨天一整天就在注意我的一举一动……他猜到了！"

"他猜到了！"萨宁赞叹着重复道。杰玛说出的话哪有不叫他赞叹的呢？

接着他请求杰玛仔细讲讲昨天发生的一切。

她立刻就讲了起来，讲得匆匆忙忙、语无伦次的，一边微笑着，一边急促地喘着气，不时和萨宁飞快地交换着明亮的眼色。她告诉他，在前天的谈话之后，妈妈还是一直想让她——杰玛，做出肯定的表态；她向莱诺拉太太承诺在一天之内给出答复，这才得以脱身；她好不容易才求来了这个期限，这又是多么艰难；而克吕贝尔先生又出乎意料地出现了，他比以往显得更加拘礼和固执，衣领也浆得更加笔挺了；他陈述了自己对于那个陌生俄罗斯人不可饶恕的幼稚行为的愤慨，这对于他克吕贝尔先生来说简直是奇耻大辱（这是他的原话）——"他指的是你的决斗，他要求我们立刻将你拒之门外。'因为，'他补充说，"这时杰玛故意学着他的声音和举止说，"'这会给我的声誉抹黑，说得我连自己的未婚妻都保护不了似的，即便我认为这是理所当然的事！整个法兰克福明天都会知道，一个旁人为了我的未婚妻跟一位军官决斗了，这像什么话！这是对我名誉的玷污！'妈妈赞同他的说法——你设想一下！当时我立刻就告诉他，他没必要担心自己的名誉或者人格，用不着为自己未婚妻的流言蜚语而感到屈辱，因为我不再是他的未婚妻了，也永远不会成为他的妻子！说真的，我本想在跟他彻底一刀两断之前，先跟您……跟你谈谈，可是他来了……我没能忍住。妈妈甚至吓得大叫起来，而我走进了另外一个房间，取来了他的戒指，还给了他。你没注意到我两天前就摘下了那枚戒指吗？他特别生气，但是因为他这个人极度自负，又爱面子，所以没多说什么就走了。当然，我也受了妈妈不少气。看到她那么伤心，我也很难过，我想，我是有些操之过急了。可是我收到了你的字条啊，而且就算没有你的字条，我也已经知道……"

"知道我爱你。"萨宁接着说道。

"是的，知道你爱上了我。"

杰玛就这样面带微笑，语无伦次地说着，每当有人迎面走来或者从她身边经过，她就会压低声音，或者干脆停下来。萨宁心花怒放地听她说话，欣赏着她的嗓音，就像昨天欣赏她的笔迹那样。

"妈妈伤心极了，"杰玛又开口说，她说得飞快，一句紧接一句，"她无论如何都不愿意相信，克吕贝尔先生会惹我讨厌，不相信我嫁给他并非出于爱情，而是因为她的强求……她怀疑您……你。直白地说，就是她确信我爱上了你，更令她感到痛苦的是，前天她居然没有想到这一点，竟然还委托你来劝说我……这真是奇怪的委托，对吧？现在她说你……您是个滑头，是个狡猾之徒，说您辜负了她的信任，还警告我，说我也会上您的当……"

"可是，杰玛，"萨宁大声说，"难道你没有对她说……"

"我什么都没有说！在没跟您商量之前，我有什么权利呢？"

萨宁惊诧地拍了一下手。

"杰玛，我希望现在你至少要向她承认一切，你带我去见她……我想向你母亲证明，我不是骗子！"

萨宁的胸膛中充满了豁达和炽烈的情感，剧烈地起伏着。

杰玛睁大眼睛看着他。

"您真的想现在和我一起去见妈妈吗？她可是要我相信……我们之间的一切都是不可能的，而且永远也不会实现。"

有一句话杰玛迟迟说不出口……这句话让她难以启齿，但萨宁却更乐意把它说出来。

"和你结婚，杰玛，成为你的丈夫，没有比这更幸福的了！"

他感觉，无论是自己的爱情，自己的豁达，还是自己的决心，都没有止境。

杰玛本想驻足片刻，但听到这番话后，却走得更快了……她仿佛想要逃避这过于伟大而意想不到的幸福！

但是她突然脚下一软。在离她几步远的地方，克吕贝尔先生从巷子拐角处走了出来。他头戴一顶新礼帽，穿着一件新大衣，身板像箭镞一样挺得笔直，头发卷得像鬈毛狗一样。他看见了杰玛和萨宁，心中暗哼一声，把身子向后一挺，趾高气扬地朝他们迎面走来。萨宁感到一阵厌恶，但他看到了克吕贝尔的脸，这张脸的主人正在竭尽所能地装出一副既鄙夷又惊讶，甚至是同情的表情。一看到这张红润的、俗不可耐的脸，萨宁就突然感到心中燃起了一股怒火，于是朝前跨了一大步。

杰玛抓住他的手，冷静而果断地把自己的手伸给他，正正地看向自己从前的未婚夫……克吕贝尔眯起眼睛，缩着身子闪到一边去了，从牙缝中挤出了几个字："果然不出所料！"然后他仍然迈着那种做作的步子，一蹦一跳地走远了。

"这个浑蛋，他说什么？"萨宁问道，他本想去追克吕贝尔，但杰玛拦住了他，和他一起继续往前走，已经不再从他手中抽回自己的手了。

前面就是罗塞里糖果店了。杰玛又停下了脚步。

"德米特里，德米特里先生，"她说，"我们还没有进门，我们还没见到妈妈……如果您想再考虑一下，如果……您现在反悔还来得及，德米特里。"

萨宁把她的一只手紧紧地贴在自己胸口作为回答，拉着她向前走去。

"妈妈，"杰玛和萨宁一起走进了莱诺拉太太所在的房间，她说，"我把真正的未婚夫带来了！"

二十九

就算杰玛说她带回来的是霍乱或者死神，莱诺拉太太听到这样的消息，应该也不会更加绝望。她立刻跌坐在角落里，面朝墙壁，泪眼婆娑，就像俄罗斯农妇趴在丈夫或儿子的棺材上那样，哭诉起来。起初杰玛感到十分难堪，甚至没有走到母亲身边去，而是像一尊雕像一样，站在房间中央。而萨宁则完全不知所措，就连他自己也忍不住要落泪了！这场悲痛至极的哭泣持续了整整一个小时，整整一个小时！潘塔莱奥内认为，最好还是把糖果店的大门都关上，以免外人进来，幸好时候还早。老头自己也感到困惑不解，虽然他绝不赞成杰玛和萨宁这样鲁莽行事，可又狠不下心责备他们，甚至还准备在必要的时候祖护他们，因为他实在是太不喜欢克吕贝尔这号人物了！埃米尔认为是自己撮合了朋友和姐姐，甚至还有些自豪，这一切都进展得如此顺利！他无论如何都理解不了，莱诺拉太太为什么那么伤心，他心中立刻就断定了，即便是最出色的女人，也不够聪慧伶俐！最尴尬的是萨宁，他只要一靠近莱诺拉太太，她就会放声大哭，挥着双手赶他走。

他站得远远地，几次试图大声喊道："请您把女儿嫁给我吧！"然而这都是徒劳。尤其让莱诺拉太太感到懊恼的是，"我之前怎么会瞎了眼，竟然什么都没看出来！""要是我的乔凡尼·巴蒂斯塔还活着，"她噙着泪水说，"这种事根本就不会发生！""天哪，这究竟是怎么回事啊？"萨宁心想，"这也太愚蠢了！"他不敢看向杰玛，杰玛也不敢抬眼看他。她正忙着耐心照料母亲，母亲起初还不断地将她推开……

暴风雨终于渐渐平息了下来。莱诺拉太太止住了哭泣，让杰玛将她从躲藏的角落里扶到窗边的安乐椅上坐下，给她喝橙花水。虽然她还是坚决不准萨宁靠近身边，但至少允许他留在房间里了（起先她一直要求他走开）。而且当他讲话的时候，她也不再打断他。萨宁马上抓住这个风平浪静的空当，展现出了惊人的口才：即使是在杰玛面前，他也未必能如此热烈而又坚信地阐述自己的意图和感情。这些感情是最真挚的，这些意图是最纯洁的，就像《塞维勒的理发师》中的阿勒马维华[1]那样。无论是对莱诺拉太太，还是对自己，他都不回避这些意图的弊端，但这些弊端都只是看起来不利而已！诚然，他是个外国人，她们跟他相识不久，对他的身份和财产都知之甚少。但是，他愿意举出一切必要的证据，来证明他是个体面的人，不是穷人。他会让他的同胞们做出不容置疑的证词！他希望杰玛跟他在一起能够幸福，他希望能够慰藉她与亲人分离的忧伤！……一提到"分离"这个字

1　法国剧作家博马舍（1732—1799）的喜剧作品。剧情是西班牙塞维勒城的阿勒马维华伯爵爱上了贵族小姐罗西娜，而罗西娜却受困于垂涎于她的巴托洛医生。最终，阿勒马维华在理发师费加罗的帮助下，用巧计与罗西娜终成眷属。

眼，整件事就差点被搞砸了……莱诺拉太太顿时浑身颤抖，焦虑起来……萨宁赶忙说，这分离只是暂时的，况且也许根本就不用分离！

萨宁的口才没有白费。莱诺拉太太开始不时看向他，虽然她的目光中仍然带着伤心和责备，但已经没有先前的那种反感和愤怒了。后来她又允许他走到跟前，甚至坐在她身边（杰玛坐在另一边）。然后她开始责备他——不仅是用目光，而且还用言语，这也说明她心中的怒气已经稍微平息了。她开始诉苦，但她抱怨的声音越来越小，语气越来越柔和，其中还不时穿插着对女儿或萨宁的提问。然后她允许他握着她的手，并且没有马上把手抽回去……接着她又哭了起来，但这眼泪的含义已经完全不同了……然后她苦笑了一下，感慨乔凡尼·巴蒂斯塔不在人世了，但意思已经与之前不一样了……又过了片刻，两个始作俑者——萨宁和杰玛——已经跪在她脚边，她将自己的手轮流放在他们的头上。又过了片刻，他们已经在拥抱、亲吻她了，埃米尔满脸欣喜地跑进屋来，也扑向了紧紧抱作一团的三人。

潘塔莱奥内朝房间里看了一眼，笑了笑，同时又皱起了眉头，走到店堂里，打开了临街的大门。

三十

　　莱诺拉太太从绝望转变为悲伤，又从悲伤转变为"顺应天意"，这种变化来得相当快。但这种顺应天意的态度又变成了暗自满足，只不过碍于面子，她在竭力掩饰和克制着这种满足罢了。从相识的第一天起，莱诺拉太太就很喜欢萨宁，当她接受了他即将成为她的女婿这个想法之后，她已经对这个想法不再抱有什么特别的芥蒂，虽然她依旧认为，应该在脸上保留几丝受了委屈的……甚至是忧虑的神情。更何况，近日来发生的所有事情是那么非同寻常……一件紧接着一件！作为讲求实际的女人，作为一名母亲，莱诺拉太太认为自己同样有责任向萨宁提出各种各样的问题。萨宁早晨出发去见杰玛的时候，还压根儿没有想过他会和她结婚，真的，他当时什么都没有想，只是受到了内心激情的驱使。此刻，萨宁却已做好了充分的准备，可以说是满怀热情地投入了自己的角色，未婚夫的角色，他认真、详细、热情地回答了种种问题。莱诺拉太太确信他出身于真正的贵族之家，但又感到有些诧异，他竟然不是一位公爵，于是她摆出一副煞有介事的样子，说"先把丑话跟他说在前面"，她对他说得非常坦率，毫不客气，因为做母亲的神圣职责迫使她这样做！对此，萨宁回答说，他对她的期望也正是如此，他恳请她不必对他留情！

于是莱诺拉太太对他说，克吕贝尔先生（这个名字一出口，她就轻轻地叹息了一声，抿紧了嘴唇，顿了一下）——克吕贝尔，杰玛原先的未婚夫，现在已经有了八千盾的收入，而且这个数目还在逐年大幅增长，那么他，萨宁先生的收入又是多少呢？

"八千盾，"萨宁慢慢地重复道……"换算成我们的钱大约是一万五千卢布……我的收入要少得多。我在图拉省有一座不大的庄园……要是经营得好，一年或许……甚至肯定能有五六千的收益……还有，如果我去担任公职，那么我就能轻松地领到两千左右的薪俸。"

"到俄罗斯去任职吗？"莱诺拉太太大喊起来，"这么说的话，我就得和杰玛分离了！"

"可以到外交部门去工作，"萨宁接过话说，"我有一些人脉……这样就可以在国外履职了。不然还可以这么办，这个办法再好不过了：把庄园卖掉，再用卖来的钱去经营一个赚钱的生意，比如说，完善你们的糖果店。"

萨宁也觉得自己说得太离谱了，但一股莫名其妙的勇气驱使着他！他看向杰玛，从"务实"的谈话开始之后，她就不时站起来，在屋子里四处走动，然后又坐下来——他看了看她，此刻已经没有什么能阻碍他了，他愿意立刻以最妥善的方式安排好一切，只要她别担心！

"克吕贝尔先生之前也想给我们一笔数目不大的钱，用来修缮糖果店。"莱诺拉太太犹豫了一下，说道。

"妈妈！求你了！妈妈！"杰玛用意大利语喊道。

"这些事必须先说清楚，我的女儿。"莱诺拉太太也用意大利语回答说。

她又转向萨宁，开始对他问东问西：俄罗斯有哪些与婚姻相关的法律，跟天主教徒结婚有没有阻碍——会不会像在普鲁士那样？（当时，在一八四〇年，整个德国都还记得普鲁士政府和科隆大主教关于异教通婚的争论。）当莱诺拉太太听到，她的女儿嫁给俄罗斯贵族，她自己也会成为贵族的时候，她露出了些许满意的神情。

"但您得先到俄罗斯去吧？"

"为什么？"

"那不然怎么办？要得到你们君主的许可吧？"

萨宁向她解释说，完全不需要这样做……不过在结婚之前，他可能确实必须回俄罗斯一趟，就待很短一段时间（说出这番话的时候，他的心都抽痛了，杰玛望着他，也知道他的心抽痛了，于是她的脸红了，陷入了沉思），他要利用这次回国的机会，尽量把庄园变卖掉……不管怎么样，他都会把需要的钱带回来。

"我还想请您从那边给我带几张上好的阿斯特拉罕羔羊皮回来，用来做披风。"莱诺拉太太说，"听说那里的羔羊皮特别好，而且还特别便宜！"

"那是一定的，我很乐意给您和杰玛带！"萨宁大声说。

"给我带一顶绣银线的精制羊皮帽。"埃米尔从隔壁房间探出头来，插了一句。

"好，也给你带……还要给潘塔莱奥内带双鞋。"

"这都说到哪儿去了？"莱诺拉太太说，"我们现在可是在谈正事呢。对了，还有，"这位讲求实际的太太又说，"您说要卖掉庄园。可您究竟要怎么卖呢？您要把农民也一起卖掉吗？"

萨宁好像被人从侧面扎了一下。他想起来了，以前跟莱诺拉太太和她女儿谈论农奴制的时候，他曾经说过，这个制度令他深感愤慨。他不止一次向她们保证说，不管出于什么目的，他永远也不会卖自己的农民，因为他认为这类买卖是有悖道德的行为。

"我会尽量把我的庄园卖给一个我认识的好人，"他磕磕巴巴地说，"也有可能，农民会想要自己赎身。"

"那就再好不过了，"莱诺拉太太表示赞同，"不然贩卖活人……"

"野蛮！"潘塔莱奥内嘟囔道，他跟在埃米尔后面，出现在门口，晃了晃一头蓬松的头发，就不见了。

"糟了！"萨宁心里默想，偷偷瞟了杰玛一眼。她似乎没有听见他说的最后一句话。"幸好！"他心里又想。

这段务实的谈话就这样一直持续到了午餐的时候。莱诺拉太太完全平复了，并且已经对萨宁直呼其名了，温柔地伸出一根手指吓唬他，发誓要报复他的阴险行为。她仔细询问了许多关于他的亲人的情况，因为"这也是非常重要的"。她还让他给她讲述婚礼，按照俄罗斯教会的规矩，婚礼是怎么进行的。她提前想象着杰玛身穿白色婚纱，头戴金冠的样子，赞不绝口。

"她多漂亮啊，就像女王一样，"她带着作为母亲的自豪说，"世间就没有这般漂亮的女王！"

"世界上可没有第二个杰玛了！"萨宁附和着说。

"没错，所以她才是杰玛！"（众所周知，在意大利语中，杰玛是"宝石"的意思。）

杰玛扑过来亲吻自己的母亲……似乎现在她才舒了口气，压在她心底的一块大石头这才落了地。

当萨宁想到，他不久前还在这几个房间里沉湎于梦想之中，如今终于实现了，他突然感到自己是那么幸福，心中充满了孩童般的欢乐。他整个人都热血沸腾，立刻走到了店铺里。无论如何，他都想要站在柜台后面做做买卖，就像前几天一样……他说："现在我完全有权利干这个了！毕竟我现在是自家人了！"

于是他真的站到了柜台后面，真的做起了买卖，卖给两个进店的小姑娘一磅糖果，但是他给了她们整整两磅糖果，却只收了一半的钱。

吃午饭的时候，他正式以未婚夫的身份，坐在杰玛身边。莱诺拉太太继续讲着她务实的设想。埃米尔不时笑着，缠着萨宁，让他带自己到俄罗斯去。萨宁决定两个星期后动身。只有潘塔莱奥内摆出了一副苦大仇深的样子，连莱诺拉太太都嗔怪他说："亏你还当过见证人呢！"潘塔莱奥内皱着眉头瞥了她一眼。

杰玛几乎一直沉默不语，但她的脸从来没有这样美丽和明朗过。午饭后，她叫萨宁到花园里去一下，她在那天拣樱桃的长椅前停下来，对他说：

"德米特里，你不要生我的气，但我还想再提醒你一次，你不用有负担……"

他没有让她讲完……

杰玛扭过脸去。

"至于妈妈提到的那件事，您还记得吗？就是我们的信仰不同这件事！……"

她抓住用细带子挂在脖子上的石榴石十字架，用力一拽，扯断了带子，把十字架交给了他。

"既然我是你的，那么你的信仰也就是我的信仰！"

当萨宁和杰玛一起回到屋里的时候，他的眼睛还是湿润的。

临近傍晚时，一切都回归了正轨，他们甚至还打了会儿牌。

三十一

第二天，萨宁很早就醒了。他置身于至高无比的人生幸福之中，但妨碍他睡眠的并不是这件事。让他不得安宁的是一个命运攸关的问题：他怎么才能尽可能快而且有利地卖掉自己的庄园。各种各样的计划在他头脑中搅作一团，但暂时还毫无头绪。他走出门，想要去透透气，提提神。他想要呈现给杰玛一个圆满的方案，必须如此。

一个笨重臃肿，却又穿着体面的身影，晃晃悠悠地从他跟前蹒跚走过。这个人是谁呢？这个支棱着淡黄色蓬乱头发的后脑勺，这个仿佛直接安在肩膀上的脑袋，这柔软肥厚的脊背，这双浮肿下垂的手，他在哪里见过？莫非这是他已经五年没有音信的寄宿学校的老同学波洛佐夫？萨宁快步超过了这个走在他前面的人影，回过头一看……一张宽阔泛黄的脸，一双猪一样的小眼睛，浅色的睫毛和眉毛，扁平的短鼻子，像是粘在一起的厚嘴唇，没有胡子的圆下巴，再加上整张脸上酸溜溜、懒洋洋、多疑的表情——没错：就是他，是伊波利特·波洛佐夫！

"难道我又福星高照了吗？"这个念头在萨宁脑中一闪而过。

"波洛佐夫！伊波利特·西多雷奇！是你吗？"

那人停下脚步，抬起他的一双小眼睛，等了一下，终于张开嘴唇，捏着嗓子嘶哑地说：

"德米特里·萨宁？"

"正是我呀！"萨宁大声说，握了握波洛佐夫的手。他的双手紧紧地裹在灰色软皮手套里，仍旧毫无生气地垂在他的大腿边。"你来这里很久了吗？你是从哪里来的？你在哪里落脚？"

"我是昨天从威斯巴登来的，"波洛佐夫不慌不忙地回答说，"来给妻子买点东西，今天就要回威斯巴登了。"

"啊，对了！你已经结婚了，听说你娶了个大美女啊！"

波洛佐夫的眼睛看向一旁。

"是的，大家都这么说。"

萨宁笑了起来。

"我看出来了，你还是老样子……跟在寄宿学校时一样是个慢性子。"

"我为什么要变呢？"

"而且听说，"萨宁补充道，特别加重了"听说"一词的语气，"你的妻子很有钱。"

"大家也这么说。"

"那你自己呢，伊波利特·西多雷奇，难道你不知道吗？"

"我嘛，老兄，德米特里……巴甫洛维奇？对，巴甫洛维奇！我不管妻子的事。"

"你不管？什么事都不管吗？"

波洛佐夫又将目光看向一边。

"什么事都不管，老兄。她自己做主……我也自己做主！"

"你现在要到哪里去？"萨宁问。

"我现在哪里也没去，我正站在街上跟你说话。等和你说完话，我就回旅馆去，吃早餐。"

"你想让我作陪吗？"

"你是说一起吃早饭吗？"

"是的。"

"那就有劳了，两个人一起吃饭要愉快得多。你该不会话很多吧？"

"我不觉得。"

"那好吧。"

波洛佐夫朝前走去，萨宁跟他并肩走着。萨宁一直在思考。波洛佐夫的嘴皮又粘在一块了，他呼哧呼哧地喘着气，沉默着摇摇晃晃地走着。萨宁心想：这个蠢货是怎么搞到了一个又漂亮、又有钱的老婆的？他自己既不富有，又没地位，也不聪明，在寄宿学校时，大家都知道他是个蔫头蔫脑的笨孩子，好吃贪睡，还有个"孬种"的绰号。真是奇了怪了！

"不过既然他妻子很有钱，据说还是个包税商的女儿，那她会不会买下我的庄园呢？虽然他说从不过问妻子的事情，但这话并不可信！更何况，我给出的价格又合理又便宜！为什么不试一试呢？也许这都是我的福星在保佑我呢……决定了！我要试一试！”

波洛佐夫带着萨宁来到了法兰克福一家最好的旅馆，当然，他在那里住的也是最好的一间房。桌椅上堆满了纸盒、箱子和包裹……“老兄，这些都是给玛丽娅·尼古拉耶夫娜买的东西！”（这是伊波利特·西多雷奇妻子的名字。）波洛佐夫在安乐椅里坐下来，哼哼道：“真是太热了！”说着他解开了领带。然后他按铃唤来了茶房领班，仔细地向他点了一顿丰盛的早餐。“一点钟把马车准备好！听到了吗？一点整！”

茶房领班谄媚地鞠了个躬，奴颜婢膝地走了。

波洛佐夫解开了马甲。他微微挑起眉头，“吁吁”喘着粗气，皱起鼻子，单凭这副模样就能看出来，对于他而言，说话将是很大的负担，他有些担心地观望着，看萨宁会不会逼他开口，还是说他会自己挑起引导谈话的重担呢？

萨宁理解自己朋友的心情，所以并没有提太多问题来给他增加负担，只问了些最有必要的问题。他得知，波洛佐夫服了两年兵役（当的还是枪骑兵！真的，他穿上短短的军服应该挺好看的！），三年前结了婚，现在已经和妻子在国外住了一年多了，目前她正在威斯巴登治病，然后要从那里出发到巴黎去。萨宁也简要地谈了谈自己过往的生活和自己的打算，他直截了当地切入了正题，说起了自己打算卖掉庄园的事。

波洛佐夫默默地听他说着，只是偶尔朝门口张望一下，早餐应当会从那里送进来。早餐终于送来了。茶房领班和另外两个仆人端来了几只用银罩子盖着的盘子。

“是在图拉省的庄园吗？”波洛佐夫说着，在餐桌旁坐下，一边将餐巾塞进衬衫的领口。

"是在图拉省。"

"叶弗列莫夫县……我知道。"

"你知道我的阿列克谢耶夫卡吗？"萨宁问道，也坐到了餐桌旁。

"怎么会不知道呢。"波洛佐夫将一块蘑菇煎蛋塞进嘴里，"玛丽娅·尼古拉耶夫娜，我妻子在那旁边也有一处庄园……茶房，把这瓶酒打开！地倒是块好地，但你的农民把树林全都砍了。你干吗要卖啊？"

"我需要钱，老兄。我愿意卖得便宜点。你就买了吧……这不刚好吗？"

波洛佐夫吞下一杯酒，用餐巾擦了擦嘴，然后又慢慢地大声咀嚼起来。

"嗯，"他终于开口了……"我不买庄园，因为没有钱。你把黄油挪过来一点。也许我妻子会买的，你跟她谈谈吧。如果你要价不高，她也不在乎这个……这些德国人真是蠢驴！连鱼都烧不好。这再简单不过了吧？这都做不好，他们还说什么'要统一祖国'[1]。茶房，把这恶心玩意儿端走！"

"你妻子真的自己掌管……家业吗？"萨宁问。

"她自己管。这煎肉饼还不错。我推荐你尝尝。我跟你说过了，德米特里·巴甫洛维奇，我不掺和妻子的任何事情，我现在

---

1 根据1815年维也纳会议的决定，德国成为由三十多个小国组成的松散联邦。此后数十年间，特别是在1840年后，德国开展了大规模的民族统一运动。

再跟你重申一遍。"

波洛佐夫继续吧唧吧唧地吃着早餐。

"嗯……可是我怎么才能和她商谈呢，伊波利特·西多雷奇？"

"很简单，德米特里·巴甫洛维奇。你到威斯巴登去。离这里也不远。茶房，你们有英国芥末吗？没有？畜生！只不过你要抓紧时间。我们后天就要走了。来，我给你倒杯酒，这酒挺香的，不是酸葡萄汁。"

波洛佐夫的脸上有了生气，变红了。只有在吃东西……或者喝酒的时候，他的脸才变得活泛起来。

"真的……我不知道这件事该怎么办才好。"萨宁喃喃道。

"你怎么突然急着要卖呢？"

"就是因为急着用钱啊，老兄。"

"需要的数目很大吗？"

"很大。我……该怎么跟你说呢？我打算……结婚了。"

波洛佐夫把已经举到嘴边的酒杯又放回桌子上。

"结婚！"他小声说道，他的声音由于惊讶而变得嘶哑。他将那双臃肿的手叠放在肚子上，"这么突然吗？"

"是的……很快。"

"新娘应该是在俄罗斯吧？"

"不，不在俄罗斯。"

"那究竟在哪里呢？"

"在这里，在法兰克福？"

"她是什么人？"

"德国人，也不算，她是意大利人，住在这里。"

"有家产吗？"

"没有家产。"

"这么说来，那是已经爱得很深咯？"

"你真搞笑！是的，非常深。"

"所以你需要钱，就是因为这个吗？"

"没错……是的，是的。"

波洛佐夫咽下口中的酒，漱了口，洗了手，用力在餐巾上擦干，接着掏出一支雪茄，抽了起来。萨宁默默地看着他。

"有一个办法，"波洛佐夫终于含混地说，把头向后一仰，口中吐出一缕细细的烟，"去找我妻子。只要她愿意，挥挥手就能把你的烦恼都驱散了。"

"可我怎么才能见到你妻子呢？你不是说，你们后天就要离开了吗？"

波洛佐夫闭上了眼睛。

"听我说，我告诉你，"最后，他一边用嘴唇转动着雪茄，一边叹着气说，"你回家去，赶快收拾好行装，然后到这里来。我一点钟就要走了，我的马车很宽敞，我带你一起去。这是最好的办法。现在我要先睡一会儿。老兄，吃过饭之后，必须得睡一会儿。这是天性使然，我也不想反抗。你就别打搅我了。"

萨宁思来想去，突然抬起头来：他决定了！

"好，我同意，谢谢你！我十二点半到这里来，我们一起去威斯巴登。但愿你妻子不会生气……"

然而波洛佐夫已经打起了呼噜，嘴里含糊地嘟囔着："别打扰我！"像个婴儿似的，蹬了蹬腿，然后就睡着了。

　　萨宁再次用目光打量了一圈他肥胖笨重的身躯、他的脑袋、脖子，还有他仰得高高的像苹果一样的圆下巴，然后走出了旅馆，加快步子朝罗塞里糖果店走去。他得先告诉杰玛。

三十二

他在糖果店里碰到了杰玛和她的母亲。莱诺拉太太正弯着
腰，用一把小折尺量着窗户间的距离。一看见萨宁，她就直起身
来，高兴地迎接他，但还是显得有些局促不安。

"昨天在您说完那番话之后，"她开口说，"我脑子里一直在
想，要怎么改进我们的店铺。我打算在这里放两个带镜面隔板的
货柜。您知道的，现在很时兴这个。然后再……"

"好极了，好极了，"萨宁打断了她，"这些都是应该考虑
的……但现在请你们过来一下，我有话要跟你们说。"他挽起莱
诺拉太太和杰玛的手，把她们带到了另一个房间里。莱诺拉太太
变得紧张起来，手中的尺子都掉了，杰玛本来也有些紧张，但她
仔细一看萨宁，就放心了。他的脸上确实像是有心事的样子，但
同时也精神焕发，流露出坚定的神色。

他请两位女士坐下，自己则站在她们面前，挥舞着双手挠着
头发，把一切都告诉了她们：同波洛佐夫的相遇、计划中的威斯
巴登之行，还有变卖庄园的可能性。

"你们想想我有多幸运！"末了，他大声喊道，"事情居然会有这样的转折，我甚至可能都不用回俄罗斯了！这样我们就能比我预想的更早地举办婚礼了！"

"您什么时候走？"杰玛问。

"今天就走，一个小时以后。我的朋友雇了马车，他带我去。"

"您会给我们写信吗？"

"马上就写！我跟这位太太一谈完，就立刻写信。"

"您说这位太太很有钱，是吗？"讲求实际的莱诺拉太太问道。

"非常有钱！她父亲是百万富翁，把所有财产都留给了她。"

"全部都给了她一个人吗？那您可走运了。不过您要当心，别把您的庄园给贱卖了！您要精明、坚定一点。不要得意忘形了！我理解您想尽快成为杰玛丈夫的心思……但还是小心为上！不要忘了：您的庄园卖的价格越高，你们俩，还有你们的孩子能得到的钱也就越多。"

杰玛背过身去，而萨宁又挥起手来。

"我会很小心的，您大可以放心，莱诺拉太太！但我并不会去讨价还价。我会告诉她真正的价格，她愿意出的话，那当然好；不愿意出的话，那就随她去吧！"

"您认识她……这位太太吗？"杰玛问。

"我跟她从来没有见过面。"

"那您什么时候回来呢？"

"要是我们的事情没办成，那就后天回来；如果事情办得顺利的话，可能就得多待一两天。无论如何，我一分钟都不会多耽搁的。毕竟我把心都留在这里了！我光顾着和你们说话了，我得在出发之前先回旅馆一趟……莱诺拉太太，请把您的手伸给我，祝我好运吧，在我们俄罗斯都是这样做的。"

"左手还是右手？"

"左手，因为它更靠近心脏。不管成功与否，后天就见分晓了！似乎有一个声音告诉我：我会胜利归来的。再见了，我亲爱的、可爱的人们……"

他拥抱并亲吻了莱诺拉太太，又请杰玛和他一起到她的房间里待一会儿，因为他要告诉她一件非常重要的事情。他不过是想要和她单独告别。莱诺拉太太对此了然于心，所以她也没有去探听究竟是什么重要的事情……

萨宁还从没到过杰玛的房间。他一跨过这道朝思暮想的门槛，爱情的所有魅力与它的激情、欣喜和甜蜜的恐惧，一下子就在他心中迸发了，令他意乱神迷……他深情地环顾四周，然后跪倒在亲爱的少女脚下，把自己的脸紧紧地贴在她的身上……

"你是我的吗？"她轻声问，"你很快就回来吗？"

"我是你的……我一定回来。"他喘息着反复说道。

"我会等你的，亲爱的！"

片刻之后，萨宁已经沿着街道往自己的旅馆奔跑了。他完全没有发现，潘塔莱奥内披头散发地追着他从糖果店大门跑了出来，朝他喊着些什么，一只手举得高高地挥舞着，像是威胁一样。

十二点三刻，萨宁赶到了波洛佐夫下榻的旅馆。旅馆门口已经停着一辆四驾马车了。波洛佐夫见到萨宁，只说了一句话："啊！你决定好了？"虽然正值夏天，他还是戴上帽子，穿上大衣和套鞋，用棉花塞住耳朵，走到了门口的台阶上。茶房正按照他的吩咐，把他买的各种东西往马车上装，他的座位四周堆满了丝绸靠垫、提包、包裹，脚底下放了一只食盒，车夫的座位上还拴了一只皮箱。波洛佐夫大方地付了钱，殷勤的看门人毕恭毕敬地从身后搀扶着他，他哼哧哼哧地爬上车坐好，小心地把自己周围的东西都压紧实，然后就挑出一支雪茄抽了起来。这时，他才对萨宁勾了勾手指说："你也上来吧！"萨宁在他旁边坐下。波洛佐夫让看门人告诉车夫，如果他想要赏钱的话，那就好好驾车。脚踏板被收了起来，车门"砰"的一声关上了，马车行驶起来。

三十三

现在从法兰克福到威斯巴登乘火车只要不到一个小时，那个时候特快驿车却要走大约三个钟头，途中要换五次马。波洛佐夫嘴里叼着一支雪茄，不知是在打瞌睡，还是被颠簸得厉害，他没怎么说话，一次也没有看向窗外。他对美丽的风光没什么兴趣，甚至还说要他看风景，还不如让他去死！萨宁也沉默着，他也无心欣赏景色，他已经无暇顾及了。他完全陷入了思索和回忆之中。波洛佐夫每到一个驿站，都会仔细地付钱，对着钟表核对时间，给车夫赏钱，赏钱的多少就取决于车夫的卖力程度。半路上，他从食盒里拿出两个橙子，自己挑了一个好一点的，把另一个给了萨宁。萨宁凝神看了自己的同伴一眼，忽然大笑起来。

"你笑什么？"波洛佐夫一边问道，一边用自己短短的白指甲费劲地剥着橙子皮。

"笑什么？"萨宁重复道，"笑我和你的这次旅行。"

"这又怎么了？"波洛佐夫往嘴里塞了一瓣橙子，又问了一次。

"想来也怪。说实话，昨天我还很少想到你，就像我很少想到中国皇帝一样，可是今天我就和你一起去把我的庄园卖给你妻子，我对她同样知之甚少。"

"一切皆有可能，"波洛佐夫回答说，"你活得再久一点，就会见怪不怪了。比如说，您能想象我当传令兵的样子吗？可我当过。米哈伊尔·巴甫洛维奇大公下令说，'快步跑！叫这个胖少尉快步跑！加快步子！'"

萨宁挠了挠耳后。

"请你告诉我，伊波利特·西多雷奇，你妻子是一个什么样的人？她的性情如何？我需要知道这些情况。"

"他倒好，只用发号施令：'快步跑！'"波洛佐夫突然气愤地接着说道，"可是我……我又该做何感想呢？我心想：有本事把您的官衔和肩章都收起来试试！对了……你刚才问我妻子吗？我妻子怎么样？她就是个平常人。你可别惹她，她可不喜欢这样。重点是你要多说点话……这样才能有可供谈笑的内容。你可以讲讲自己的爱情之类的……要讲得好玩一点，你懂的。"

"怎么才能讲得好玩呢？"

"就那样。你不是跟我讲过，你恋爱了，想要结婚吗？你就讲讲这个呀。"

萨宁生气了。

"你觉得这有什么可笑的？"

波洛佐夫只是转了转眼珠。橙子的汁水顺着他的下巴流了下来。

"是你妻子让你到法兰克福去买东西的吗？"过了一会儿，

萨宁问道。

"正是她。"

"都买了些什么东西？"

"就是些玩物。"

"玩物？难道你有孩子了？"

波洛佐夫甚至挪得离萨宁远了一点。

"这叫什么话呀！我为什么要有孩子？都是些女人的小玩意儿……衣裳饰品，梳妆打扮用的。"

"难道你很懂这些东西？"

"是的。"

"那你怎么还跟我说，你不管妻子的事情呢？"

"我不管其他的事，但这个……也没什么。如果无聊了，也可以管管，而且妻子相信我的品位。讨价还价我也很在行。"

波洛佐夫的话音已经开始时断时续，他已经累了。

"你的妻子非常有钱吗？"

"有钱倒是有钱，不过多数还是给自己用的。"

"不过你似乎也没什么怨言啊？"

"因为我是丈夫啊。我当然要利用这个身份！而且我是个对她有用的人！她跟我在一起是她的运气！我是个随和的人！"

波洛佐夫用富丽雅绸帕子擦了擦脸，沉重地吁了口气，仿佛在说："放过我吧，别再逼我说话了。你也看到了，这实在是令我难受。"

萨宁不再打搅他，又陷入了沉思。

马车在威斯巴登的一家旅馆前停了下来。这家旅馆简直就像是一座宫殿。里面立刻响起了铃声，一阵奔走忙乱之后，一群身穿黑色燕尾服、仪态文雅的人在大门口热情招待着，满身金绣的看门人一把拉开了车门。

波洛佐夫像个凯旋将军似的下了车，沿着铺着地毯、散发着香气的楼梯朝楼上走去。一个人飞奔到他跟前，穿得也很考究，但长着一张俄罗斯人的脸，那是他的仆人。波洛佐夫对他说，以后会随时把他带在身边，因为昨天在法兰克福，竟然夜里没有人给他准备温水！仆人的脸上露出惊恐的神色，接着他麻利地躬下身子，给老爷脱下了套鞋。

"玛丽娅·尼古拉耶夫娜在家吗？"波洛佐夫问。

"在家，老爷。太太正在更衣。她要去拉松斯卡娅伯爵夫人家吃午餐。"

"啊！到她家去！……等等！马车里有东西，你亲自去把它们都卸下来，搬到屋里来。至于你，德米特里·巴甫洛维奇，"波洛佐夫补充说，"去开一间客房，三刻钟之后再过来，我们一起吃午餐。"

波洛佐夫摇摇晃晃地走远了，萨宁要了一个比较普通的房间，梳洗完毕，休息了片刻，就到冯·波洛佐夫公爵殿下的巨大豪华套房去了。

他见到这位"公爵"端坐在富丽堂皇的客厅中央的一张奢华的安乐椅上。萨宁的这位慢性子朋友已经洗了澡，穿上了极为华贵的缎子长袍，头上戴着一顶深红色的菲斯卡帽。萨宁走到他身边，仔细地端详了他一阵。波洛佐夫坐着一动不动，像木偶一样，脸也没有朝他转过来，连眉毛都没有挑一下，没有发出一点声响。那场面真是庄严！萨宁欣赏了这幅景象大约两分钟，本想开口，打破这种神圣的安静，但隔壁房间的门突然打开了，门口出现了一位年轻美丽的女士，她身着一袭镶黑色花边的丝绸白裙，手上和脖子上戴着钻石——这正是玛丽娅·尼古拉耶夫娜。她浓密的浅棕色头发编成了辫子，但没有盘起来，而是从头的两侧垂下来。

三十四

"哎呀，抱歉！"她一下子握住了一根辫梢，用一双明亮的灰色大眼睛盯着萨宁，面带着半似尴尬半似嘲弄的微笑说，"我没想到，您已经来了。"

"这是萨宁，德米特里·巴甫洛维奇，我小时候的朋友。"波洛佐夫低声说，仍然没有看他，也没有站起来，只是用手指指了指他。

"是的……我知道……你已经跟我说过了。很高兴认识您。但我想请你帮个忙，伊波利特·西多雷奇……我的女仆今天脑子有点糊涂……"

"要我帮你梳头吗？"

"是的，是的，拜托了。抱歉。"玛丽娅·尼古拉耶夫娜带着先前的笑容，朝萨宁点了点头，然后迅速地转过身去，躲到门口去了，只留下了她那迷人脖颈、美丽双肩和窈窕身姿的情影，仿佛是昙花一现，却又风姿绰约。

波洛佐夫站起身来，沉重地挪动着脚步，也走进了那扇门。

萨宁一秒钟都没有怀疑过，女主人本人十分清楚他就在"波洛佐夫公爵"的客厅里，她搞的这种排场无非是为了炫耀自己的秀发，她的头发确实也很美。对于波洛佐娃太太的此番伎俩，萨宁甚至感到很高兴，他心想："既然想要令我吃惊，在我面前炫耀自己，那么或许也会在庄园的价格上做些让步，谁说得准呢？"他的心已经完全被杰玛占据了，对于他来说，其他所有女人都没有任何意义，他几乎都注意不到她们。即使是这一次，他也只是在心里想了想："是的，大家说得没错：这位太太确实很漂亮！"

假如他不是处于这种特殊的心境之中，他的表达方式或许就不同了：玛丽娅·尼古拉耶夫娜·波洛佐娃出生于科雷什金诺，是一位非常出色的人物。这倒不是说她是一位出众的美女，因为平民出身的痕迹在她身上表露得还是十分明显。她的额头很低，鼻头有些肥大而且上翘，她的皮肤也不算细腻，手足也不够优美，但那又如何呢？用普希金的话说，即使在"美丽的圣物"[1]面前，也不是每个遇见她的人都会驻足，但在这个有力的、不知是俄罗斯人还是茨冈人的、如鲜花般绽放的女性胴体的魅力面前……他会不由自主地停下脚步！

但杰玛的形象就如同诗人们歌颂的铠甲一般，守护着萨宁。

过了大约十分钟，玛丽娅·尼古拉耶夫娜在自己丈夫的陪同下又出现了。她走到萨宁面前……她的步态是那么优美，啊，就连那些久远年代的怪人也会为之疯狂！"这个女人，当她向你

---

1 出自普希金的抒情诗《美人》。

走来的时候，就像是迎面送来了你一生的幸福。"他们之中有一个人曾经这样说过。她走到萨宁跟前，朝他伸出一只手，声音温柔而稍显拘谨地用俄语低声说："您会等我的，对吧？我去去就回。"

萨宁恭敬地鞠了一躬，而玛丽娅·尼古拉耶夫娜已经撩开门帘，朝外面走去，在出门的时候，她又回头嫣然一笑，在身后留下了先前那种风姿绰约的倩影。

她微笑的时候，每一边脸颊上都浮现出了整整三个酒窝，不是一个，也不是两个。她眼眸中的笑意更甚于她鲜红诱人的细长嘴唇，她的左边唇角还有两颗小小的痣。

波洛佐夫走进了房间，又在安乐椅里坐下了。他仍旧一言不发，但一抹古怪的冷笑不时地让他没有血色、已经长出皱纹的脸颊鼓起来。

虽然他只比萨宁大三岁，看起来却很显老。

他用来款待客人的午餐，即使是最挑剔的美食家也一定会感到满意，可萨宁却觉得午餐没完没了的，令人难以忍受！波洛佐夫慢慢地吃着，吃得"津津有味，不断回味，吃几口就歇一歇"[1]他聚精会神地伏在盘子上，几乎每样菜都要闻一闻。他先喝一口酒润润嘴巴，然后再吞下去，嘴巴吧嗒吧嗒地咂摸着……吃热菜的时候，他突然开始侃侃而谈，可是谈的是什么呢？谈的是美利奴羊，他打算买整整一群羊，他谈得那么详尽，那么投入，用词都变得亲切许多。他喝下一杯像开水一样滚烫的咖

---

1 出自格里鲍耶多夫（1795—1829）的喜剧《聪明误》第二幕第一场。

啡（他怒气冲冲地说了好几次，昨天端给他的咖啡凉得像冰块一样！），然后用他参差不齐的一口黄牙叼住一支哈瓦那雪茄，习惯性地打起瞌睡来，这让萨宁非常高兴，他开始悄悄地在柔软的地毯上踱来踱去，想象着自己和杰玛以后的生活，想象着将要给她带回去的消息。然而波洛佐夫醒了，根据他自己的说法，他今天醒得比平常早，只睡了一个半小时。他喝了一杯加冰的塞尔特斯矿泉水，又吃了七八勺果酱。这是仆人给他端来的俄罗斯果酱，果酱装在一只深绿色的正宗"基辅罐头"里，用他的话说，离了这个果酱他就活不下去。然后他用浮肿的眼睛盯着萨宁，问他想不想和他一起打会儿牌。萨宁欣然同意了，他怕波洛佐夫又要谈小绵羊、小母羊和长膘的大尾羊。主人和宾客两人移步到了客厅，茶房拿来了纸牌，于是他们玩了起来，当然并没有赌钱。

玛丽娅·尼古拉耶夫娜从拉松斯卡娅伯爵夫人家回来的时候，正撞见他们在进行这种无伤大雅的娱乐。

她一走进房间，看见纸牌和呢面牌桌，就哈哈大笑起来。萨宁立刻从座位上蹦了起来，但她大声说：

"您坐下玩吧。我先去换身衣服再过来。"然后她又消失了，衣服发出沙沙的摩擦声，她边走边摘下了手套。

她确实很快就回来了。她脱下华美的衣裙，换上了一件宽松的紫色绸短罩衫，两只宽大的袖子垂着，腰上束着一条粗粗的编绳。她坐到丈夫身边，等他输了牌，就对他说："哎，胖墩儿，玩够啦！（萨宁听到'胖墩儿'这几个字时，惊讶地看了她一眼，她却愉快地笑了一下，也看向他的目光作为回答，露出了脸颊上所有的酒窝。）行了，我看出来你想睡觉了，亲亲我的手就去睡吧。我要跟萨宁先生谈谈。"

"我不想睡觉，"波洛佐夫低声说道，笨重地从安乐椅里站起身来，"不过我还是走吧，手也亲一亲。"她将自己的手掌伸给他，却依然面带笑容地看着萨宁。

波洛佐夫也瞟了萨宁一眼，没有道别就走了。

"来吧，您讲讲吧，"玛丽娅·尼古拉耶夫娜热情地说，一下子将两只裸露的手肘放在桌子上，不耐烦地用一只手的指甲敲着另一只手的指甲，"听说您要结婚了，是真的吗？"

说完这句话，玛丽娅·尼古拉耶夫娜甚至稍稍将头歪向一边，用更加专注而锐利的目光看向萨宁的眼睛。

三十五

虽然萨宁已经不是初出茅庐，也算见过世面了，但要不是他把波洛佐娃太太过分随便的态度看作自己事情的好兆头，那么她这种放肆狎昵的态度可能会一下子让萨宁感到尴尬。"那就顺着这位富太太的脾气来吧。"萨宁心中拿定了主意，所以就像她问他那样，无拘无束地回答她说：

"是的，我要结婚了。"

"跟谁结婚？跟外国人吗？"

"是的。"

"您跟她认识不久吧？是在法兰克福吗？"

"正是如此。"

"她是什么人？您能告诉我吧？"

"可以。她是一位甜点师的女儿。"

玛丽娅·尼古拉耶夫娜睁大了双眼，挑起了眉毛。

"那这可太好了，"她拖长声音说，"太棒了！我觉得世界上再也找不出第二个您这样的年轻人了。甜点师的女儿！"

"我看出来了，这让您很惊讶，"萨宁有些伤自尊地说，"但是，首先，我完全没有那些偏见……"

"首先，我一点也不吃惊，"玛丽娅·尼古拉耶夫娜打断了他，"我也没有偏见。我自己就是一个庄稼汉的女儿。怎么样，您明白了吧？令我感到惊讶和高兴的是，有人能放胆去爱。您很爱她吧？"

"是的。"

"她很漂亮吗？"

后面的这个问题让萨宁觉得有些反感……但是已经没有退路了。

"您知道吗，玛丽娅·尼古拉耶夫娜？"他开口说，"虽然说情人眼里出西施，但我的未婚妻确实是个美人。"

"真的吗？是哪种美人？意大利美人？古典美人？"

"是的，她的容貌非常端正。"

"您没有带着她的肖像吗？"

"没有。"（当时压根儿还没有出现照片，连银版照片都才刚刚开始时兴起来。）

"她叫什么名字？"

"她的名字叫杰玛。"

"那您叫什么名字？"

"德米特里。"

"您的父称呢？"

"巴甫洛维奇。"

"您听我说，"玛丽娅·尼古拉耶夫娜还是拖着声音说，"我很喜欢您，德米特里·巴甫洛维奇。您应该是个好人。把您的手给我，我们交个朋友吧。"

她用美丽、白皙而有力的手指紧紧地握住了他的手。她的手比他的稍微小一点，但却温暖得多，细腻得多，柔软得多，也更富有活力。

"但您知道我在想什么吗？"

"什么？"

"您不会生气吧？不会？您说，她是您的未婚妻。可是，难道……难道一定有必要这样做吗？"

萨宁皱起了眉头。

"我不明白您的意思，玛丽娅·尼古拉耶夫娜。"

玛丽娅·尼古拉耶夫娜轻声笑了起来，然后晃了一下脑袋，将散落在面颊上的头发甩到后面去。

"他果然是个好人，"她像是若有所思，又像是漫不经心地低声说，"就像个骑士！有些人非要说理想主义者已经绝迹了，以后谁还会相信他们的话！"

玛丽娅·尼古拉耶夫娜一直在讲俄语，讲的是一口极为纯正的莫斯科话，是那种民间的用词，而不是贵族的语言。

"您大概是出身于一个虔诚信教的旧派家庭，并在家里接受的教育吧？"她问道，"您是哪个省的？"

"图拉省。"

"那我们就是老乡了。我的父亲……您应该知道，我父亲是做什么的吧？"

"是的，我知道。"

"他是在图拉出生的……他是图拉人。好吧……（玛丽娅·尼古拉耶夫娜故意用市井平民的腔调说着这个'好'字。）那我们现在开始进入正题吧。"

"意思是……怎么进入正题呢？您这话是什么意思？"

玛丽娅·尼古拉耶夫娜眯起了眼睛。

"您来这里是为了什么？（当她眯起眼睛的时候，她的眼神变得十分亲切，却又带有几分嘲弄的意味；当她睁大双眼的时候，在她炯炯有神而又近乎冷漠的目光里，又显露出了某种来者不善的……咄咄逼人的神色。她那像貂毛一样的浓密眉毛微微皱起，为她的双眸增添了一种特别的美感。）您想让我买下您的庄园，您结婚需要用钱，是这样吧？"

"是的，我需要钱。"

"您需要很多钱吗？"

"我姑且能有几千法郎就满足了。您丈夫了解我的庄园。您可以和他商量一下，我的要价也不高。"

玛丽娅·尼古拉耶夫娜左右摇头。

"第一，"她一字一顿地开口说道，用手指敲着萨宁长礼服的翻袖口，"我没有跟丈夫商量的习惯，除非是服饰方面的事情，他在这方面倒是一把好手；第二，您为什么说您的要价不高呢？我不想利用您现在恋爱心切，愿意做出任何牺牲这件事……我不会接受您的任何牺牲。怎么说呢？我怎么能不鼓励您的……嗯，怎么说才好呢？……崇高感情，是吧？反而像剥掉一棵小椴树的树皮一样盘剥您？这不是我的行事风格。有时候我不怜悯别人，却也不会如此绝情。"

萨宁怎么都理解不了，她是在嘲笑他，还是在说正经的？他只是在心里想道："噢，我可得提防着你！"

用人端着一只大托盘，送来了俄式茶炊、茶具、乳脂和面包干等，把这些美食都摆在萨宁和波洛佐娃太太中间的桌子上，然后就出去了。

她给他倒了一杯茶。

"您不嫌脏吧？"她一边用手指拈起一块糖放进茶杯里，一边问道……而夹糖的镊子就放在旁边。

"怎么会呢！……这样美丽的手给……"

他一句话还没说完，差点被一口茶呛到了，而她炯炯有神的目光专注地看着他。

"我之所以说我的庄园要价不高，"他继续说，"是因为您现在身处国外，所以我推想，您手里的活钱应该不太多，而且我自己也觉得，在类似的条件下出售……或者购买庄园也不合常理，所以我必须考虑到这些情况。"

萨宁说得语无伦次，自相矛盾，玛丽娅·尼古拉耶夫娜则轻轻地靠在椅背上，双手交叉，还是那样用炯炯有神的目光专注地看着他。他终于沉默下来。

"没关系，您接着说吧，"她低声说，像是在帮他解围似的，"我听着呢，我很高兴听您讲话，您说吧。"

萨宁开始介绍自己的庄园，庄园有多少亩土地，位于什么地方，其中耕地情况如何，能够带来多少收益……他甚至还提到，庄园所在的地方风景如画。玛丽娅·尼古拉耶夫娜还是一直看着他，眼神越来越明亮，越来越专注，她的嘴唇在微微动着，却没有笑容：她不时地咬住嘴唇。他终于感到难为情了，再次沉默起来。

"德米特里·巴甫洛维奇，"玛丽娅·尼古拉耶夫娜开口了，接着又沉思起来……"德米特里·巴甫洛维奇，"她又叫了他一声……"您听我说，我相信，买下您的庄园对我来说是一笔非常划算的交易，我们一定会成交的。不过，您得给我……两天时间，对，两天的期限。您还得和您的未婚妻再多分别两日，您可以吗？我也不想违背您的意愿，耽搁您更长时间，我向您保证。但是如果您现在就需要五六千法郎，我非常乐意借给您，之后我们再算账。"

萨宁站起身来。

"我必须感谢您，玛丽娅·尼古拉耶夫娜，您愿意热心地帮助一个素昧平生的人……但是，如果您一定要这样做，那我还是宁愿先等到您决定是否购买庄园再说。我在这里再待两天。"

"是的，我觉得这样比较好，德米特里·巴甫洛维奇。可您会不会觉得很难受？很难受吗？请告诉我。"

"我爱我的未婚妻，玛丽娅·尼古拉耶夫娜，跟她分离，我的心里并不松快。"

"哎呀，您真是个大好人！"玛丽娅·尼古拉耶夫娜叹了口气，说道，"我保证不会太折磨您的。您要走了吗？"

"已经很晚了。"萨宁说。

"您一路舟车劳顿，又跟我丈夫打了牌，是该好好休息一下。请问，您和我丈夫伊波利特·西多雷奇是很亲近的朋友吗？"

"我们在同一所寄宿学校里念过书。"

"他当时就已经是这个样子了吗？"

"什么'这个样子'？"萨宁问。

玛丽娅·尼古拉耶夫娜突然笑起来，笑得满脸通红，她用手帕掩着嘴，从安乐椅里站起来，像是很疲倦的样子，摇摇晃晃地走到萨宁跟前，向他伸出一只手。

他鞠躬行了礼，就朝门口走去。

"明天请早点来，您听到了吗？"她在他身后喊道。

走出房间的时候，他回头看了一眼，看见她又坐回到安乐椅里，将双手枕在脑后，罩衫宽大的袖子几乎滑落到了肩头。不得不说，这双手的姿态，这整个身段真是美丽得令人着迷。

三十六

　　早已过了半夜，萨宁房间里的灯却还亮着。他坐在桌子边，给"自己的杰玛"写信，向她叙述着所有事情。他给她描绘了波洛佐夫夫妇，但更多的还是在诉说自己的感情。他在信的结尾写道，他约她三天后见面！！！（还写了三个大大的感叹号）。一大早，他就把这封信送到了邮局，然后就去了库尔豪萨公园散步，那里已经有人在演奏音乐了。人还很少，他在乐队所在的亭子前站了一会儿，听着歌剧《恶魔罗勃》[1]中的集成曲。喝过咖啡之后，他朝旁边一条僻静的林荫道上走去，在一张长凳上坐下来，陷入了沉思。

　　一只阳伞的伞柄飞快地在他肩膀上重重敲了一下。他全身一震……站在他面前的是玛丽娅·尼古拉耶夫娜，她穿着一件轻盈的灰绿色巴勒吉纱罗连衣裙，头戴一顶白色透花帽，手上戴着一双瑞典手套，神清气爽，面色红润，就像夏日的清晨一样，但她

1　德国音乐家贾科莫·梅耶贝尔（1791—1864）创作的歌剧。

的动作和目光中，还带着那种美梦初醒的惬意。

"您好，"她说，"我今天派人去请您，可是您已经出门了。我刚喝了第二杯水，您也知道，在这边他们总是逼着我喝矿泉水，天知道是为什么……难道我身体不好吗？我必须散步整整一个小时。您愿意跟我做伴吗？然后我们可以一起喝喝咖啡。"

"我已经喝过了，"萨宁站起身，低声说，"但我很高兴和您一起散步。"

"那么请把您的手给我……别担心，您的未婚妻不在这里，她不会看到您的。"

萨宁无奈地笑了笑。每次玛丽娅·尼古拉耶夫娜提起杰玛的时候，他的心里都有一种不悦的感觉。但他还是急忙顺从地鞠了一躬……玛丽娅·尼古拉耶夫娜的手慢慢地、轻轻地搭在他的手臂上，又顺着手臂滑下去，像是紧紧粘在了上面。

"我们走吧，朝这边走。"她将撑开的阳伞往肩上一搭，对他说，"我对这里的公园就像对家里一样熟悉，我带您去好地方。您听我说（她总是说这句话），我们现在不谈那笔买卖，我们把它留到早餐后再去好好商谈。您现在应该向我讲讲自己的情况……好让我知道，我是在跟一个什么样的人打交道。在这之后，如果您愿意的话，我也向您讲讲我的情况。您同意吗？"

"但是，玛丽娅·尼古拉耶夫娜，什么能让您感兴趣呢……"

"等一等，等一等，您没有明白我的意思。我不想跟您卖弄风情。"玛丽娅·尼古拉耶夫娜耸了耸肩膀，"您都有个像古代雕像一样的未婚妻了，难道我还会跟您卖弄风情吗？！但您有商品，而我是个商人。我想知道，您的商品怎么样。来吧，让我看看，货色怎么样？我不仅想知道，我买的是什么，我还想知道，我是在向什么人购买。这是我父亲定下的规矩。那您就开始吧……也不必从童年谈起……这样吧，您在国外很久了吗？在此之前，您又是在哪里呢？您慢点走，我们又不着急去什么地方。"

"我是从意大利来到这里的，我在那里待了几个月。"

"看来，您对意大利的一切都有一种特殊的喜好？奇怪，您居然没有在那里找到自己的对象。您喜欢艺术吗？喜欢绘画，还是更喜欢音乐？"

"我喜欢艺术……我喜欢一切美好的事物。"

"音乐也喜欢吗？"

"音乐也喜欢。"

"我就完全不喜欢音乐。我只喜欢俄罗斯歌曲，尤其是在乡村里，在春天的时候，大家边唱边跳，您知道吧……身上穿着红布衣裳，头上戴着一串串珠花，牧场上长出了茵茵嫩草，空气中烟雾袅袅……太美妙了！但是现在要说的并不是我。您说吧，您讲讲吧。"

玛丽娅·尼古拉耶夫娜径自走着，她不时看向萨宁。她个子很高，她的脸几乎和萨宁的脸平齐。

他讲了起来，起初还不太情愿，有些笨拙，但后来就打开了话头，甚至说得一发不可收拾。玛丽娅·尼古拉耶夫娜非常精明地听着，而且她自己也表现得非常坦诚，让别人也不由自主地敞开了心胸。她具有莱茨红衣主教所说的那种"善于交际"的伟大天赋。萨宁讲到了自己的旅行，讲到了彼得堡的生活，讲到了自己的青年时期……假如玛丽娅·尼古拉耶夫娜是一位举止文雅的上流社会的女士，那么他绝不会这样放得开。她反而自称是一个好心的小人物，受不了任何的繁文缛节。她正是这样向萨宁介绍自己的。同时，这个"老好人"却迈着小猫一样的步子，和他并肩走着，轻轻地依在他身上，不时望向他的脸庞。这个"老好人"以一位年轻女子的形象出现，周身散发出一种令人激动而又销魂的诱惑，那诱惑无声无息，却又如火般炽烈。只有具有斯拉夫天性的女人——而且只有一部分女人，一部分并非纯粹的，而是恰当混血的女人——才能凭借这种诱惑，让我们这些罪孽的、软弱的男人无力招架。

萨宁和玛丽娅·尼古拉耶夫娜的散步和交谈持续了一个多小时。他们一次也没有停下来，只是沿着公园里漫无尽头的林荫道不停地走着，有时爬上山坡，欣赏沿途的风景，有时下到峡谷，在密不透光的树荫下乘凉，而且他们一直手挽着手。有时萨宁甚至会感到懊丧：他和杰玛，和他亲爱的杰玛都从未这样散过步……可现在这位太太却霸占了他——算了！

"您累了吗？"他不止一次问她。

"我从来都不会累。"她回答说。

他们偶尔会碰到一些散步的人，几乎所有人都会向她鞠躬行礼，一些人恭恭敬敬，另一些人甚至是奴颜婢膝。其中有一位黑发男子，非常英俊，而且衣着时髦，她隔得远远的，用最为地道的巴黎口音对他喊道："哎，伯爵，无论是今天还是明天，都别到我家来。"

"这是谁？"萨宁又犯了所有俄罗斯人天生"好奇"的坏习

惯，问道。

"他吗？一个法国人，有很多这样的人在这里转来转去……他也向我献殷勤。话说，该喝咖啡了。我们回家吧。您想必已经饿了。我那位好丈夫现在应该已经睁开眼睛了。"

"好丈夫！睁开眼睛了！！！"萨宁心中默默重复道……"而且她的法语讲得如此之好……真是个怪女人！"

玛丽娅·尼古拉耶夫娜没有说错。当她和萨宁一起回到旅馆的时候，她的"好丈夫"或者说"胖墩儿"已经坐在摆好的桌子边了，头上还是戴着那顶一成不变的菲斯卡帽。

"我等你等了好久！"他大声喊道，脸上露出一副酸溜溜的神情，"我都想不等你回来，自己喝咖啡了。"

"没事的，没事的，"玛丽娅·尼古拉耶夫娜愉快地说，"你生气了？这对你的身体有好处，不然你都要僵化了。你瞧，我把客人带来了。你快点按铃！我们喝咖啡吧，喝最上等的咖啡，用萨克森瓷杯盛着，摆在雪白的桌布上！"

她摘下帽子和手套，拍了拍手。

波洛佐夫皱着眉头斜了她一眼。

"您今天怎么有兴致到处逛，玛丽娅·尼古拉耶夫娜？"他小声说。

"这与您无关，伊波利特·西多雷奇！快按铃吧！德米特里·巴甫洛维奇，请坐，再喝一杯咖啡吧！哎呀，使唤别人真让人开心！世界上最开心的事莫过于此！"

"那也得在别人听从的时候。"丈夫又嘟哝道。

"没错，是在别人听从的时候！所以我才感到高兴，尤其是跟你在一起的时候。对吧，胖墩儿？咖啡来了。"

茶房端着一个大托盘进来了，上面还放着一份剧院的海报。玛丽娅·尼古拉耶夫娜立刻一把抓了过去。

"正剧！"她愤愤地说，"德国正剧。算了，反正比德国喜剧强。给我订一个包厢，要一层的包厢，不……还是要外宾包厢好了，"她对茶房说，"您听到了吗？一定要外宾包厢！"

"可是如果外宾包厢已经被市长阁下包下了呢？"茶房壮着胆子说。

"那就给市长阁下三十马克，请他把包厢让给我！听见没有！"

茶房顺从而忧愁地低下了头。

"德米特里·巴甫洛维奇，您跟我一起去看戏吧？德国演员糟糕得很，但您会去吧……是吗？是的！您真客气！胖墩儿，那你去吗？"

"听你吩咐。"波洛佐夫喝着端到嘴边的咖啡，说道。

"听我说，你就留下吧。你在剧院里总是睡觉，而且你也听不大懂德语。你最好还是这样做吧：给管家写封回信，你记得吧，关于我们的磨坊……关于农民磨面的事。告诉他，我不愿意，坚决不愿意！这就是你一整晚要做的事情。"

"是。"波洛佐夫回答说。

"这就对了！你真聪明。先生们，既然我们说到了管家，那我们就来谈谈正事吧。德米特里·巴甫洛维奇，等茶房一收拾完桌子，您就给我们仔细讲讲您的庄园吧，状况如何，有什么资产，卖价多少，您想要多少定金，总之就是全都讲讲！（"总算等到了，"萨宁心想，"谢天谢地！"）您之前已经告诉过我一些情况了，我记得，您绘声绘色地描述了自己的花园，可是'胖墩儿'当时不在场……让他也听听，不然他还得唠叨些什么！想到我能帮助您结婚，我觉得非常高兴，而且我已经向您承诺，早餐后就处理您的事情。我一直都是言出必行，对吧，伊波利特·西多雷奇？"

波洛佐夫用手掌擦了擦脸。

"事实就是事实，您从不骗人。"

"从来没有！我以后也不会欺骗任何人。来吧，德米特里·巴甫洛维奇，请上奏事由吧，就像我们的枢密院里讲的那样。"

三十七

　　萨宁开始"上奏事由"，也就是再一次描述了自己的庄园，只是已经不再谈论美丽的自然风光了，而是时不时地引用波洛佐夫的话，来证实他所列举的"事实和数字"。但波洛佐夫只是一直哼哼着，摇着头，连鬼都搞不清楚，他究竟是赞同还是反对。不过，玛丽娅·尼古拉耶夫娜并不需要他参与其中。她显露出了极为出众的经商和管理才能，足以令人惊叹！她对经营的各种门道都了如指掌，她把一切都仔细盘问了个清楚。她说的每句话都直切正题，丝毫不拖泥带水。萨宁没有料到会面对这样一场考试，所以他并没有做好准备。这场考试持续了整整一个半小时。萨宁感觉自己就像一个被告，坐在狭窄的椅子上，面对着一位能够洞察一切的严厉法官。"这简直是审讯！"他暗自腹诽道。玛丽娅·尼古拉耶夫娜一直在笑，仿佛是在开玩笑，可萨宁并未因此感到更加放松。当他在"审讯"过程中发现自己竟然连"重分土地"和"耕种面积"这两个词的意思都不清楚，这让他甚至急出了一身汗。

"好吧！"玛丽娅·尼古拉耶夫娜终于做好了决定，"现在我对您庄园的了解……不比您差了。每个农奴您要价多少钱呢？"（众所周知，当时庄园的价格是根据农奴的数量来定的。）

"啊……我认为……不能少于五百卢布。"萨宁艰难地说道。（啊，潘塔莱奥内，潘塔莱奥内，你在哪里呢？这个时候你就该再大喊一声：野蛮人！）

玛丽娅·尼古拉耶夫娜抬眼看向天上，像是在思量。

"怎么办呢？"她终于低声说道，"我觉得这个价钱也不亏。但是我要了两天的期限，所以您还得等到明天。我认为，我们会达成一致的，到时候您再说您需要多少定金。现在已经谈够了吧！"她发现萨宁想要表示异议，于是接着说，"我们谈臭钱已经谈够了……明天再说吧！您听我说，我现在放您走（她看了看别在腰带里的珐琅挂表）……到三点钟……必须让您好好休息一下。您去玩玩轮盘赌吧。"

"我从来不赌博。"萨宁说。

"真的吗？那您可真了不起。不过我也不赌博。干那种把钱打水漂的事情，真是太愚蠢了。但是，您不妨去赌场看看那些各种嘴脸吧。您会遇到一些非常滑稽的人。那里有一个老太婆，戴着额饰，长着小胡子，特别奇怪！那里还有我们的一位公爵，他也够好看的！他身材魁梧，鼻子弯得像鹰嘴一样，他押上三马克的银币，就在背心下面偷偷画十字祈祷。您可以读读杂志，散散步，总之，您想做什么就做什么吧……三点钟我等您……一言为定。得早点吃午餐。这些可笑的德国人的戏剧六点半就开演了。"她伸出一只手，"我们会忘掉之前的不快，对吧？"

"拜托，玛丽娅·尼古拉耶夫娜，我为什么要生您的气呢？"

"因为我折磨您了。您等着吧，我对您还手下留情了呢，"她眯起眼睛，接着说道，她绯红的脸颊上，所有的酒窝一下子都露了出来，"再见！"

萨宁行过礼就出去了。他身后传来了愉快的笑声，在这个瞬间，他正在经过的镜子中照出了下面的场景：玛丽娅·尼古拉耶夫娜拉下了丈夫的菲斯卡帽，遮住了他的眼睛，他则无力地胡乱挥动双手挣扎着。

三十八

啊，萨宁一回到自己的房间，就高兴地长舒了一口气！玛丽娅·尼古拉耶夫娜确实说得没错，他应该休息一下，不去想所有这些新的结识、接触、交谈，不去想这团钻进他头脑和内心的乌烟瘴气，不去想与这位如此格格不入的女士之间出乎意料、身不由己的接近！这一切又是什么时候发生的呢？几乎就是在他知道杰玛爱他，他成为她未婚夫的第二天！这简直就是一种亵渎！他曾千百次在心里向自己纯洁无瑕的爱人请求宽恕，尽管他实际上并不能指责自己什么。他也曾千百次亲吻着她给他的小十字架。要不是他希望尽快顺利完成来威斯巴顿要办的事情，他一定会从那里飞奔回去，回到亲爱的法兰克福，回到那亲爱的、现在已经是自己的家，回到她身边，回到他深爱的她的脚边……可是没有办法！必须得干了这杯酒，必须得穿好衣服，去吃午饭，然后从那里去剧院……但愿明天她会早点放他走！

令他感到不安、愤怒的还有一件事：他怀着爱恋、感动和感激的欣喜思念着杰玛，设想着他和她两个人的生活，想着未来等待着他的幸福。然而这个奇怪的女人，这位波洛佐娃太太却一直转来转去地缠着他……不！不是转来转去，而是讨厌地杵在……萨宁正是以一种幸灾乐祸的语气来形容的——讨厌地杵在他眼前，他却无法摆脱她的形象，无法屏蔽她的声音，无法不回想起她说的话，甚至无法不闻到她衣衫上散发出来的特殊香气，那种像黄百合花一样幽微、清新、沁人心脾的香气。这位太太显然在愚弄他，千方百计地讨他欢心……这是为什么？她需要什么？这难道是那位养尊处优、家财万贯又近乎放荡的女人的一种怪癖？还有那个丈夫呢？！他又是什么人？他跟她是什么关系？然而萨宁无论是与波洛佐夫先生，还是他的妻子都毫不相干，这些问题为什么总是往他脑子里钻？为什么当他全心全意地爱着另一个如白昼般明亮灿烂的形象时，他也无法驱散这个纠缠不休的身影？它怎么胆敢透过那绝美的形象显现出来？它不只是显现出来，它还在放肆地冷笑着。那双凶恶的灰色眼睛，脸颊上的那些酒窝，那几根像蛇一样的辫子——难道这一切真的像是粘在了他身上，让他无力也无法摆脱它们，甩掉它们吗？

全是无稽之谈！明天这一切就会消失得无影无踪……但是明天她会放他走吗？

是啊……他向自己提出了所有这些问题，而时间已经渐渐临近三点了，于是他穿上黑色燕尾服，在公园里散了一会儿步，就动身到波洛佐夫家去了。

他在波洛佐夫家的客厅里碰到了大使馆的德国秘书，他身材修长，淡黄色的头发，长着一张马脸，头发向后梳成了分头（这在当时还是新潮的发型），还有……噢，真是怪事！还有谁？冯·登霍夫，就是前几天和他决斗的那位军官！他怎么都没想到会在这里遇到他，不由得感到尴尬，但还是向他鞠躬致意。

"你们认识吗？"玛丽娅·尼古拉耶夫娜问，萨宁的窘态没有逃过她的眼睛。

"是的……我已经有幸认识了。"登霍夫说，对着玛丽娅·尼古拉耶夫娜的方向微微欠身，又微笑着低声补充道，"这就是那位……您的同胞……俄罗斯人……"

"不可能！"她也小声喊道，伸出一根手指威吓他，当即向他和那个高个子秘书告辞，从种种迹象来看，这位秘书已经对她爱得死去活来，因为每次当他看向她的时候，他都会呆呆地张大嘴巴。登霍夫就像他们家的挚友一样，她一开口他就知道要让他干什么，立刻就殷勤而顺从地离开了。秘书还想赖着不走，但玛丽娅·尼古拉耶夫娜毫不客气地把他打发走了。

"回去找您的那位公主去吧，"她对他说（当时有一位摩纳哥公主住在威斯巴登，活像一个下等风尘女子），"您待在我这样一个平民百姓这里干吗呀？"

"拜托了，太太，"倒霉的秘书说，"世界上所有的公主……"

但玛丽娅·尼古拉耶夫娜毫不心软，于是秘书顶着他的分头离开了。

这一天，玛丽娅·尼古拉耶夫娜打扮得"花枝招展"，就像我们的奶奶常说的那样。她身着一件粉红色绸连衣裙，袖子是芳丹日[1]样式的，两只耳朵上各戴了一颗大钻石。她眼中闪烁的光芒不逊色于这对钻石：看来她心情很好，容光焕发。

她让萨宁在自己身边坐下，跟他谈起了巴黎，她打算过几天到那里去，还说德国人令她厌烦，说他们自作聪明的时候很愚蠢，犯蠢的时候又聪明得不合时宜。突然，像常言所说的那样，她单刀直入地问他，前几天他就是和这位军官为了一位女士进行了决斗，是真的吗？

"您怎么会知道这件事？"萨宁诧异地喃喃道。

"流言已经传遍了，德米特里·巴甫洛维奇。不过，我知道您是对的，绝对是对的，而且您表现得就像骑士一样高尚。请问那位女士就是您的未婚妻吗？"

萨宁的眉头微微皱起……

"好吧，我不说了，我不说了，"玛丽娅·尼古拉耶夫娜赶忙说，"这让您不愉快，请原谅我，我不说了！您别生气！"波洛佐夫从隔壁房间走了进来，手中抓着一张报纸。"你怎么了？还是午餐准备好了？"

"午餐马上就送来了，你看看我在《北蜂报》上读到了什么新闻……格罗莫鲍依公爵去世了。"

玛丽娅·尼古拉耶夫娜抬起了头。

"唉！愿他安息！每年二月份，"她转头对萨宁说，"我过生日的时候，他都会用山茶花装饰我所有的房间。不过并不值得为了这件事而在彼得堡过冬。他应该有七十多岁了吧？"她问

----

1 德·芳丹日公爵夫人是法国国王路易十四的情妇之一。

344

丈夫。

"七十多了。报纸上写了他的葬礼。整个宫廷的人都参加了。这上面还有科弗里日金公爵写的悼诗。"

"太好了。"

"要我给你念出来吗？公爵把他称为大丈夫。"

"不，不要。他算什么大丈夫？他只不过是塔季扬娜·尤里耶夫娜的丈夫。我们吃午饭吧。活人应该关心活人的事。德米特里·巴甫洛维奇，把您的手给我。"

午餐同昨天一样极其丰盛，席间气氛也非常活跃。玛丽娅·尼古拉耶夫娜很健谈……对于女人，尤其是俄罗斯女人来说，这样的才能是很罕见的！她说话毫无顾忌，被说得最难听的要数她的女同胞们了。萨宁不止一次被她机敏而一针见血的字眼逗得哈哈大笑。玛丽娅·尼古拉耶夫娜最看不惯的就是假仁假义，以及连篇的空话和谎言……她几乎可以在任何地方发现谎言。她似乎是在炫耀和吹嘘那个她出身的低贱阶层，讲着自己童年时代她亲人的奇闻逸事，她还说自己穷得连草鞋都穿不起，跟娜塔莉娅·基里洛夫娜·纳雷什金娜[1]没什么分别。萨宁这时才意识到，她一辈子的阅历远远超过了大多数的同龄人。

波洛佐夫却深思熟虑地吃着，专心致志地喝着，只是偶尔用他那双泛白的看似瞎掉、实则视力很好的眼睛看看妻子，或者萨宁。

---

[1] 沙皇阿列克谢·米哈伊洛维奇的妻子，彼得一世的母亲，出身于贫寒的落魄家族。

"你真是太聪明了！"玛丽娅·尼古拉耶夫娜对他大声说，"你把我让你去法兰克福办的事全都办好了！我都想亲亲你的额头了，可是你也不追求这个。"

"我不追求。"波洛佐夫一边回答，一边用银餐刀切着菠萝。

玛丽娅·尼古拉耶夫娜看了他一眼，用手指敲了敲桌子。

"那我们打个赌吧？"她意味深长地小声说道。

"行。"

"好，你输定了。"

波洛佐夫向前噘起了下巴。

"嗯，这一次不管你多有把握，玛丽娅·尼古拉耶夫娜，我都认为你输定了。"

"打什么赌？我能问一句吗？"萨宁问。

"不行……现在不行。"玛丽娅·尼古拉耶夫娜回答说，接着笑了起来。

七点的钟声敲响了。茶房通报说，马车已经备好了。波洛佐夫送走了妻子，立刻又摇摇晃晃地朝自己的安乐椅走去。

"留点心！别忘了给管家写信！"玛丽娅·尼古拉耶夫娜在前厅里冲着他喊道。

"我会写的，别担心。我是个办事仔细的人。"

三十九

　　一八四〇年，威斯巴登剧院连外观都很难看，它的剧团台词冗长，浅薄平庸，表演俗套，且因循守旧，丝毫没有超出迄今所有德国剧院所谓的正常水平，近来这一水平最优秀的代表是由"鼎鼎大名"的德夫里恩特先生管理的卡尔斯鲁厄剧团。在"冯·波洛佐夫夫人阁下"预订的包厢后面（天知道，茶房是用什么办法把它弄到手的，他该不会真的贿赂了市长先生吧！），有一个小房间，里面摆着几张小沙发。在进包厢之前，玛丽娅·尼古拉耶夫娜请萨宁把屏风立起来，将包厢与剧场隔开。

　　"我不想让别人看见我，"她说，"不然马上就会有人钻进来。"

　　她让他坐在自己身边，背对着大厅，让人以为包厢里是空的。

　　乐团演奏了《费加罗的婚礼》的序曲……大幕升了起来：戏开场了。

　　这是众多蹩脚作品的其中一部，在这类作品中，博览群书却才华平庸的作者用咬文嚼字而又死板的语言，精心却又拙劣地表达着某种"深刻的"或者"迫切的"思想，呈现所谓的戏剧冲突，令人感到苦闷……一种亚洲式的苦闷，就像肆虐亚洲的霍乱一样。玛丽娅·尼古拉耶夫娜耐着性子听完了半幕戏，但当第一个情夫得知自己的恋人变心的时候（他穿着一件带"褶子"的棕色绒领礼服、一件钉着珠母纽扣的条纹背心、一条裤脚上夹着漆皮吊带的绿裤子，手上戴着一双白色麂皮手套），这个情夫双手握拳抵在胸口，手肘夹成了尖角，向前突出来，并且像狗一样嚎叫起来，玛丽娅·尼古拉耶夫娜终于受不了了。

"即使是法国最差的外省小城里最差的演员，都比德国最一流的演员演得更自然，更精彩，"她愤慨地说道，然后就坐到后面的房间里去了。"您过来吧，"她用手拍了拍身边的沙发，对萨宁说，"我们来聊聊天。"

萨宁照做了。

玛丽娅·尼古拉耶夫娜看了他一眼。

"我看出来了，您很温顺！您妻子跟您在一起会感觉很轻松。这个小丑，"她用扇柄指着正在哀号的演员（他饰演的是一位家庭教师），"让我想起了我年轻的时候：我也曾经爱上过一个教师，他是我第一个……不，第二个爱过的人。第一次，我爱上的是顿河修道院的一名仆役。当时我才十二岁。每逢星期天我才能见到他，他穿着天鹅绒长袍，浑身散发出薰衣草香水的气息，提着一个手提香炉穿过人群，用法语对女士们说：'不好意思，请原谅。'他从不抬起眼睛，可他的睫毛是那么长！"玛丽娅·尼古拉耶夫娜用大拇指的指甲掐在小拇指一半长度的地方，给萨宁看。"我的老师叫加斯顿先生！我必须说，他是一个非常有学问，又极其严格的人，他是瑞士人。他的脸庞是那么刚毅！乌黑的络腮胡，希腊式的侧脸，嘴唇仿佛是铁铸的！我害怕他！我一辈子只怕过这么一个人。他曾是我哥哥的家庭教师，但我哥哥后来去世了……淹死了。一个茨冈女人预言我会死于非命，但那是胡说八道。我不信这一套。您能想象伊波利特·西多雷奇握着匕首吗？"

"也可能不是死在匕首之下。"萨宁说。

"这都是无稽之谈！您迷信吗？我一点也不迷信。不过注定的事情是躲不过的。加斯顿先生住在我们家里，就在我楼上。有时候我半夜醒来，听到他的脚步声——他睡得很晚——我的心就会停止跳动，这是出于崇敬……或者出于另一种情感。我的父亲自己只勉强认得几个字，但却让我们接受了良好的教育。您知道我懂拉丁语吗？"

"您吗？懂拉丁语？"

"是的，我懂。是加斯顿先生教会我的。我跟着他读完了《埃涅阿斯纪》[1]。那本书挺乏味的，但有些写得好的地方。您记得吗，当狄多和埃涅阿斯在树林里……"

"是的，是的，我记得。"萨宁急忙说道。他自己早就把拉丁语忘得一干二净了，对《埃涅阿斯纪》的印象也很模糊了。

玛丽娅·尼古拉耶夫娜习惯性地侧着头，从下往上看了他一眼。

1　古罗马诗人维吉尔（公元前 70—前 19）创作的著名史诗。

"您可别以为我很有学问。哎哟，我的天哪，不是的，我没有学问，我一无所长。我勉强会写几个字……真的。我不会朗诵，不会弹琴，不会画画，也不会绣花——什么都不会！我就是这么一个人，毫无保留！"

她摊开双手。

"我之所以把这一切都告诉您，"她继续说，"第一，是为了不听这些蠢货（她指了指舞台，此刻在台上号叫的已经换成了一位女演员，她也将手肘向前伸出来）；第二，是因为我欠了您的人情：您昨天给我讲了自己的事。"

"那是您想要问我。"萨宁说。

玛丽娅·尼古拉耶夫娜突然转身面向着他。

"难道您就不想知道，我是一个什么样的女人吗？不过，我也不觉得奇怪，"她又倚在沙发靠垫上说，"一个人正准备结婚，而且是出于爱情，还经历了决斗……他哪里还想得到别的事情呢？"

玛丽娅·尼古拉耶夫娜陷入了沉思，用她宽大、整齐、像牛奶一样洁白的牙齿咬着扇柄。

萨宁感到那团摆脱不掉的乌烟瘴气又在他脑中升腾起来——这已经是第二天了。

他和玛丽娅·尼古拉耶夫娜谈话时压低了声音，几乎是在窃窃私语了，这令他感到尤为恼火和不安……

这一切究竟什么时候才能结束？

弱者永远不会自己主动去结束事情，总是等待着结局的到来。

舞台上有人在打喷嚏，这个喷嚏是作者特意写进剧本里，作为"喜剧片段"或者"喜剧元素"的。当然，剧本里也没有别的喜剧元素了，所以观众也对这个情节表示满意，都笑了。

这笑声也让萨宁恼火。

他一度感到困惑不解：他究竟怎么了？是在生气还是高兴？是在发愁还是开心？啊，要是杰玛看到他的话！

"真的，这太奇怪了，"玛丽娅·尼古拉耶夫娜忽然开口说，"一个人可以用如此平静的语气对你说：'我打算结婚。'却没有人会平静地对您说：'我打算投河。'可是这两者有什么差别呢？真是奇怪。"

萨宁感到十分懊丧。

"差别可大了，玛丽娅·尼古拉耶夫娜！那个投河的人并不害怕，因为他会游泳。更何况……说到婚姻的奇怪之处……如果真要说的话……"

他突然住了嘴，不说了。

玛丽娅·尼古拉耶夫娜将扇子往自己的掌心一拍。

"说下去，德米特里·巴甫洛维奇，说下去，我知道您想说什么。您想说的是：'如果真要说的话，玛丽娅·尼古拉耶夫娜·波洛佐娃太太，再也想象不出比您的婚姻更奇怪的事了……要知道，我非常了解您的丈夫，从小到大！'这就是您这个会游泳的人想说的话！"

"对不起。"萨宁刚要开口……

"难道不是这样吗？难道不是吗？"玛丽娅·尼古拉耶夫娜

坚持地说，"来，您看着我的脸，告诉我，我说得不对！"

萨宁羞愧难当，不知眼睛往哪里看才好。

"好吧，您说得对，既然您非要我这样做。"他终于说道。

"好吧……好吧。嗯，您作为一个会游泳的人，是否问过自己，是什么原因让一个既不贫穷……也不愚蠢……也不丑陋的女人做出这样奇怪的行为呢？或许您对此并不关心，不过也无所谓。我会告诉您原因，但不是现在，等幕间休息结束再说。我总担心有人会闯进来……"

玛丽娅·尼古拉耶夫娜话音未落，包厢的门就真的被推开了一半，一个油光锃亮、汗涔涔的红脑袋探了进来，虽然面孔还年轻，却已经没了牙齿，一头平直的长发，耷拉的鼻子，一双蝙蝠似的大耳朵，一双好奇又愚钝的眼睛上戴着一副金边眼镜，眼镜上还夹着鼻夹。这个脑袋四下张望，看见了玛丽娅·尼古拉耶夫娜，不怀好意地咧嘴笑着，点了点头……脑袋下面青筋嶙峋的脖子都伸长了……

玛丽娅·尼古拉耶夫娜朝着这个脑袋挥了挥手帕。

"我不在家！我不在家，P先生！我不在家……嘘，嘘！"

这个脑袋很惊讶，挤出了一张笑脸，模仿着它曾顶礼膜拜的李斯特的样子，带着哭腔说："很好！很好！"然后就消失了。

"这是什么人？"萨宁问。

"他吗？威斯巴登的一个批评家。一个'笔杆子'或者听差的，随便怎么说都行。他受雇于本地的一个包税商，所以必须处处说好话，随时都表现得高兴，但即便自己有满腹的怨气，他也不敢发泄。我担心的是，他是个可怕的爱传谣的人，他马上就会跑去说我在剧院里。算了,无所谓。"

乐团演奏了华尔兹舞曲,大幕又升起来了……舞台上又开始上演装腔作势和啜泣哭诉。

"哎,"玛丽娅·尼古拉耶夫娜重新坐到沙发上,开口说,"既然您已经上当了,无法跟您的未婚妻耳鬓厮磨,只能和我坐在一起……那就不要眼珠乱转了,也不要生气,我理解您的心情,而且我已经承诺过会放您去任何地方,不过现在请听听我的自白。您想知道我最爱什么吗?"

"自由。"萨宁接过话说。

玛丽娅·尼古拉耶夫娜把手搭在他的手上。

"是的,德米特里·巴甫洛维奇,"她说道,她的声音听起来有一种特别的感觉,有一种毋庸置疑的真诚和庄重,"我最爱自由,胜过一切。您别以为我是以此来夸耀自己,这没有任何值得夸耀的东西,只不过对于我来说就是如此,无论是从前、现在或者将来,都是如此,直到我死去。想必是我小时候见过了太多的奴役现象,也受够了它的摧残。但是加斯顿先生,我的老师,他打开了我的眼界。也许现在您就明白了,为什么我嫁给了伊波利特·西多雷奇。和他在一起时,我是自由的,完全自由,就像空气,像风一样……我在结婚之前就知道这一点了,我知道,和他在一起,我就会像哥萨克人一样自由!"

玛丽娅·尼古拉耶夫娜沉默了片刻,将扇子扔到一旁。

"我再告诉您一件事:我不反对思考……思考令人愉快,我们的智慧就是用来思考的。但我从来不会去考虑,我的所作所为会有什么后果。当到了不得不思考的时候,我也不会可怜自己,一丝一毫都不会，因为不值得。我有一句口头禅：'这不会带来任何后果'，我不知道这句话用俄语怎么讲。但是这真的'不会带来任何后果'吗？反正在这里，在这个世界上没有人要求我解释。而在那里（她的手指往天上指了指），到了那里就任由他们处置吧。等到我在那里接受审判的时候，那个我就不再是我了！您在听我说吗？您不会觉得无聊吧？"

萨宁本来低头坐着，这时他抬起了头。

"我一点也不觉得无聊，玛丽娅·尼古拉耶夫娜，我在好奇地听您说呢。只是我……说实话……我很困惑，您为什么要把这一切告诉我？"

玛丽娅·尼古拉耶夫娜在沙发上稍稍挪动了一下身子。

"您问自己……您就那么不善于猜测吗？还是说太谦虚了？"

萨宁把头抬得更高了。

"我把这一切告诉您，"玛丽娅·尼古拉耶夫娜用平静的语调继续说，但这语调和她脸上的表情却不太协调，"因为我很喜欢您。是的，您别惊讶，我没有开玩笑。因为跟您见面之后，想到您会对我有不好的印象……或者就算不是不好的印象，而是不正确的印象，虽然这对我来说都无所谓，但我还是会感到不愉快。所以我才带您到这里来，单独和您在一起，这样开诚布公地跟您谈话……是的，是的，开诚布公地谈话。我没有说谎。请注意，德米特里·巴甫洛维奇，我知道您爱着另一个女人，您打算娶她……请您给我的无私一个公道！不过现在该轮到您来说了：'这不会带来任何后果！'"

她笑了起来，但笑声又戛然而止——她一动不动，仿佛她也被自己说的话怔住了，在她那双平日里如此愉快而勇敢的眼睛里，闪过了一种类似于胆怯，甚至是忧伤的神色。

"蛇！啊，她就是一条蛇！"这时萨宁心里想道，"但又是一条多么美丽的蛇啊！"

"请把我的长柄眼镜递给我，"玛丽娅·尼古拉耶夫娜突然说，"我想看看，难道这个年轻女主角真的那么难看吗？没错，想必政府选定她是出于道德教化的目的，好让青年不过于沉迷其中。"

萨宁将长柄眼镜递给她，当她从他手中接过眼镜的时候，她悄无声息地用双手一把抓住了他的手。

"请不要摆出一副一本正经的样子，"她微笑着悄声说，"您知道吗？我是不可能被枷锁束缚的，但我也不会给别人套上枷锁。我热爱自由，我不认可义务，这不只是对我自己而言。现在请让开一点，我们来听听剧吧。"

玛丽娅·尼古拉耶夫娜举着长柄眼镜看向舞台，萨宁也开始朝那边看过去。他坐在她身边，在半明半暗的包厢里，不停地嗅着，不由自主地嗅着从她华美的身躯上散发出的温暖和香气。萨宁在脑海中翻来覆去地思索着她晚上对他所说的话，尤其是最后几分钟说的那些话。

四十

戏继续演了一个多小时，但玛丽娅·尼古拉耶夫娜和萨宁很快就不再看向舞台了。他们又交谈起来，话题还是和之前一样，但这一次萨宁不再那么缄默了。他在心里既生自己的气，也生玛丽娅·尼古拉耶夫娜的气，他竭力向她证明，她的"理论"根本说不通，似乎她对理论颇有兴趣！他开始和她争论，这让她暗暗感到非常欣喜：既然他在争论，那就说明他正在让步，或者将要让步。他已经朝诱饵走去了，已经动摇，不再怕生了！她反驳着，笑着，赞同着，沉思着，进攻着……与此同时，他的脸和她的脸靠得越来越近，他的眼睛已经不再躲闪她的眼睛……她的这双眼睛仿佛迷了路，在他的脸庞上徘徊流连，他用微笑回应着她——彬彬有礼，但微笑着。还有一件事正好遂了她的意，那就是他谈起了一些抽象的东西，谈论彼此关系的忠诚，谈论责任，谈论爱情与婚姻的神圣……显而易见：这些抽象的话题非常适合作为开端……作为出发点……

熟悉玛丽娅·尼古拉耶夫娜的人都断言说，当她这样一个坚强有力的人突然流露出某种温柔和谦恭、某种少女般的羞怯时（虽然很难想象，这种东西是从哪里来的），那个时候……那个时候事情就会出现危险的转折。

看样子，对于萨宁来说，事情已经出现了这个转折……要是他能够集中意念，哪怕只有一瞬间，他也会感觉到对自己的蔑视。可是他根本无暇集中意念，也顾不上鄙视自己。

然而她却没有浪费时间。这一切之所以会发生，就是因为他的相貌长得不错！不得不说："福祸相倚，得失难料。"

剧演完了。玛丽娅·尼古拉耶夫娜请萨宁帮她披上披肩。当他用柔软的织物裹住她那雍容华贵的双肩时，她一动不动。然后她挽起了他的手，走到了走廊里，突然她差点失声叫了出来：登霍夫像幽灵一般，立在包厢门口，他的身后露出了威斯巴登批评家的龌龊身影。这位"笔杆子"油亮的脸上挂着一副幸灾乐祸的神情。

"夫人，您不吩咐我帮您找马车吗？"年轻军官对玛丽娅·尼古拉耶夫娜说，他的声音由于极力压抑的暴怒而颤抖着。

"不用了，谢谢，"她回答说，"我的仆人会找到的。您别忙活了！"她用命令的口吻小声补上一句，然后就拉着萨宁迅速离开了。

"见鬼去吧！您缠着我干什么？"登霍夫突然冲着"笔杆子"吼道。他需要找个人来发泄怒气！

"很好！很好！""笔杆子"嘴里嘟囔着溜走了。

玛丽娅·尼古拉耶夫娜的仆人在过道里等候着她，转眼间就找到了她的马车，她利索地坐上了车，萨宁也跟着她跳了上去。车门"砰"的一声关上了，玛丽娅·尼古拉耶夫娜放声大笑起来。

"您笑什么？"萨宁好奇地问道。

"哎呀，请原谅我……只不过我想到，如果登霍夫要再和您决斗一次……为了我……这不就太稀奇了吗？"

"您跟他非常熟吗？"萨宁问。

"跟他？跟这个小男孩？他就是替我跑腿的。您别担心！"

"我根本就不担心。"

玛丽娅·尼古拉耶夫娜叹了口气。

"唉，我知道您不担心。但是请听我说，您那么可爱，您一定不会拒绝我最后一个请求的。您别忘了，三天之后我就要去巴黎了，而您将要返回法兰克福……我们何时才能再见呢？"

"您有什么请求？"

"您应该会骑马吧？"

"会。"

"是这样，明天早上我来接您，我们一起骑马出城去。我们会有非常好的马。然后我们回来，把事情办完，然后一切就了结了！您别大惊小怪，别对我说这是任性，别说我是疯子——这一切皆有可能——您只用说：我同意！"

玛丽娅·尼古拉耶夫娜朝他转过脸来。马车里很暗，但她的眼睛就在这一片漆黑之中闪耀着光芒。

"好，我同意。"萨宁叹息着说。

"哎呀！您叹气了！"玛丽娅·尼古拉耶夫娜故意学着他的语气说，"这就叫作帮人帮到底。不，不……您是个非常可爱的人，您是个好人，我也一定会言而有信。我把我的手给您，没有戴手套，而且是右手，做事情的手。请您握住它，并相信这一次握手。我不知道我是个什么样的女人，但我是个诚实的人，你可

358

以跟我打交道。"

萨宁还没弄清楚自己在做什么，就将这只手贴在了自己的嘴唇上。玛丽娅·尼古拉耶夫娜轻轻将手抽了回去，突然沉默了，直到马车停下来之前，她都没有再作声。

她下了车……这是怎么回事？是萨宁的幻觉，还是他真的在面颊上感受到了一下飞快而灼热的触碰？

"明天见！"玛丽娅·尼古拉耶夫娜在楼梯上对他轻声说道，穿着镶金边制服的看门人擎着烛台来迎接她，烛台上的四支蜡烛将她整个人都照亮了。她始终没有抬起眼睛。"明天见！"

萨宁回到了自己的房间，发现桌上有一封杰玛的来信。他瞬时……吓了一跳，但又立刻高兴起来，从而尽快自欺欺人地掩饰住刚才的惊恐。信上只有寥寥数语。她为"事情开端"顺利而感到高兴，劝他保持耐心，还说全家人身体健康，已经提前为他的归来感到开心。萨宁觉得这封信写得相当生硬，但还是拿起了纸笔……然后又都丢下了。"有什么可写的？！明天我就回去了……该回去了，该回去了！"

他立刻躺到床上，竭力想要尽快入睡。如果他不躺下来，不睡觉，他也许就要开始想念杰玛了，可是不知道为什么……一想到她，他就会感到羞愧。他感到良心不安。但是他安慰自己说，明天一切就将永远结束了，他将和这位性情古怪的太太永远分别，把这一切荒唐的事情都忘掉！……

脆弱的人在跟自己对话的时候，尤其喜欢用些刚毅果决的说辞。

然后……这就再也不会带来任何后果了！

四十一

　　这就是萨宁躺下睡觉时的所思所想。但是第二天，当玛丽娅·尼古拉耶夫娜不耐烦地用马鞭的珊瑚柄敲着他房门的时候，他看见她出现在自己房间门口，手上搭着深蓝色骑马装的长拖襟，一头卷发编成了辫子，头上戴着一顶小的男士礼帽，面纱向后撩起，垂到肩头，她的嘴唇、眼睛和整张脸上都挂着挑衅的笑容——这个时候他在想什么呢——那就不得而知了。

　　"怎么样？准备好了吗？"响起了愉快的声音。

　　萨宁扣上常礼服的纽扣，默默地拿起帽子。玛丽娅·尼古拉耶夫娜向他投来一道明亮的目光，点了点头，便飞快地跑下了楼梯。萨宁跟着她跑了下去。

　　马匹已经站在门口台阶前的街道上了。一共有三匹马：一匹是金棕色的纯种母马，长着一张龇牙咧嘴的干瘪嘴脸，一双凸出的黑眼睛，四只像鹿腿一样细长的蹄子，有些精瘦，但是很漂亮，性子像火一样烈，是给玛丽娅·尼古拉耶夫娜骑的；另一匹是公马，强壮宽大，体形较为敦实，毛色乌黑，没有杂毛，是给

萨宁骑的；第三匹马则是给跟班骑的。玛丽娅·尼古拉耶夫娜矫
捷地跨上了自己的马……那匹马竖起尾巴，夹紧臀部，踏着四只
蹄子打转，但玛丽娅·尼古拉耶夫娜是一位出色的骑手，将它勒
住了，让它停在原地：因为她还要跟波洛佐夫告别。他出现在
阳台上，戴着那顶一成不变的菲斯卡帽，穿着胸襟敞开的居家长
袍，他手中挥动着一块麻纱手帕，但脸上并没有笑意，反而是阴
沉着脸。萨宁也骑上了自己的马。玛丽娅·尼古拉耶夫娜举起马
鞭向波洛佐夫先生致意，然后往马儿弓起的扁平脖子一抽：马抬
起了前蹄，往前一跃，迈开驯顺的小步跑了起来，抖动着浑身的
筋腱，将精力集中在马嚼子上，大口吸着气，打着阵阵响鼻。萨
宁骑马跟在后面，看着玛丽娅·尼古拉耶夫娜。她纤细柔软的腰
身随意地束在紧身胸衣里，自信、灵活、挺拔地晃动着。她回过
头来，使了个眼色，招呼他跟上。他赶上前去，和她并排骑行。

　　"哎，您看，多好呀，"她说，"在最终分别之前，我要对您
说：您是个非常好的人，而且您不会后悔的。"

　　说完最后这几句话，她点了几下头，似乎想要证实这些话，
让他感受到它们的意义。

　　她看起来是那么幸福，简直让萨宁感到惊讶。她的脸上甚至
露出了那种孩子们非常……非常得意时的庄重表情。

　　他们骑着马慢步来到了不远处的城门，然后便纵马沿着大路
飞奔了起来。天气很好，简直像是夏天了。风迎面吹来，在他们
耳畔愉快地呼啸。他们感到心旷神怡：两人都陶醉在年轻、健康
的生命和向前自由飞驰的感受之中，而这种感受也在时刻增长。

　　玛丽娅·尼古拉耶夫娜勒住了自己的马，又放慢了步子。萨

宁也效仿着她的样子，慢步骑行起来。

"您瞧，"她怡然自得地深深舒了一口气，开口说，"为了这个才值得活着。你做到了你想做的看似不可能的事——心啊，尽情地享受吧！"她用手在自己的喉头横着比画了一下。"那时人会感觉自己是多么善良！现在的我……多么善良！我想拥抱全世界！不对，不是全世界！……比如这个人，我就不会拥抱他。"她用马鞭指了指旁边经过的一个衣衫褴褛的老头，"但我愿意让他变得幸福。给你，拿着吧。"她用德语大声喊道，把钱袋扔到他脚边。沉甸甸的钱袋（当时还没有钱夹）"咚"的一声落在地上。过路人吃了一惊，停下了脚步，玛丽娅·尼古拉耶夫娜哈哈大笑，策马飞奔起来。

"骑马让您这么高兴吗？"萨宁追上她问道。

玛丽娅·尼古拉耶夫娜又一把勒住了马：她从来不用别的办法让马停下。

"我只是想避开感谢。谁要是感谢我，就会扫了我的兴。我这样做可不是为了他，而是为了自己。他怎么敢向我道谢？我没听清楚，您问我什么来着？"

"我问……我想知道，您今天为什么这么高兴？"

"您听我说，"玛丽娅·尼古拉耶夫娜说，她要么没有听清萨宁的话，要么认为没必要回答他的问题，"这个跟班真是让我受够了，他老是跟在我们后面，他心里估计只有一个想法，那就是老爷太太究竟什么时候才回家？怎么才能甩掉他呢？"她麻利地从口袋里掏出一个笔记本，"要派他到城里去送信吗？不……不行。有了！有办法了！前面是什么？是饭馆吗？"

萨宁顺着她指的方向看过去。

"是的，好像是饭馆。"

"好极了。我吩咐他待在这间饭馆里，喝啤酒，等我们回来。"

"那他会怎么想呢？"

"关我们什么事！而且他根本不会去想的，他只会喝啤酒。哎，萨宁（她第一次只用姓氏称呼他），快步前进！"

到了饭馆门口，玛丽娅·尼古拉耶夫娜把跟班叫到跟前，把她对他的吩咐告诉了他。跟班是个英国出身、具有英国气质的人，他默默地将手举到制帽帽檐边行了个礼，然后就跳下马，抓住了马的缰绳。

"好了，现在我们就是自由的鸟儿了！"玛丽娅·尼古拉耶夫娜喊道，"我们到哪里去呢？往北，往南，往东，往西？您看，我就像加冕典礼上的匈牙利国王（她用鞭梢——指向四方）。一切都是我们的！不，您看，那边的山峰多么秀美啊，还有美丽的森林！我们到那边去吧，到山里去，到山里去！"

到那自由主宰的山里去！

她拐下了大路，沿着一条崎岖不平的狭窄小道奔驰起来，那条小道似乎确实是通向山间的。萨宁骑着马紧随在她身后。

四十二

这条小道很快就变成了一条羊肠小径，最后被一条沟渠截断，完全消失了。萨宁提议往回走，但玛丽娅·尼古拉耶夫娜说："不！我要到山里去！我们径直走吧，就像鸟儿飞翔一样！"说着纵马跨过了沟渠。萨宁也跳了过去。沟渠的对面是一片草坪，起初是干的，然后又变得湿润，接下来就完全变成沼泽了：到处都在渗水，汇成了一个个水洼。玛丽娅·尼古拉耶夫娜故意让马踏过这些水洼，大声笑着说："让我们放肆一回吧！"

"您知道'踩着水坑打猎'是什么意思吗？"她问萨宁。

"我知道。"萨宁回答说。

"我叔叔就带着狗打猎，"她继续说，"我跟着他去打过猎，那是在春天。太棒了！现在我和您也在踩着水坑。只不过我看到：您是俄罗斯人，却想娶一个意大利女人。这正是您的悲哀之处。这是什么？又是一条沟吗？跳！"

马跳过去了，但玛丽娅·尼古拉耶夫娜的帽子却从头上掉下来，她的卷发披散在肩头。萨宁本想下马捡帽子，可是她却对他喊道："您别动，我自己来捡。"她从马鞍上低低地俯下身，用马鞭的把手钩住面纱，还真的把帽子捡了起来，戴在了头上，但她并未梳理头发，就又飞奔起来，甚至还吆喝了一声。萨宁和她并肩疾驰，和她并肩跳过沟壑、篱笆、小溪，一会儿下坡，一会儿上山，却始终看着她的脸。这是一张怎样的脸啊！整张脸仿佛都舒张着：眼睛张开了，贪婪、晶亮而野性；嘴巴、鼻孔也张开了，贪婪地呼吸着；她双眼直视前方，似乎想要占有目光所及的一切：大地、天空、太阳乃至空气。令她感到遗憾的只有一点：危险太少了——她会把它们悉数战胜的！"萨宁！"她喊道，"这就像毕尔格的《莱诺勒》[1]里的情节！只是您没有死，对吧？没有死！……我也活着！"她迸发出一股难以遏制的力量。这已经不是女骑士在纵马驰骋了，而是年轻的半兽半神的肯陶洛斯[2]在跃动，她狂暴地践踏过庄重而文明的地方，使那里的人们也为之惊愕！

玛丽娅·尼古拉耶夫娜终于让她那匹汗流浃背、满身泥水的马停了下来。那匹马在她身下踉跄着，而萨宁那匹强壮而笨重的公马也已经气喘吁吁了。

"怎么样？带劲吗？"玛丽娅·尼古拉耶夫娜用迷人的耳语问他。

"带劲！"萨宁兴奋地回答道。他全身的热血已经沸腾了。

"别着急，这还没完呢！"她伸出一只手，手上戴的手套已

1　毕尔格（1747—1794），德国诗人，狂飙突进运动的代表。《莱诺勒》是其叙事诗作品，诗中借平民女子莱诺勒之口，描写了七年战争期间德国普罗大众的境遇。
2　希腊神话中的半人马神。

经被扯开了。

"我说过要带您到森林里去，到山上去……瞧，这就是山了！"果然，在距离两位骁健骑手飞奔而至的地方大约两百步之处，覆盖着茂盛森林的山峰赫然出现在眼前，"您看，这里有路。我们出发吧，前进。只是我们要走慢点，得让马歇息一下。"

他们出发了。玛丽娅·尼古拉耶夫娜用一只手猛地将头发撩到了脑后。然后她看了看自己的手套，将手套摘了下来。

"手上会有一股皮革的气味，"她说，"这对您来说不打紧吧？是吧？……"

玛丽娅·尼古拉耶夫娜微笑着，萨宁也微笑着。这趟疯狂的奔驰似乎终于使他们变得亲近交好起来。

"您多大岁数了？"她突然问。

"二十二岁。"

"不可能！我也二十二岁。正是大好年华。就算把我们俩的年纪加在一起，离老年也还远着呢。不过真热啊。怎么，我的脸红了吗？"

"像罂粟花一样红！"

玛丽娅·尼古拉耶夫娜用手帕擦了擦脸。

"只要到了树林就好了，那里就凉快了。那样的古老树林就像是一位老朋友。您有朋友吗？"

萨宁思忖了片刻。

"有……但是很少。没有真正的朋友。"

"可我有，有真正的朋友，只不过不是老朋友。这匹马也是朋友。它是多么小心地驮着你啊！哎呀，这里真好啊！难道我后天真的就要去巴黎了吗？"

"是啊……难道是真的？"萨宁附和道。

"您要回法兰克福吗？"

"我一定要回法兰克福。"

"那好吧，愿上天保佑您！但今天是属于我们的……是我们的……是我们的！"

马儿跑到了森林边，走了进去。宽阔而柔和的树荫从四面八方投在他们身上。

"噢，这里简直是天堂！"玛丽娅·尼古拉耶夫娜感叹道，"继续往林荫深处走，萨宁！"

马儿慢慢地往"林荫深处"走去，微微晃着身子，不时打着响鼻。他们走的小路突然拐向一边，延伸向一处相当狭窄的山谷。山谷中弥漫着帚石南、蕨草、松香以及去岁枯叶的腐败气味，浓重而令人昏沉。那些褐色巨石的裂缝里涌出一股沁人心脾的清凉。小路两旁隆起了一座座丘陵，上面长满了青苔。

"等一下！"玛丽娅·尼古拉耶夫娜喊道，"我想在这块天鹅绒似的青苔上坐着休息一会儿。您扶我下来吧。"

萨宁跳下马，跑到她跟前。她撑着他的肩膀，转瞬间就跳到了地上，在一处长满青苔的丘陵上坐了下来。他站在她面前，手中攥着两匹马的缰绳。

她抬眼望向他……

"萨宁，您会忘记吗？"

萨宁想起了昨天……在马车里发生的事。

"这是什么意思？是问题……还是指责？"

"我有生以来从未指责过任何人任何事。那您相信偷心术吗？"

"什么？"

"偷心术，您知道的，就是我们的歌曲里唱的，俄罗斯民间歌曲里唱的那种？"

"啊！您说的是这个啊……"萨宁拖长了声音说。

"是的，我说的就是这个。我相信……您也会相信的。"

"偷心术……巫术……"萨宁重复道，"世界上一切皆有可能。我以前不相信，但现在相信了。我都认不出自己了。"

玛丽娅·尼古拉耶夫娜想了想，环顾了一下四周。

"我觉得这个地方似曾相识。萨宁，您看看，那棵大橡树后面是不是竖着一个红色木十字架？是不是？"

萨宁朝边上走了几步。

"是的。"

玛丽娅·尼古拉耶夫娜得意地微笑了一下。

"好了！我知道我们在哪里了。我们还没有迷路。那是什么声响？是砍柴的声音吗？"

萨宁向密林里望了望。

"是的……有个人在那边砍干树枝。"

"得把头发整理好，"玛丽娅·尼古拉耶夫娜说，"不然别人看见了会说闲话的。"她摘下帽子，开始把自己的头发编成长辫子，她一言不发，神态庄重。萨宁站在她面前……她苗条的腰肢从深色呢子衣裙的褶皱下清晰地凸显出来，衣服上还沾着丝丝苔藓。

萨宁背后的一匹马突然抖动了一下，他自己也不由自主地从头到脚打了个战栗。他心乱如麻，神经像弦一样绷紧了。难怪他说，连他都搞不懂自己了……他确实中了巫术。他的整个身心都充斥着一个……一个念头，一个愿望。玛丽娅·尼古拉耶夫娜向他投去一道犀利的目光。

　　"好了，现在全都整理好了，"她戴上帽子，低声说，"您不坐下吗？就坐在这里吧！不，等等……您别坐下。这是什么？"

　　一阵沉闷的震动声沿着树梢，顺着林间的空气滚滚而来。

　　"难道是打雷了吗？"

　　"好像真的打雷了。"萨宁回答说。

　　"哎呀，这可真是个好日子！真是好日子！就差这个了！"沉闷的雷声又响了起来，升起来，又隆隆地跌了下去。"太好了！再来一次！您记得我昨天对您讲过《埃涅阿斯纪》吧？他们不也是在森林里遇上了雷雨吗？不过我们得离开了。"她迅速站了起来，"您把马给我牵过来吧……把手递给我。就是这样。我不沉。"

　　她像鸟儿一样飞身跃上了马鞍。萨宁也上了马。

　　"您要回家吗？"他迟疑地问道。

　　"回家？？？"她一字一顿地反问道，并抓起了缰绳。"跟我走！"她近乎粗暴地命令道。

　　她跑到了路上，经过了红色十字架，下到一处谷地，到了十字路口，向右拐去，又向山里奔去……显然她知道这条路通向哪里，这条路一直延伸到了森林深处。她什么话都没有说，也没有回头看，只是一个劲儿地往前走。萨宁顺从地跟着她，他那麻木的心灵中丝毫没有意志的火花。天空中下起了零星小雨。她加快了马的步伐，他也没有落在她后面。最后，透过苍翠的枞树枝叶，在灰色的山崖下面，出现了一间简陋的护林小屋，在树枝编成的墙上有一扇低矮的门。玛丽娅·尼古拉耶夫娜策马穿过了树丛，跳下了马，突然走到了小屋门口，转过身来对萨宁轻声唤道："埃涅阿斯！"

　　四个小时以后，玛丽娅·尼古拉耶夫娜和萨宁由骑在马鞍上打盹儿的跟班陪同，回到了威斯巴登的旅馆。波洛佐夫先生迎接了妻子，手里拿着写给管家的信。然而，当他将妻子仔细打量一番之后，脸上浮现出一副不满的神色，甚至嘟哝着说：

　　"难道我真的打赌输了吗？"

　　玛丽娅·尼古拉耶夫娜只是耸了耸肩。

　　就在那一天，两个小时以后，萨宁在自己的房间里，站在她面前，怅然若失，心灰意冷……

　　"你到底要去哪里？"她问他，"去巴黎，还是去法兰克福？"

　　"你去哪里，我就去哪里，只要你不赶我走，我就跟你在一起。"他绝望地回答说，然后便依偎在自己主宰者的双手上。她抽出手，放在他的头上，用十指抓住了他的头发。她慢慢地揉捻、绞弄着这些驯顺的发丝，她挺直了身子，唇边掠过一抹扬扬得意的神情，而那双明亮得发白的大眼睛却流露出残忍的麻木不仁和胜利的满足。当鹞鹰撕碎捕获的鸟儿时，它的眼神就是如此。

四十三

这就是德米特里·萨宁在寂静的书房里翻找自己的旧书信，并在其中找到石榴石十字架时回忆起来的事。我们所讲述的故事——清晰地浮现在他的脑海中……但是，想到那个时刻，他曾如此低声下气地哀求玛丽娅·尼古拉耶夫娜，想到他跪倒在她脚边，想到他奴隶生涯的开端，他就扭过头去逃避他所唤起的种种形象，他不愿再继续回忆了。这并非因为他不记得了，不是的！他知道，他非常清楚地知道，那个时刻之后发生了什么，即使是现在，时隔多年，满心的羞愧之情依旧令他感到窒息。他害怕那种无法抑制的对自己的鄙视，他深信不疑，一旦他不压抑自己的记忆，这种感情就会像波涛一样向他汹涌而来，淹没一切其他的感受。然而，不管他如何逃避浮现的回忆，都无法让它们消散。他想起了他写给杰玛的那封卑劣的、哀怨的、虚伪而又可怜的信，那封没有回音的信……经过了这样的欺骗和背叛之后，去见她，回到她身边去——不！不！他心里毕竟还有几丝良心和诚实。更何况，他已经丧失了对自己的所有信任和尊重：他已经没有任何勇气再做保证了。萨宁还想到，后来他——噢，真可耻！——差遣波洛佐夫的仆人到法兰克福去取自己的东西，他胆怯了，一心只想着赶快去巴黎，去巴黎；想到他遵照玛丽娅·尼古拉耶夫娜的吩咐，巴结奉承伊波利特·西多雷奇，还讨好登霍夫，而且他发现登霍夫的手指上也戴着一枚铁戒指，跟玛丽娅·尼古拉耶夫娜送给他的那枚戒指一模一样！！！接下来的回忆更加糟糕，更加羞耻……茶房递给他一张名片，上面印着：潘塔莱奥内·契帕托拉，摩德纳公爵殿下的宫廷歌手！他躲避着老头，却还是在走廊里遇上了他——一撮向上翘起的白发下面那张愤怒的脸出现在他面前，老人的眼睛像热炭一样被怒火烧得通红，甚至还听见了他的厉声咒骂："可恶！"甚至还听到了伤人的恶语："胆小鬼！卑鄙的叛徒！"萨宁眯起眼睛，晃了晃脑袋，一再试图逃避这些回忆——可他还是看见自己坐在旅行马车前排狭小的座位上……而舒适的后座上则坐着玛丽娅·尼古拉耶夫娜和伊波利特·西多雷奇。四匹马步调一致地奔跑在威斯巴登的马路上，朝巴黎奔去，朝巴黎奔去！伊波利特·西多雷奇吃着萨宁给他削好的梨，而玛丽娅·尼古拉耶夫娜看着萨宁，朝他露出一个冷笑，他这个被奴役的人，对这种所有者和主宰者的冷笑早已十分熟悉了……

但是天哪！就在那边，在离城门不远的街角处，站在那里的不是潘塔莱奥内吗？他身边是谁？难道是埃米尔？没错，就是他，那个热心而忠诚的男孩！曾几何时，他那颗年幼的心还敬仰着自己的英雄，自己的榜样，然而此时此刻，他苍白而俊美的脸庞——这张脸是如此俊美，以至于玛丽娅·尼古拉耶夫娜也发现了他，将头从车窗里探了出来——那张高尚的脸上流露出的却是恨意与鄙夷。他的眼睛多么像那双眼睛啊！他双眼盯着萨宁，嘴唇紧紧抿着……突然又张开了，发泄着怒气……

潘塔莱奥内伸出手指向萨宁，这是指给谁看的？这是指给站在旁边的塔尔塔利亚看的，塔尔塔利亚也冲着萨宁吠叫，就连这只忠诚的狗的叫声本身，听起来也是一种难以忍受的侮辱……太不像话了！

而接下来等待着他的，是在巴黎的生活和身为奴隶的种种屈辱与苦难，他无权忌妒，无权抱怨，直到最后像一件破旧的衣服一样被丢弃……

后来，他回到了故乡，过着堕落空虚的生活，琐碎地劳碌奔波，痛苦而徒然地悔过与遗忘——这是一种并不明显的惩罚，却时刻存在着，永不消除，就像轻微却无法治愈的病痛，像一戈比一戈比地偿还着数不清的债务……

苦酒满得溢出了酒杯——够了！

杰玛送给萨宁的小十字架是怎么完好无损地保存下来的，为什么他没有将它还给她，又是为什么，在那天之前他竟一次也没有发现它？他坐着思索了许久，尽管过了许多岁月，他也饱经世故，但仍然无法理解，他怎么会为了一个他根本就不爱的女人，抛弃他如此温情而热烈地爱着的杰玛呢？……第二天，萨宁让自己所有的朋友和熟人都大吃一惊：他向他们宣布说，他要出国去了。

社交界普遍感到困惑不解。萨宁刚刚租下了一套极好的公寓,并且配置了家具,甚至还预订了帕蒂夫人本尊亲自出演的意大利歌剧的票,那可是帕蒂夫人本尊啊!可他却在白雪纷飞的隆冬时节离开了彼得堡。朋友和熟人都不理解,但人们往往不会长久地关心别人的事情,所以当萨宁出发去国外的时候,只有一个法国裁缝到火车站来送行,而且还是想来讨回"一件最时髦的黑色天鹅绒水手服"的欠款。

四十四

　　萨宁告诉自己的朋友们，说他要出国了，但并没有说要去哪里。读者们不难猜到，他直奔法兰克福而去了。多亏了四通八达的铁路，他在从彼得堡出发后的第四天就到达了那里。自从一八四〇年之后，他再也没有来过法兰克福。"白天鹅"旅馆仍然在老地方，虽然已经不算是一流的旅馆了，却生意兴隆。法兰克福的主要街道——蔡尔街倒是没什么变化，但罗塞里太太的那栋房子和她的糖果店所在的那条街道已经不见踪影了。萨宁呆呆地徘徊在曾经那么熟悉的地方，却什么都认不出来了：当年的房屋消失了，取而代之的是新的街道，街道两旁是连片成群的高楼大厦和精致美观的别墅；就连他最后一次向杰玛表白的公园也扩建了，完全变了，以至于萨宁都要问自己：算了吧，这真的是那个公园吗？他该怎么办？该用什么办法，到哪里去探问呢？自那时起，已经过了三十年……事情哪有那么容易！不管他向谁打听，人们甚至连罗塞里的名字都没有听过。旅馆老板建议他到公共图书馆去查查，说他在那里可以找到所有的旧报纸，但是他能从中查到什么，老板自己也说不清楚。萨宁在万般无奈之下，打听起克吕贝尔先生来。老板倒是对这个名字很熟悉，但这条线索也立刻断了。仪表堂堂的店员风光一时，爬上了资本家的地位，后来做生意赔了钱，破了产，最后死在了监狱里……不过，这个消息丝毫没有让萨宁感到灰心丧气。他已经开始觉得自己的这次旅行有些草率……但有一次当他翻阅法兰克福通信簿时，意外发现了退役少校冯·登霍夫的名字。他立即叫了一辆马车去找他——不过，为什么这个登霍夫就一定是那个登霍夫呢？况且凭什么那个登霍夫就一定会告诉他关于罗塞里一家的消息呢？这都无所谓：因为溺水的人即使是一根救命稻草也会去抓。

萨宁正巧赶上冯·登霍夫退役少校在家，他立刻就认出来了，接待他的那位两鬓斑白的先生就是自己当年的决斗对手。对方也认出了他，甚至对于他的到来感到很高兴：这让他想到了青年时代和年轻时的顽皮胡闹。萨宁从他口中得知，罗塞里一家很久之前就迁居到美国纽约去了，杰玛嫁给了一个批发商。而他，登霍夫有一个熟人，也是个批发商，那个人也许知道她丈夫的地址，因为他和美国有很多业务往来。萨宁恳求登霍夫去找这个熟人一趟。啊，真让人高兴！登霍夫给他带来了杰玛的丈夫叶列米亚·斯洛科姆先生的地址——叶·斯洛科姆先生，纽约百老汇大街501号。只是这个地址还是一八六三年的。

"但愿，"登霍夫大声说，"我们从前那位法兰克福的美人还活着，还没有离开纽约！话说，"他压低声音接着说，"那位俄罗斯太太，您记得吧，就是当时客居在威斯巴登的那位冯……

冯·波佐洛夫[1]太太，她还活着吗？"

"不，"萨宁回答说，"她早就去世了。"

登霍夫抬起眼睛，但他发现萨宁扭过头去，脸色也变得阴沉，便也没再多说什么就离开了。

就在那一天，萨宁给杰玛·斯洛科姆太太往纽约寄了一封信。他在这封信里告诉她，他在法兰克福给她写信，他来到这里只是为了寻找她的下落；他非常清楚地意识到，自己根本没有任何权利期望得到她的回信；他不配得到她的宽恕——他只希望她现在过得幸福，并且早已忘记了他的存在。他还写道，他之所以决定让她想起自己，是因为发生了一个偶然的情况，这个情况在他心中生动清晰地唤起了往事的影子；他向她讲述了自己的生活，孤独寂寞，没有家室，郁郁寡欢；他恳求她理解促使他联系她的原因，不要让他将意识到自己过错的痛苦带入坟墓，他早已为自己的过错而受够了苦难，却仍没有得到宽恕。如若能够得知她已去往的那个新世界里的生活境况，哪怕只有三言两语，他也会感到高兴。"哪怕就给我写一句话，"萨宁在信的结尾写道，"您也是做了跟您的美好心灵相称的善事，我会感激您，直到我生命的最后一刻。我就住在这里的'白天鹅'旅馆（他给这几个字加上了着重号），我会等待您的回信，一直等到春天。"

他寄出了这封信，然后便开始等待。他在旅馆里住了整整六个星期，几乎没有出过房间，也坚决不见任何人。无论是从俄罗

---

1 此处是登霍夫的口误，将波洛佐夫说成了波佐洛夫。

斯，还是从别的地方，谁都无法与他通信，这也正遂了他的心愿，因为只要有寄给他的信，他就会知道，那一定是他所等待的那封信。他从早到晚阅读，而且读的不是杂志，是严肃的书籍，是一些历史著作。长时间的阅读，无言的缄默，如蜗牛一般的隐居生活——这一切都恰好符合他的心境：单单为了这一点，就应该感谢杰玛！可是她还活着吗？她会回信吗？

信终于来了，上面贴着美国邮票，是从纽约寄给他的。信封上的地址是用英文写的……他没有认出这个笔迹，他的心抽紧了。他一时无法下定决心拆开信封。他看了看署名：杰玛！泪水从他眼中夺眶而出：她只写了自己的名字，没有写姓氏，单凭这一点，他就已经得到和解与宽恕的保证了！他打开薄薄的蓝色信纸，里面掉出了一张照片。他急忙把照片捡了起来——一下子愣住了：是杰玛，活生生的杰玛，和他三十年前见到她时一样年轻！还是那双眼睛，还是那双嘴唇，还是那个脸形！照片背面写着："我的女儿，玛丽安娜。"整封信写得十分亲切而朴实。杰玛感谢萨宁决定给她写信，感谢他对她的信任；她也对他直言不讳，在他逃离之后，她确实经历了一段煎熬的时期，但马上笔锋一转，说她仍然认为，并且一直认为她和他的相遇是一种幸运，因为正是那段相遇阻碍了她成为克吕贝尔先生的妻子，因此，虽然是间接的，但这也成为她和现在的丈夫结婚的原因。她和她丈夫已经一起生活了二十八年，过得十分幸福，富足美满：他们家的房子在全纽约都很有名。杰玛告诉萨宁，她有五个孩子——四个儿子和一个十八岁的即将出嫁的女儿，她把女儿的照片寄给他，因为大家都说，她长得非常像自己的母亲。杰玛将悲伤的消息留到了信的结尾。莱诺拉太太已经在纽约去世了，她是跟着女儿和女婿到那里去的，不过她还是享受了天伦之乐，照顾了外孙；潘塔莱奥内本来也打算去美国，然而在即将从法兰克福出发时，他就过世了。"而埃米尔，我们亲爱的、无与伦比的埃米尔，他加入了伟大的加里波第率领的'千人义勇军'[1]，去了西西里岛，并在那里为祖国的自由而光荣牺牲了。我们都为我那珍贵无比的弟弟的死而恸哭，但在流泪的同时，我们也为他感到骄傲，永远深切地缅怀他！他那高尚无私的灵魂无愧于殉难者的花环！"然后杰玛对此表达了自己的惋惜之情，看来萨宁的生活似乎过得一团糟，她希望他首先要放宽心，保持内心平静，她还说很乐意跟他见面——虽然她也知道，这样见面的可能性微乎其微……

我们就不去描述萨宁读到这封信时的感受了。这种感受是难以言表的，它比任何词句都更加深刻，更加强烈，更加难以参透。这种感情只有音乐能够传达。

萨宁立即回了信，还给新娘寄去了镶嵌在一串华贵珍珠项链上的石榴石十字架作为礼物，信中写道："一位无名朋友赠给玛丽安娜·斯洛科姆。"这件礼物虽然很贵重，但并没有让他破产：在他第一次到法兰克福之后的三十年中，他积蓄了非常可观的财富。五月初，他回到了彼得堡，但未必会多做停留。听说他正在变卖自己全部的家产，准备到美国去。

1　加里波第（1807—1882），意大利民族英雄，曾于1860年率领"千人义勇军"远征，解放了西西里岛。